Renate E

Diogenes Taschenbuch 24664

de
te
be

INGRID NOLL, geboren 1935 in Shanghai, studierte in Bonn Germanistik und Kunstgeschichte. Sie ist Mutter dreier erwachsener Kinder und vierfache Großmutter. Nachdem die Kinder das Haus verlassen hatten, begann sie Kriminalgeschichten zu schreiben, die allesamt zu Bestsellern wurden. 2005 erhielt sie den Friedrich-Glauser-Ehrenpreis der Autor:innen für ihr Gesamtwerk.

Ingrid Noll

Kein Feuer kann brennen so heiß

ROMAN

Diogenes

Die Erstausgabe erschien 2021 im Diogenes Verlag
Covermotiv: Gemälde von
Cyprien Eugène Boulet,

Veröffentlicht als Diogenes Taschenbuch, 2022

www.diogenes.ch
250/22/852/1
ISBN 978 3 257 24664 3

Inhalt

I
Plumplori

Eigentlich hatten meine enttäuschten Eltern fest mit einem Lorenz gerechnet, aus Mangel an Phantasie nannten sie mich einfach Lorina, kurz Lori.

Schon bald nachdem ich geboren wurde und mein Vater zum ersten Mal in meine kreisrunden Augen schaute, machte er aus Lori einen *Plumplori.* Es soll Menschen geben, die unentwegt über die eigenen Füße stolpern; diese Eigenschaft wird im Allgemeinen Männern zugeschrieben, bei mir fand man es nicht besonders lustig. Und als ich viel zu spät laufen lernte, sagte meine Schwester Carola nur noch *Trampeltier* zu mir. Angeblich walzte ich mit großem Getöse alles nieder, was mir in die Quere kam. Meine hessische Großmutter, die mit dem Vornamen Lorina wenig anfangen konnte, nannte mich *Dabbes,* was Tollpatsch bedeutet. Es war nicht direkt abwertend gemeint, eher scherzhaft, doch ich litt darunter. Ein Trampeltier ist sächlich, Plumplori und Dabbes sind männlich – für ein kleines Mädchen kein gutes Omen. Schon früh musste ich mir die Rolle einer Prinzessin abschminken. Man wäre sowieso nie auf die Idee gekommen, mich in rosa Tüllröckchen zu stecken, denn man hätte mich am Ende für einen kleinen Transvestiten halten können.

Kürzlich las ich von den geschmeidigen Bewegungen einer Katze – ja, das war es, was mir fehlte. Biegsam, gelenkig, weich, anmutig, trotzdem aber kraftvoll, das war mein Ideal. Lange überlegte ich, ob mir Ballettunterricht vielleicht auf die Sprünge helfen würde, aber die Scham, zum Gespött einer Elfenschar zu werden, überwog. Aus ähnlichen Gründen habe ich mich später auch vor der Tanzstunde gedrückt.

Das Märchen vom hässlichen kleinen Entlein, das sich beim Happyend in einen stolzen Schwan verwandelt, trifft in meinem Fall nicht zu. Ich wäre ja zufrieden, wenn ich nur als Kind ein hässliches Entchen gewesen wäre, um mich als ausgewachsener Teenager in eine Schönheit zu verwandeln. Doch ich bin auch als gestandene Frau ein Trampel geblieben.

Die beste Zeit hatte ich mit drei Jahren, weil mich die gleichaltrigen Jungen noch für ihresgleichen hielten. Aber schon bald wurde ich beim Pipimachen geoutet, woraufhin alle im Kindergarten wussten, dass ich eigentlich nur ein linkisches Mädchen war. Im Gymnasium riet mir eine Mitschülerin, lesbisch zu werden, weil ich bei Männern sowieso keine Chance hätte. Ich habe zwar versucht, in diese Kreise vorzudringen, aber auch dort bevorzugte man Attraktivität und Charisma. Selbst mein eigener Vater lehnte mich mehr oder weniger ab, bloß meine Mutter versuchte, mich zu trösten. »Schönheit liegt doch nur im Auge des Betrachters«, meinte sie, ein absolut dummer Spruch, denn beim Anblick eines Plumploris gerät wahrscheinlich nur ein Zoologe in Entzücken.

Schon früh waren sich alle einig: Bei diesem Kind muss man andere Prioritäten setzen, vielleicht ist es ja besonders musikalisch, denn ich brummte schon als Baby mit seltsam schnarrenden Tönen vor mich hin. Und meine großen Hände schienen bestens dafür geeignet, mehr als nur eine Oktave greifen zu können. Leider erwies sich diese Hoffnung als Irrtum. Auch in anderen kreativen Bereichen war ich eine Niete, einem *Dabbes* zerbrechen die Malstifte in der zornig geballten Faust, vom Pinsel wird eher das T-Shirt als das Papier eingefärbt. Sport kam nicht in Frage, denn Boxen oder Gewichte-Heben fand meine Mutter selbst bei Männern ziemlich abartig. Doch es gab immerhin eine Überraschung: Ich lernte zwar erst spät, irgendetwas Verständliches zu artikulieren, dann aber gleich in kurzen Sätzen. »Papa raus! Mama raus!«, waren meine ersten Worte, als meine Eltern ins Wohnzimmer kamen und den Fernseher ausschalten wollten. Sie erschraken so sehr, dass sie mir widerspruchslos gehorchten. Am meisten staunten sie allerdings über mein rollendes R, das jedem Spanier zur Ehre gereicht hätte.

Diesen kleinen Sprachfehler konnte oder wollte ich auch später nicht ablegen, zumal man mich auch aufgrund meines Namens für eine halbe Südländerin hielt. Als in meiner Schule Spanisch als zweite Fremdsprache angeboten wurde, war das für mich ein gefundenes Fressen. Ich erlernte mühelos einen spanischen Zungenbrecher: *El perro de San Roque no tiene rabo, porque Ramón Ramírez se lo ha cortado.* Wenigstens damit konnte ich Eindruck schinden.

Meine Schwester hasste es, wenn ich ihren Namen Carola, kurz Caro, wie einen spanischen *perro* zu rollen pflegte. Übrigens erfuhren wir beide erst als Erwachsene, dass auch sie eigentlich ein Junge, ein Carl Theodor, werden sollte. Die Ehe meiner Eltern war desaströs, und daran war ich schuld. Als man endlich per Ultraschall das Geschlecht der Ungeborenen feststellen konnte, wurde meine Mutter noch mehrmals schwanger. Da es wieder keine Jungen waren, fuhr sie ins Ausland und entledigte sich der unerwünschten Embryonen. Mein Vater bestand auf weiteren Versuchen, die sie jedoch ablehnte. Anscheinend haben sich meine Eltern nur deswegen nicht wieder versöhnen können. Wäre ich ein Lorenz geworden, dann wären wir vielleicht eine glückliche Familie gewesen.

Ebenso wie ich hatte Boris seinen Namen nie gemocht. Aber als er mich kennenlernte und ich das R in seinem Namen so fremdartig rollte, war er anscheinend beeindruckt. Mein Rufname Lori reimte sich auf den seinen, wenn man das S wegließ. Bori und Lori passten zusammen wie Hanni & Nanni, Pech & Schwefel, wie Bonnie & Clyde, fand er. Wie Pat und Patachon, dachte ich insgeheim. Vielleicht war mein Zungenspitzen-R auch das Einzige an mir, das Boris faszinierte.

Nach dem Abitur hatte ich keine Ahnung, was ich werden sollte – ohne spezielle Begabung, nur in Deutsch und Spanisch eine sehr gute Note und ohne Lust auf ein Studium. Am liebsten wollte ich etwas mit Menschen zu tun haben, denen mein Aussehen egal war, zum Beispiel Blinde, Kleinkinder oder demente Greise. Mich faszinierten auch soziale Ehrenämter wie etwa Flüchtlingsbetreuer oder Hospizdienstbegleiter, aber schließlich wollte ich meinen ewig unzufriedenen Eltern nicht auf der Tasche liegen und meinen Unterhalt bald selbst verdienen. Ich besuchte also drei Jahre lang eine staatlich anerkannte Altenpflegeschule, um dann später eine Anstellung im Pflegemanagement zu finden. Aus Mangel an Initiative war ich aber lange Zeit nur als Fachkraft bei einem ambulanten Pflegedienst tätig, wo ich gelegentlich auch mit Boris zusammentraf. Doch erst als ich bei Viktoria Alsfelder angestellt wurde, lernten wir uns näher kennen. Boris war selbständiger Physiotherapeut und Masseur. Dreimal in der Woche knetete er unsere gemeinsame Patientin von Kopf bis Fuß kräftig durch und zwang sie sogar, ein paar Schritte mit dem Rollator zu gehen.

Bei der Sozialstation hatte ich gekündigt, weil ich den ständigen Zeitdruck nicht mehr aushielt. In der Alten- und Krankenpflege sind bundesweit etwa 35 000 Stellen unbesetzt. Allein für eine Waschung braucht man eigentlich eine halbe Stunde, die man sich aber nicht nehmen kann. Ich musste von einem Patienten zum anderen hetzen und konnte mich weder auf ein kleines Gespräch noch auf andere liebevolle Zuwendungen einlassen, denn ich tat mich schwer mit der langwierigen bürokratischen Dokumentation. Es war wie ein Fingerzeig des Himmels, als mich nach Tagen der Verzweiflung und Depression der Anruf einer ehemaligen Kollegin erreichte. Ob ich schon eine neue Stelle hätte? Eine schwerbehinderte ältere Dame suche eine Pflegerin mit deutscher Muttersprache, die allerdings dort wohnen müsse, dafür aber auch ein gutes Gehalt bekomme. Der Hinweis erwies sich als Glücksfall. Ich sprach bei Frau Alsfelder vor, wir unterhielten uns ausführlich, und ich zog schon eine Woche später bei ihr ein. Die alte Dame trug die schlohweißen Haare wie ein junges Mädchen als Pferdeschwanz. Wenn sie mich mit ihren wachen Augen ansah, fand ich sie sehr schön. Ob ich spanische Wurzeln hätte, fragte sie, denn meine sprachliche Besonderheit schien sie zu interessieren. Das Einstellungsgespräch dauerte wie gesagt ziemlich lange, denn meine neue Arbeitgeberin redete betulich und ein wenig abgehackt. Zum Glück schien sich aber ihre Lähmung kaum auf das Sprachzentrum ausgewirkt zu haben. Wichtiger als meine Zeugnisse war ihr wohl die Einschätzung meiner körperlichen Kräfte. Als Test ließ sie mich verschiedene schwere Gegenstände hochheben, und am Ende musste ich sie selbst von einem Raum zum anderen schleppen, obwohl ein Rollstuhl zur Verfügung stand. Mein Äußeres schien sie keineswegs zu stören, wahrscheinlich dachte sie sogar, dass eine Walküre bestimmt keine Liebschaften hätte und einzig und allein im Beruf Erfüllung fände.

In meinem neuen Zuhause hatte ich es besser getroffen als je zuvor, denn mein großes Zimmer hatte einen Balkon mit Blick über einen kleinen Vorgarten bis hin zu den fernen Bergen des Pfälzer Waldes. Außer mir gab es noch die Haushaltshilfe Nadine, die allerdings nur am Vormittag kam, putzte, Spül-, Waschmaschine und Trockner bediente und bügelte. Einmal im Monat erschien auch ein Gärtner, mähte den Rasen, schnitt die Hecke und pflanzte auf Geheiß ein paar gelbe Blumen. Alle zwei Wochen fuhr eine drahtige medizinische Fußpflegerin schwungvoll vor und kümmerte sich mit Hingabe um die Krallenzehen meiner Arbeitgeberin. Von Nadine erfuhr ich nach und nach so manches, was ich über Frau Alsfelder wissen wollte. Sie stamme eigentlich aus einer verarmten Adelsfamilie und war erst durch die Hochzeit zu Wohlstand gekommen. Ihr Exmann saß im Aufsichtsrat eines Chemiekonzerns und war anscheinend richtig reich. Als seine Frau nach einem Schlaganfall halbseitig gelähmt war, ließ er sich scheiden. Sein schlechtes Gewissen führte angeblich dazu, dass er ihr die schöne Villa überließ und einen Treppenlift sowie andere behindertengerechte Umbauten finanzierte. Es gab insgesamt sogar drei Rollstühle im Haus, je einen im ersten Stock, im Parterre und in der Garage. Selbstverständlich zahlte er auch großzügigen Unterhalt, doch ein Jahr später heiratete er seine Geliebte. Ob Frau Alsfelder insgeheim verbittert oder gar hasserfüllt war, konnte Nadine nicht beurteilen, denn über Gefühle wurde grundsätzlich nie gesprochen, persönliche Informationen hatte sie zum großen Teil bloß von einem Besucher erhalten, einem mitteilsamen Großneffen. Nadine nannte ihn den Erbschleicher.

Meine Aufgaben waren zwar vielfältig, füllten den Tag aber nicht aus. Morgens servierte ich der Kranken das Frühstück, ihre Medikamente und die Zeitung, hinterher brachte ich sie im Rollstuhl ins Bad, schob sie auf den Wannenlift und ließ sie ins heiße Wasser gleiten. Dort wollte sie zwanzig Minuten lang allein bleiben und planschen. Wenn sie schließlich frisch angezogen, gekämmt und geschminkt im Wohnzimmer saß, äußerte sie ihre Wünsche für das Abendessen. Mittags verlangte sie nur etwas Obst. Ich fuhr jeden zweiten Tag zum Supermarkt und kaufte ein. Für die Besorgungen durfte ich den Firmenwagen nehmen, wie Nadine das behindertengerecht umgebaute Auto mit Rollstuhl-Verladesystem nannte. Nach ihrem Imbiss brachte ich meine Patientin gegen 13 Uhr wieder ins Bett. Dann hatte ich bis zur Teestunde frei. Im Grunde gehörte es auch zu meinen Pflichten, die Kranke im Rollstuhl spazieren zu fahren, aber sie mochte ungern das Haus verlassen. Wahrscheinlich war es ihr peinlich, wenn die Nachbarschaft sie beobachten konnte und bemitleidete. Um wenigstens manchmal frische Luft zu schnappen, saß sie bei schönem Wetter ganz gern im Garten und schaute den Vögeln nach. Wenn es kalt oder regnerisch war, las sie mit großer Leidenschaft in einer dicken Gedichtsammlung, oft murmelte sie unaufhörlich vor sich hin, so dass ich annahm, sie lernte vielleicht eine Ballade auswendig. Abends kochte ich ein leichtes Gericht, servierte um 19 Uhr und brachte Frau Alsfelder um 20 Uhr wieder ins Bett, wo sie sich mittels Fernbedienung durch sämtliche Fernsehsendungen kämpfte. Wenn ich an ihrer Tür lauschte, vernahm ich in regelmäßigen Abständen ein gar nicht ladylikes *Scheißprogramm*! Anschließend durfte ich nach Belieben das Haus verlassen, sollte aber übers Handy erreichbar sein. Meistens tat ich aber fast das Gleiche wie meine Patientin: Ich lag im Bett und schaute mir auf Netflix eine schwachsinnige Serie nach der anderen an.

2
Der Sonne Morgenstrahl

Wie alle meine Altersgenossen war ich als Teenager ständig verliebt, allerdings immer nur in unerreichbare Personen. Natürlich ist es normal, wenn man anfangs bloß für Schauspieler und Popstars, vielleicht auch für Musik- und Sportlehrer schwärmt. Doch irgendwann reicht das nicht mehr, und das Objekt der Begierde rückt in greifbare Nähe. Als meine Schulkameradinnen schon fast alle einen Freund hatten, ging ich leer aus und konnte bei diesbezüglichen Gesprächen nur mit heißen Ohren zuhören.

Und das änderte sich auch nicht nach der Schul- und Ausbildungszeit. Ich hatte mich schon längst damit abgefunden, dass ich bis ans Lebensende wie eine Nonne leben müsste, als ein Wunder geschah.

Nadine hatte mir bereits gesteckt, dass Boris ihr nachstellte. Er würde damit angeben, dass er heilende Hände habe, spottete sie. Ein geiler Bock, der hinter jeder Schürze her sei, das sei nicht ihre Baustelle. Schließlich suche sie keine Abenteuer, sondern einen Mann fürs Leben, einen, mit dem man eine Familie gründen könne. Abgesehen davon wisse sie nicht genau, ob Boris von seiner Ex überhaupt geschieden sei.

Boris war kein schöner Mann, relativ klein, kurzbeinig und zappelig, aber mit einem kräftigen Brustkorb und muskulösen Armen. Er legte großen Wert auf blitzsaubere, gepflegte Kleidung. An den Ohren trug er Kreolen aus Edelstahl mit einem eingehängten winzigen Kreuz. Seine Nase war groß und schief, der Haaransatz bereits etwas zurückgewichen. Andererseits besaß er Witz und auch ein wenig Charme sowie eine sehr direkte, zupackende Art. Er pfiff und sang gern vor sich hin, was ich als Zeichen guter Laune deutete.

Ebenso wie Nadine ging Boris schon lange bei Frau Alsfelder ein und aus, beide besaßen einen Hausschlüssel. Boris schien aber im Gegensatz zu uns Frauen ein fast vertrauliches Verhältnis zu der zurückhaltenden Patientin aufgebaut zu haben. Damit er nicht jedes Mal umständlich seine transportable Massagebank aus dem Wagen ins Haus schleppen musste, hatte sie eine Luxusausführung gekauft, die nun immer in ihrem Schlafzimmer und mir im Wege stand. Manchmal hörte man sie sogar lachen, wenn Boris sie in die Mangel nahm.

Eines Tages schlürfte Boris in der Küche noch schnell eine Tasse Kaffee, blickte zu mir hoch und sagte völlig unvermutet: »Du hast wunderschöne Kulleraugen!«

Es war das erste Mal in meinem dreißigjährigen Leben, dass mir ein Mann ein Kompliment machte, ich wurde rot wie eine Tomate und verließ den Raum auf der Stelle. Später stand ich vor dem Spiegel und betrachtete mich aufmerksam. Weil meine Augen fast kreisrund sind, kann man das Weiße über und unter der Iris gut sehen. Mein Vater hatte mich deswegen ja auch Plumplori genannt. Andere Frauen sprechen gelegentlich von einem »Bad Hair Day«, bei mir sind es nicht gelegentliche Tage, an denen meine Haare nicht sitzen, sondern ein Dauerzustand. Der Frisör hält extreme Hormonschwankungen für die Ursache. Meine Nase ist knubbelig, die Stirn niedrig. Mein Gesicht erinnert an eine misslungene Kinderzeichnung. Auch Kröten haben angeblich schöne Augen, dachte ich, gab es nicht das Märchen vom Froschkönig, der sich schließlich in einen Prinzen verwandelt? Mir fiel allerdings ein, dass die Prinzessin ihn nicht etwa wachgeküsst, sondern an die Wand geknallt hatte.

Eines Morgens wurde ich sehr früh, aber sanft geweckt, noch halb im Schlaf hörte ich ein altes, fast vergessenes Lied, das wir in der Schule gesungen hatten.

Es tagt, der Sonne Morgenstrahl weckt alle Kreatur …

Das konnte nur Boris sein, der so fröhlich sang, aber als ich das Licht anknipste und auf die Uhr schaute, war es erst kurz vor sieben. Es musste also ein Traum gewesen sein, ich durfte gut und gern noch ein bisschen weiterschlafen. Und Boris war sowieso erst sehr viel später zu erwarten. Doch in diesem Augenblick tat sich die Tür auf, der Masseur mit den heilenden Händen trat ein und stellte singend zwei Tassen Kaffee auf den Nachttisch. Ich fuhr hoch und starrte ihn an wie ein Gespenst.

Grinsend setzte er sich auf die Bettkante. »Wer immer für andere Frühstück macht, der muss auch mal belohnt werden«, sagte er. »Möchtest du lieber Müsli, einen Toast oder ein Brötchen? Wird auf Bestellung sofort serviert!«

Zuerst muss ich ins Bad, dachte ich, rieb mir die verklebten Augen und murmelte mit pelziger Zunge: »Toast!«

Brötchen gab es zu dieser Uhrzeit sowieso noch keine,

Nadine brachte welche mit, wenn sie um neun Uhr hier auftauchte.

Kaum hatte er das Zimmer verlassen, als ich ins Bad flitzte und mir vor allem die Zähne putzte. Sollte ich mich noch blitzschnell umziehen? Doch das brandneue Nachthemd fiel wahrscheinlich auf, Boris sollte sich bloß nicht einbilden, ich würde mich für ihn schön machen. Wie kam er überhaupt auf die verrückte Idee, mich noch vor Tau und Tag in meinem Schlafzimmer zu überfallen?

Er erklärte es etwas später, als er mit einem üppig beladenen Tablett wieder hereinkam. Vor seinem ersten Termin gehe er gelegentlich noch joggen, es sei aber heute so kühl gewesen, dass er keinen Bock mehr auf eine große Runde hatte und – weil er gerade an unserem Haus vorbeikam – plötzlich Lust auf ein heißes Getränk verspürte. Da er sich ja in unserer Küche auskannte, war das kein Problem. Als er die Kaffeemaschine einschaltete, sei ihm schließlich eingefallen, dass ich vielleicht auch mal gern verwöhnt werden würde.

Ich hatte noch gar keinen Hunger, aß aber trotzdem einen gebutterten Toast mit Honig, wobei ich ein paar klebrige Tropfen an meiner Bettdecke abschmieren musste. Fasziniert registrierte ich, dass Boris völlig unverfroren Frau Alsfelders edle Meissener Tassen ausgesucht hatte, während er die Milch in Nadines grünlichen Keramikbecher mit Hahn und Henne geschüttet hatte. Ich empfand die ganze Situation als übergriffig, gleichzeitig aber auch wie ein unerhörtes Abenteuer. Wann hatte man mir zuletzt eine Mahlzeit am Bett serviert? Noch nie, denn selbst bei Kinderkrankheiten wurden mir von meiner Mutter höchstens der unbeliebte Kamillentee und ein Zwieback hingestellt. Sobald ich kein Fieber mehr hatte, musste ich mich wieder an den Esstisch setzen. Im Gegensatz zu mir schien dieser ungewöhnliche Imbiss aber für Boris ganz selbstverständlich zu sein.

»Wann steht die Alte auf?«, fragte er, aber das würde noch lange dauern. In der Regel wurde ich durch ein Klingelzeichen gerufen, selten vor halb zehn und fast nie in der Nacht. Auch Nadine war erst viel später zu erwarten.

Boris gähnte. Eigentlich sei er noch müde und vor allem noch nicht richtig wach, meinte er. Leider habe er seinen nächsten Termin bereits um acht, da dürfe er keine eiskalten Flossen haben. Und bei diesen Worten schlüpften seine Hände blitzschnell unter meine Bettdecke, krochen unter die Pyjamajacke und weiter auf meinen schlafwarmen Bauch, um ihn als Heizkissen zu missbrauchen. Obwohl seine heilenden Pfoten überhaupt nicht kalt waren, spürte ich ein elektrisches Kribbeln im ganzen Körper sowie ein heftiges Verlangen, den kompletten Boris zu mir herunterzuziehen, aber andererseits auch die moralische Verpflichtung, die zwei aufdringlichen Tentakel energisch wegzuschieben. So einfach war ich schließlich nicht zu haben. Doch bereits bei meinem noch zaghaften Widerstand gab er auf, erhob sich und griff nach seiner Jacke.

»War nett mit dir«, sagte er. »Ich muss schleunigst heim und duschen, bevor mein erster Patient kommt. Wenn du magst, kann ich uns den grauen Alltag demnächst wieder mal versüßen!«

Er warf mir eine Kusshand zu, dann war er fort, und ich blieb völlig aufgelöst zurück. Wie ein Morgenstrahl hatte

Boris mich geweckt, und ich war zu meiner eigenen Überraschung in Hochstimmung. Gleichzeitig aber auch in großer Sorge, ob ich nicht alles falsch gemacht hatte. Sollte ich mich bei einer Wiederholung nicht etwas entgegenkommender zeigen? *Petit-déjeuner* heißt Frühstück auf Französisch, und dabei fiel mir ein Gemälde von Manet ein, wo zwei Männer mit einer splitternackten Frau im Walde picknicken. Zur damaligen Zeit war dieses Bild bestimmt ein Skandal, heute ist man diesbezüglich abgebrühter. Wahrscheinlich war ich viel zu schamhaft und nicht besonders selbstsicher, aber dafür hatte ich auch gute Gründe. Doch seit Boris meine kugelrunden Augen bewundert hatte, war ich in meiner bisherigen Selbsteinschätzung verunsichert. Schönheit liege im Auge des Betrachters, hatte meine Mutter behauptet, vielleicht war doch etwas Wahres daran. Boris wirkte auf mich plötzlich nicht mehr wie ein merkwürdiger Sitzriese, sondern wie ein attraktiver und einfühlsamer Freund.

Schließlich stand ich auf, duschte und zog meine weiße Kittelschürze an. Bevor Nadine kam, musste ich schleunigst das Tablett aus meinem Zimmer holen, die Lebensmittel wieder ins Regal einräumen und das Geschirr und Besteck unter fließendem Wasser säubern. Auf keinen Fall sollte sich Nadine wundern, warum plötzlich ihr grüner Becher in der Spülmaschine stand. Kurz darauf aßen wir wie immer zwei ihrer mitgebrachten Brötchen und plauderten. Ich war allerdings überhaupt nicht bei der Sache und redete wohl nur dummes Zeug. Nicht ungern hätte ich einer guten Freundin von meinem aufregenden Erlebnis berichtet, aber ich hatte leider keine.

Als ich – immer noch verwirrt – meiner Herrin das Frühstück servierte, meinte sie: »Ach, Lorina, ehe ich's vergesse, ich muss Ihnen noch was sagen …«

Mir blieb das Herz fast stehen, weil Frau Alsfelder bestimmt den Gesang des frühen Eindringlings gehört hatte. Aber sie fuhr fort: »Heute wird mich mein Großneffe ausnahmsweise zur Mittagszeit besuchen, da muss er eine anständige Mahlzeit bekommen, junge Männer haben bestimmt einen besseren Appetit als alte Frauen.«

Was sie denn vorschlage, wollte ich wissen, und wir einigten uns auf ein riesiges und ein winziges Schnitzel und Kartoffelsalat. Sie meinte, damit könne man nie etwas falsch machen.

Bisher hatte ich dem sogenannten Erbschleicher zwar schon mehrmals die Tür geöffnet, obwohl er angeblich einen Hausschlüssel besaß, aber immer nur wenige Worte mit ihm gewechselt, etwa so: »Wie geht es meiner Tante?« – »So wie immer!«

Christian sah gut aus, war wohl etwas jünger als ich und kam mindestens einmal im Monat vorbei, um sich um finanzielle und organisatorische Angelegenheiten zu kümmern. Er sorgte dafür, dass genug Bargeld im Haus war, dass Rechnungen pünktlich bezahlt und Briefe beantwortet wurden. Da er BWL studierte, schien er wie geschaffen für diese Aufgaben, überdies hatte er gute Manieren und war flink und sportlich. Christian zahlte mir auch das monatliche Haushaltsgeld aus und nahm die Quittungen für meine Einkäufe entgegen. Ob er sie jemals prüfte, konnte ich nicht beurteilen. Selbstverständlich kannte er sich auch mit technischen Dingen aus, gehörte zur Generation Smartphone und konnte seiner Tante immer auf die Sprünge helfen, wenn sie da Probleme hatte. Sie besaß natürlich ein Handy, sogar ein Tablet und beschäftigte sich seit kurzem gern mit virtuellen Spielen.

Nadine war schon heimgegangen, ich verzehrte gerade genüsslich mein eigenes großes Schnitzel, als Christian die benutzten Teller und Bestecke eigenhändig zu mir in die Küche trug und sich artig für das Essen bedankte.

»Meine Tante will jetzt Siesta halten, vielleicht bist du so nett und kümmerst dich um die Toilettendinge, natürlich erst, wenn du aufgegessen hast«, sagte er. »Danach hätte ich gern noch einen Espresso, ich lese die Zeitung, bis du fertig bist.«

Für Christian war es wohl selbstverständlich, dass wir uns duzten, ich selbst hatte es bisher vermieden. Zwanzig Minuten später saß ich wieder in der Küche und trank an diesem Tag zum zweiten Mal Kaffee mit einem Mann.

»Was für ein Glück, dass du es so gut mit meiner Tante kannst«, sagte er. »Bisher war sie noch mit jeder Pflegerin unzufrieden, wie schaffst du das nur?«

Ich zuckte mit den Schultern. »Sie ist immer höflich, ich bin es auch. Waren es meine Vorgängerinnen etwa nicht?«

»Ach, die hatten meistens nur Flausen, Männer oder die eigene Familie im Kopf«, sagte er. »Die eine hatte einen saufenden Kerl zu Hause, eine andere zwei kleine Kinder, die sie heimlich mitbrachte. Eine stank nach Schweiß, andere sprachen einen unverständlichen Dialekt oder überhaupt kein Deutsch – und so weiter. Außerdem wollten alle am Abend wieder heimgehen. Übrigens hat ihr dein Markenzeichen, das Bühnen-R, von Anfang an imponiert.«

Schon wieder ein Kompliment, dachte ich, anscheinend bin ich gar nicht mal so hässlich und doof, wie ich mir einbilde. Als ob das aber noch nicht genug wäre, fuhr er fort: »Außerdem merkt man sofort, dass du einen großen Wortschatz hast und dich fast gewählter ausdrückst als Tante Vicki. Ich würde mich nicht wundern, wenn du auch ein paar Fremdsprachen draufhättest.«

»Bloß Englisch und Spanisch«, sagte ich bescheiden, dann grinste ich ein wenig und rollte: *»El perrito de Rita me irrita …«*

»Bist du etwa zweisprachig aufgewachsen? Und was heißt dieser Satz auf Deutsch?«, fragte Christian verblüfft.

»Das Hündchen von Rita ärgert mich«, antwortete ich. »Der Satz ist aber noch längst nicht zu Ende. Für Spanier ist dieser Zungenbrecher etwa so wie unser *Blaukraut bleibt Blaukraut, und Brautkleid bleibt Brautkleid.*«

Der Erbschleicher war sichtlich beeindruckt, vor allem, dass ich Spanisch bloß in der Schule gelernt und sogar Abitur hatte. Ich fragte mich allerdings, ob sein freundliches Interesse nur Mittel zum Zweck war und er sich aus irgendeinem noch unklaren Grund bei mir einschleimen wollte.

Als Christian längst gegangen war und ich meine Arbeitgeberin wieder aus dem Bett befreite, trat ich zum ersten Mal fast selbstsicher auf. Frau Alsfelder schätzte mich und war offensichtlich zufrieden mit mir. Heute hatte sie sogar bemerkt, nicht jeder könne ein Wiener Schnitzel perfekt zubereiten, oft sei die Panade zu dick oder das Fleisch sei gar nicht vom Kalb und viel zu fett. Plötzlich fiel mir selbst auf, dass ich bisher durch keine bemerkenswerte Ungeschicklichkeit in diesem Haus aufgefallen war. Einmal Dabbes, immer Dabbes – das musste nicht sein. Hier fühlte ich mich einigermaßen wohl, hier machte mir die Arbeit sogar ein bisschen Spaß. Das Einzige, was noch nicht geklärt war, betraf meinen Urlaub. Zwar hatte ich jedes vierte Wochenende frei – dann kam dreimal am Tag eine ambulante Pflegerin –, aber ich wollte natürlich auch mal eine etwas längere Reise machen. Ich wurde übertariflich bezahlt und konnte mich bisher auf keinen Fall beklagen, bestimmt würde demnächst auch dieses Problem zu meiner Zufriedenheit gelöst werden. Geld macht doch viel aus, dachte ich. Frau Alsfelder ist zwar schwerbehindert, aber im Vergleich zu den anderen Patienten, die ich bisher gepflegt habe, kann sie sich ein relativ schönes Leben leisten, im eigenen Haus wohnen, Personal bezahlen und sich auch sonst alles gönnen, was ihren Zustand verbessert. Auch ich war durch ein gutes Gehalt viel motivierter als bisher, hatte mehr Freizeit, konnte meistens ausschlafen und mich um meine einzige Patientin so intensiv kümmern, wie es sich im Grunde für alle Pflegebedürftigen gehörte.

»Unfassbar!«, murmelte Frau Alsfelder, als ich ihr das Abendessen brachte, und legte die Zeitung beiseite. »Haben Sie es auch gelesen? Ein Krankenpfleger in Norddeutschland soll über hundert Patienten umgebracht haben. Hundertdreißig Leichname wurden bereits exhumiert! Der Mörder injizierte seinen Opfern Herzmedikamente – anfangs nur, um sie aus einem lebensbedrohlichen Zustand durch eine gelungene Reanimation zu retten und damit seine Kollegen zu beeindrucken. Aber irgendwann wurde das Morden zum Selbstzweck. Ist das nicht grauenhaft? Was sagen Sie als Profi dazu?«

»Abartig!«, versicherte ich. »Es wäre schlimm, wenn durch einen Irren unsere gesamte Berufsgruppe in Verruf geriete. Hoffentlich trauen Sie mir jetzt noch über den Weg …«

»Nein, nein, auf Sie kann ich mich durchaus verlassen. Aber natürlich ist ein gesundes Misstrauen nicht verkehrt, wenn man zum Beispiel taub, blind, vergesslich oder – wie ich – gelähmt ist. In Altersheimen werden die Pflegerinnen ja häufig des Diebstahls beschuldigt, wenn die Senioren ihr Geld oder sonst einen Wertgegenstand bloß verlegt haben und nicht finden können. Doch gelegentlich wird eben auch geklaut, davon kann ich ein Lied singen. Ausnahmen gibt es immer.«

Frau Alsfelder hatte bisher noch nie so persönlich mit mir gesprochen, ich fühlte mich an diesem Tag von ihr und von zwei jungen Männern derart aufgewertet, dass mir fast die Tränen kamen.

3
Kein Feuer, keine Kohle

Es kam, wie es kommen musste: Bei unserem zweiten Frühstück landete Boris in meinem Bett, beim dritten dort, wo er von Anfang an hinwollte. Ich war glücklich, dass ich mich endlich wie eine vollwertige Frau fühlen konnte.

Im Beruf einer Pflegerin hat man es täglich mit nackten Menschen zu tun. Da ich unter meinen Kolleginnen als nicht besonders geschickt galt, wurde ich nach einigen Fehlversuchen davon befreit, alte Männer mit Harnverhaltung zu katheterisieren, aber ich habe es während der Ausbildung immerhin lernen müssen. Aber auch bei weniger intimen Manipulationen wurde ich gelegentlich mit den Anzüglichkeiten dementer Greise konfrontiert, die in einem früheren Leben sogar feine Herren gewesen sein mochten. Nun ließen sie ihren verdrängten Phantasien wenigstens verbal freien Lauf. Wir nannten diese Spezies *Die zahnlosen Tiger.* Erst durch Boris lernte ich die männliche Anatomie von einer viel interessanteren Seite kennen.

Nach einem dieser frühmorgendlichen Gelage strahlte ich so viel Lebensfreude aus, dass Nadine Verdacht schöpfte. Vielleicht hatte ich auch die Spuren unseres Picknicks nicht sorgfältig genug weggeräumt. Jedenfalls sah sie mich nachdenklich an und meinte: »Der Boris ist hinter dir her, das sieht doch ein Blinder mit Krückstock. Lass dich bloß nicht einwickeln, du bist viel zu schade für diesen Hurenbock! Als ich ihn damals abgeschmettert habe, behauptete er, das würde mir noch leidtun, denn er könne jede Frau rumkriegen und glücklich machen. So ein Angeber! Also sag bitte nie, ich hätte dich nicht gewarnt!«

Auch Frau Alsfelder schien irgendetwas zu wittern. Sie drückte sich allerdings etwas diplomatischer aus.

»Ich bin sehr froh, dass Boris – genau wie Sie – sehr zuverlässig ist und dreimal in der Woche pünktlich hier erscheint. Im Übrigen ist er unschlagbar in seinem Beruf, deswegen würde ich nur ungern auf ihn verzichten. Aber er hat eine gewisse Schwäche, wenn es um jüngere Patientinnen oder Mitarbeiterinnen geht. Bei einer alten Frau wie mir weiß er natürlich, was sich gehört, doch mir ist leider zu Ohren gekommen, dass es einen Grund dafür gibt, warum er keine Kassenpatienten behandeln darf und auch in verschiedenen Vereinen und sogar im Kirchenchor rausgeflogen ist. Eigentlich ist es nicht meine Art, Klatsch und Tratsch weiterzuverbreiten, aber ich möchte auf keinen Fall, dass Sie in irgendeiner Weise belästigt werden. Was rede ich da! Sie sind ja eine kräftige Frau und einen Kopf größer als er!«

Wahrscheinlich wurde ich ein bisschen rot. Ich befand mich nämlich in einer Zwickmühle. Einerseits hätte ich am liebsten in alle Welt hinausposaunt: *Ich bin eine begehrenswerte Frau! Ich habe Sex mit einem Mann!* Andererseits wollte ich meinen guten Job nicht verlieren und war zum Schweigen verurteilt. Nur allzu gern hätte ich wie andere

Paare gemeinsam mit Boris etwas unternommen, etwa in einem romantischen Restaurant bei Kerzenschein diniert, so wie es in meinen Lieblingsfilmen vorkam. Oder eine Ruderpartie bei strahlendem Sommerwetter, ein Besuch im Theater oder in einem angesagten Club. Selbst zu einem Fußballspiel wäre ich fröhlich mitgegangen, wenn das eher in Frage kam. Aber wahrscheinlich konnte ich von Boris keine öffentlichen Auftritte verlangen. Ganz abgesehen davon, dass er bereits einen zweifelhaften Ruf als Ladykiller hatte, hörte ich schon das Gespött unserer hämischen Mitmenschen: *der Gartenzwerg und sein Riesenweib*. So musste ich es leider hinnehmen, dass wir uns nur heimlich und zu einer Zeit trafen, in der die meisten Menschen noch schliefen. Gab es nicht orientalische Geschichten, in denen der Geliebte nur bei Nacht erschien? Es hatte ja auch etwas Märchenhaftes, Surreales, wenn man die Welt da draußen ausschloss und sich von der Liebe verzaubern ließ. War es überhaupt Liebe? Dieses Wort war bisher noch nie gefallen.

Eines Tages fragte ich ihn: »Findest du mich eigentlich hässlich?«

Er lachte. »Du bist eine aparte Frau, das weißt du doch«, sagte er. »Willst du am Ende Komplimente von mir hören?«

Eigentlich schon, denn ich wollte ja auch bei Tageslicht bestehen. Lange dachte ich über das Adjektiv »apart« nach; »von eigenartigem Reiz« lautete die Definition im Duden, also war es reine Geschmackssache, wie auch die Beurteilung eines Plumploris.

Über sein Privatleben schwieg sich Boris aus, aber ich bohrte immer wieder nach. Einmal verplapperte er sich, dass er Kinder habe, aber die Zwillinge lebten wohl bei ihrer Mutter. Dies war ein Thema, das er anscheinend nicht vertiefen wollte, und ich ließ es ungern dabei bewenden.

Am liebsten hätte ich nämlich alles über ihn gewusst, über seine Hobbys, seine Familie, seine Kindheit. Immerhin erfuhr ich, dass er als Junge ein paar Jahre lang Pfadfinder gewesen war und daher viele Wanderlieder kannte. Seine alten Patienten freuten sich, wenn sie eine vertraute Melodie hörten und dadurch an ihre Jugend erinnert wurden. Boris war zweifellos musikalisch, konnte Mundharmonika spielen und lernte beim Autofahren im Nu die neuesten Hits, so dass er auch bei jüngeren Menschen punkten konnte. Gern sang er auch Lieder, die er von einem befreundeten Soldaten gelernt hatte. Zum Beispiel: *Frühmorgens, wenn die Hähne krähn, ziehn wir zum Tor hinaus, und mit verliebten Äuglein spähn die Mädels nach uns aus.* Ich erfuhr außerdem, dass er im Laufe seines bewegten Lebens eine Zeitlang Mitglied im Deutschen Alpenverein gewesen war, wo man ebenfalls gern Volkslieder zur Gitarrenbegleitung sang.

Mehrmals musste ich ihn ermahnen, bei seinen Besuchen zu nachtschlafender Zeit nicht lauthals loszulegen.

»Erstens singe ich nur mit halber Stimme«, behauptete er. »Zweitens ist die Alte von ihren Pillen völlig zugedröhnt, drittens benutzt sie Ohrstöpsel, so dass sie noch nicht mal wach würde, wenn eine Eisenbahn durchs Schlafzimmer rattert.«

Es stimmte zwar, dass ich Woche für Woche die kleinen Medikamentenfächer für jeweils drei Tageszeiten gewissenhaft auffüllte und dafür sorgte, dass nichts vergessen wurde.

An ihre abendliche Schlaftablette war Frau Alsfelder schon so lange gewöhnt, dass man durchaus von Abhängigkeit sprechen konnte. Andererseits hatte sie nie darum gebeten, diese Dosis zu erhöhen. Ob die Patientin immer das Ohropax verwendete und ob sie vielleicht stundenlang wach lag, wusste ich nicht. Sie klagte sowieso fast nie, was ich als sehr angenehm empfand.

Meine Bedenken hatten jedoch Erfolg, und Boris bemühte sich zum Glück, nur noch in meinem Schlafzimmer zu singen. Belustigt registrierte ich, dass er mich schon zweimal *Püppi* genannt hatte, was wie die Faust aufs Auge zu mir passt. Etwas anderes störte mich allerdings wirklich. Nie sagte er vorher, wann der nächste Besuch fällig war, so dass ich mich also auch nicht darauf vorbereiten konnte. Die Folge war, dass ich fast immer zu früh wach wurde, mir die Zähne putzte und oft sogar schon duschte, um dann vergeblich auf meinen Lover zu warten. Wahrscheinlich war es Teil seines Vergnügens, seine Überfälle unberechenbar zu machen. Mehrmals sprach ich ihn darauf an, dann erklärte er, seine Arbeitszeiten würden häufig wechseln, und er wisse das nicht schon lange im Voraus. Es bereite ihm außerdem große Freude, ein schlafendes Dornröschen wachzuküssen. Dieser Wermutstropfen wurde insofern ausgeglichen, als er sich nach wie vor um ein anständiges Frühstück kümmerte. Um ihn meinerseits zu erfreuen, legte ich neuerdings anderen Aufschnitt in den Kühlschrank. Müsli, Marmelade, Honig oder Käse waren nicht nach seinem Gusto, er bevorzugte Schinken, Leberwurst und Salami. Frau Alsfelder war großzügig, was mein Haushaltsgeld anbetraf. Ich dürfe getrost alles einkaufen, was mir am besten schmecke, meinte sie und zitierte den Bibelspruch: *Du sollst dem Ochsen, der da drischt, nicht das Maul verbinden.* Bisher war ich immer bescheiden in meinen Ansprüchen gewesen und hatte weder Hummer noch Champagner vom Supermarkt nach Hause gebracht. Doch vielleicht waren es jetzt die selten eingekauften Lebensmittel, die Nadine misstrauisch gemacht hatten. Eines Nachts briet sich Boris sogar zwei Spiegeleier mit Bacon, wobei die ebenso appetitliche wie verräterische Dunstwolke trotz geöffneter Fenster noch lange in der Küche und in meinem Schlafzimmer schwebte. Dabei wollte ja gerade er, dass unser Verhältnis geheim blieb. Fast bei jedem Besuch sang er ganz am Schluss:

Kein Feuer, keine Kohle,
kann brennen so heiß,
als heimliche Liebe,
von der niemand nichts weiß.

Nadine schnupperte misstrauisch. »Was hast du gestern Abend gekocht?«, fragte sie. »Es riecht nach Speck, hat unsere Gnädige etwa ganz neue Gelüste, oder bist du am Ende schwanger?«

»Ich habe manchmal das Bedürfnis, etwas anderes zu essen als Frau Alsfelder«, sagte ich. »Hin und wieder etwas Herzhaftes, das müsstest du doch allemal verstehen …«

»Ach so, deswegen die Leberwurst«, sagte sie. »Die schmeckt mir übrigens auch besser als euer fader Quark. – Übrigens hat der Christian vorhin angerufen, er käme am Nachmittag vorbei und brächte eine Überraschung mit!«

Ich war natürlich gespannt, denn Christian brachte nie etwas anderes als Geld für die Haushaltskasse mit, weder einen Blumenstrauß für seine Tante noch eine edle Sachertorte für eine gemeinsame Kaffeepause.

Gegen vier öffnete ich ihm erwartungsvoll die Tür; Christian trug ein fiependes Wollknäuel auf dem Arm. »Ist der nicht süß?«, fragte er.

Jungtiere sind fast immer süß, wahrscheinlich sogar Plumploris.

»Was soll das?«, fragte ich mit gerunzelter Stirn. »Ist der überhaupt schon stubenrein?«

Christian trat ein, setzte den schüchternen Welpen ab und strahlte mich an.

»Ich habe mir schon oft Gedanken gemacht, wie man Tante Vicki etwas häufiger an die frische Luft locken könnte. Haustiere sollen sowieso die besten Therapeuten sein, auch in sozialer Hinsicht.«

»Wie stellst du dir das vor?«, fragte ich. »Gut, sie wird ihn vielleicht mal streicheln, aber ein Hund muss täglich ausgeführt werden. Das bliebe zu hundert Prozent an mir hängen!«

»Dir täte es auch gut!«, sagte er. »Du könntest Tante Vicki im Rollstuhl durch den Park schieben, dann läuft der Pudel nebenher, und ihr lernt auf diese Weise andere Hundebesitzer kennen. Gleich drei Fliegen mit einer Klappe: interessante Kontakte, neue Erfahrungen sowie frische Luft!«

Ich schüttelte missbilligend den Kopf und war gespannt, was Frau Alsfelder zu einem solchen Danaergeschenk sagen würde. In diesem Moment entdeckte das Hündchen meine Schuhe neben der Fußmatte, knurrte bedrohlich und stürzte sich auf den gefährlichen Gegner. Es sah possierlich aus, wie es den Bösewicht mit Feuereifer schüttelte und zur Strecke bringen wollte. Christian zog ein Leckerli aus der Hosentasche, um den Hund abzulenken und meine Treter zu retten. Plötzlich erinnerte ich mich daran, wie gern ich als Kind Tiere gefüttert hatte – Enten im Teich, Nachbars Katze oder Eichhörnchen in unserem Garten –, und wurde milder. Christian packte den Vierbeiner an der Genickfalte und nahm ihn wieder auf den Arm.

»Aua, er hat noch spitze Milchzähne!«, sagte er. »Mein Tantchen wird dahinschmelzen! Und vielleicht kann der Fiffi sogar ihre Ängste etwas abbauen!«

Ich sah ihn fragend an.

»Du weißt bestimmt, dass sie sich regelmäßig die Sendung *Aktenzeichen XY* ansieht, wo man die Zuschauer um Mithilfe bei unaufgeklärten Kriminalfällen bittet. Dabei hat sie sich schon ein paarmal über schreckliche Szenen aufgeregt, weil man alte Menschen überfallen und beraubt, manchmal sogar gefoltert und getötet hat. Seit du im Haus wohnst, ist sie ein bisschen entspannter, weil sie von deiner Kraft und Wehrhaftigkeit überzeugt ist. Aber es ist ja allgemein bekannt, dass ein Kläffer ein besserer Schutz ist als eine Alarmanlage.«

Er wandte sich dem Treppenlift zu. »Funktioniert der überhaupt noch? Wird er regelmäßig benutzt?«, fragte er, setzte sich probeweise darauf, drückte auf den Bedienhebel und schwebte mitsamt dem Welpen in die obere Etage. Dabei winkte er mir mit der Hundepfote huldvoll zu, denn bei den Besprechungen blieben Großtante und -neffe stets unter sich. Umso mehr wunderte ich mich, dass ich nach wenigen Minuten herbeigeklingelt wurde.

Frau Alsfelder thronte im Rollstuhl und deutete wortlos auf einen kleinen See zu ihren Füßen. Ich eilte hinaus und holte eine Rolle Küchenpapier und den nassen Wischlappen. Das kann ja heiter werden, dachte ich ärgerlich.

»Man muss ihn am Schlafittchen packen und mit der Nase in die Pfütze stupsen«, schimpfte Frau Alsfelder, aber Christian schüttelte den Kopf.

»Das sind Erziehungsmethoden aus dem letzten Jahrhundert, als es noch die Prügelstrafe für unartige Kinder gab«, belehrte er seine Tante. »Im Grunde bin ich schuld, ich hätte mit dem Hundekind erst mal eine Runde im Garten drehen müssen. Übrigens ist es ein Mädchen, wie sollen wir es denn nennen?«

»Perrrrra«, knurrte ich.

»Anscheinend gehst du davon aus, dass ich den Köter behalten will«, sagte Frau Alsfelder. »Das muss ich mir allerdings noch dreimal überlegen.«

»Ihr könnt die Kleine doch einfach für ein paar Tage zur Probe nehmen«, schlug Christian vor. »Wenn es gar nicht klappt, bringe ich sie zu meinen Freunden zurück. Es wird kein Problem sein, so einen süßen Fiffi an nette Tierfreunde zu vermitteln. Wenn ihr lieber einen Rüden wollt, ist das auch möglich. Die Hundemutter hatte auf einen Schlag acht Welpen geworfen, vier davon sind noch zu haben.«

»Wir sollten außerdem Nadine fragen«, sagte ich. »Sie muss schließlich putzen! Und vielleicht hat sie Angst vor Hunden. Ich erkläre mich meinerseits dazu bereit, einmal am Tag mit Perra einen Spaziergang zu machen.«

Frau Alsfelder schüttelte den Kopf. »Perra! Das ist ja ein scheußlicher Name! Kommt überhaupt nicht in Frage, außerdem bestimme ich, wie mein Hund heißen soll.«

Christian sah mich verschwörerisch an und grinste. Dann schnappte er sich die kleine Sünderin und packte sie seiner Tante auf den Schoß. Der Coup war ihm anscheinend gelungen, und er machte sich zufrieden aus dem Staub. Ich ging in die Küche, um das Abendessen vorzubereiten. Doch ich wurde nach einer Stunde wieder gerufen, weil der Welpe offenbar von seinem Schläfchen erwacht war und selbstvergessen an den Fransen des Orientteppichs kaute.

»Es ist wahrscheinlich an der Zeit, den Hund nach draußen zu bringen«, sagte Frau Alsfelder. »Eine Weile lang war er ja ein müdes Schmusetier, aber er scheint sich jetzt zu langweilen und muss sicher wieder ein Bächlein machen. Außerdem hat er Hunger!«

Nun, es dauerte keine drei Stunden, da war klar, dass uns das schlaue Hundemädchen völlig um den Schwanz gewickelt hatte. In den nächsten Tagen drehte sich alles um die Kleine, auch Nadine vernachlässigte ihre eigentliche Arbeit, um mit Europa zu spielen – denn so wurde der kleine Pudel von seiner Herrin getauft.

Doch gleich in der ersten Nacht gab es ein Problem: Unser Hund wollte nicht in der eilig ausgepolsterten Mandarinenkiste schlafen, sondern jaulte zum Herzerweichen. Nadine hatte zwar telefonisch empfohlen, einen tickenden Wecker unter das Frotteetuch zu legen, der den Welpen an den Herzschlag seiner Mutter erinnere, aber weder Wecker noch Wärmflasche hatten Erfolg. Europa gab erst Ruhe, als ich sie zu mir ins Bett nahm, wo sie endlich mit einem wohligen Seufzer einschlief.

Das darf auf keinen Fall zum Dauerzustand werden, dachte ich, aber andererseits musste ich zugeben, dass es ein angenehmes Gefühl war, ein lebendiges warmes Wesen an den Füßen zu spüren. Allerdings breitete sich das kleine Kuscheltier immer weiter aus, rutschte höher und höher, bis es sich schließlich quer über der gesamten Mitte meines Bettes langmachte, während ich allmählich an den Rand gedrängt wurde. Im Unterbewusstsein lauerte nämlich meine latente Angst, ich könnte meine Bettgefährtin erdrücken.

Boris wusste noch nichts von unserem Neuzugang, als er am dritten Hundstag wieder einen spontanen Frühbesuch unternahm. Weil Europa mich mehrmals gestört hatte, schlief ich noch tief und fest. Als Boris mein Zimmer betrat, das Licht anknipste und *Wach auf meins Herzens Schöne* anstimmte, wurde er von einem zornigen Knurren begrüßt und dachte sekundenlang, ich sei krank und hätte Bauchgrimmen. Als er sich besorgt niederbeugte, um Dornröschen wachzuküssen, schoss eine braune Schnauze unter der Bettdecke hervor und biss ihn blitzschnell in seine große Nase.

Erst durch seinen Aufschrei wurde ich richtig wach. Boris presste ein Taschentuch an seinen Zinken, das sich etwas verfärbte. Ein paar Sekunden lang schien es, als hätte ihm die hündische Attacke die Sprache verschlagen. Doch dann wetterte er los.

»Das ist ja wohl das Letzte! Pfui Teufel! Ein Köter im Bett! Sauerei! Schämst du dich eigentlich gar nicht? In unseren Berufen ist Hygiene das oberste Gebot! Wie bist du nur auf diese Schnapsidee gekommen? Aber das will ich im Grunde gar nicht wissen, und auf ein Frühstück kannst du lange warten!«

Und damit verließ er mich, nicht ohne die Tür mit Schwung zugeknallt zu haben.

4
Ein Stündlein wohl vor Tag

Es zeigte sich bald, dass Europa eine gelehrige Schülerin war. Wenn man sie regelmäßig in den Garten brachte, machte sie sofort ihr Bächlein und beim täglichen Spaziergang auch ein Häufchen. Ich war stolz auf diese Erfolge, die ich meinem pädagogischen Talent zuschrieb. Andererseits war sie noch sehr verspielt und liebte es, ihre Milchzähne an Stuhl- und Tischbeinen zu wetzen, Schuhe zu stibitzen und an meinem Kittel zu zerren. Frau Alsfelder war es bald zu umständlich, den selbst gewählten Namen in voller Länge zu benutzen, obwohl sie eine leidenschaftliche Anhängerin der europäischen Einheit war. Meistens rief sie ihren Hund bloß »Ropi«. Allerdings führte das beinahe zu Verwechslungen, weil ich meinte, »Lori« zu hören. Nur Boris hatte mich bisher so genannt, sowohl meine Arbeitgeberin als auch Nadine sagten stets Lorina zu mir.

Apropos Boris. Wie bisher kam er pünktlich zur Massage, aber seit zwei Wochen nicht mehr zu mir. Er hatte von Anfang an verkündet, dass er nicht angerufen werden wolle, es sei denn, es handele sich um eine wichtige Terminverschiebung. Ebenso hatte er sich eine SMS oder andere private Benachrichtigungen verbeten, denn er sei nun mal ein spontaner Mensch und müsse bereits im Beruf wie eine Maschine funktionieren. Verständlicherweise wolle er wenigstens im persönlichen Bereich frei von festen Verpflichtungen oder gar Vorwürfen bleiben. Einmal hatte ich ihn leichtsinnigerweise gefragt, ob er außer mir noch andere Freundinnen hätte. Er hob die Schwurhand.

»Großes Ehrenwort! Vor Prinzessin Lori hatte ich zwar schon viele, aber jetzt ist sie die Königin meines Herzens!«

Das war wohl ein bisschen ironisch gemeint, aber ich bildete mir ein, dass er vielleicht gerade von meiner Unerfahrenheit entzückt war und sich als begnadeter Lehrmeister fühlte. Ich hütete mich, ihn fortan mit fordernden Fragen zu belästigen, denn ich spürte sofort seinen Unwillen. So hatte sich nach jenem Desaster leider keine Gelegenheit zu einer Aussprache oder gar einer Liebeserklärung ergeben. Das Hündchen und er waren nämlich seit der ersten Begegnung erbitterte Feinde. Ropi hörte den Skoda, noch bevor er in unsere Straße einbog, und begann, lauthals zu jaulen. Ich sperrte sie dann ein, aber mehrmals war sie mir entwischt und hatte sich im Nu in das Hosenbein des Kontrahenten verbissen. Boris nahm es nicht mit Humor, wurde wütend und trat nach der kleinen Furie.

Im Übrigen schlief Europa schon bald nicht mehr in, sondern in einem gemütlich ausgepolsterten Körbchen neben meinem Bett. Anfangs hatte sie protestiert, aber wenn ich im Halbschlaf meinen Arm heraushängen hieß und ihr Köpfchen sanft berührte, war sie schnell zu beruhigen. Natürlich wusste ich, dass man Boris unter diesen Umständen abschreiben konnte. Ich musste mich zwischen einem Lover und einer sensiblen Hundeseele entscheiden. Das war nicht leicht, aber ich beschloss, Ropi in einem anderen Raum schlafen zu lassen. Zum Umgewöhnen stellte ich das

Körbchen tagsüber in unterschiedlichen Räumen ab, mal in der Küche, mal im Flur und besonders oft bei Frau Alsfelder – schließlich war es ihr Hund.

Christian hatte übrigens recht behalten, neuerdings ließ sich seine Tante fast täglich in den Garten bringen, nur um ihren Hund in voller Aktion zu bewundern. Mit ihrer intakten Hand warf sie ihm unermüdlich ein Bällchen zu, das mit großer Leidenschaft gejagt und gefangen wurde. Allerdings zweifelte ich manchmal an der Intelligenz unseres Vierbeiners, weil Ropi zwar immer wieder dem Ball nachsetzen wollte, ihn aber nur ungern herausrückte, damit das Spiel weitergehen konnte.

An einem sonnigen Herbsttag wollte Frau Alsfelder sogar zur Hundewiese am Baggersee gefahren werden, weil im nah gelegenen Park Leinenzwang herrschte. Sie wollte unbedingt das Herumtollen ihres Pudelkindes mit ausgelassenen Artgenossen beobachten. Für mich ergab sich eine völlig neue Situation, denn bisher verließ sie das Haus äußerst ungern und nur bei unumgänglichen Arztterminen. Es war eine aufwendige Angelegenheit, zuerst die Behinderte und dann den Rollstuhl zu verladen, zumal es am Sonntag sein sollte, also ohne Nadines Hilfe.

Doch als wir endlich ausgestiegen waren und ich den Rollstuhl behutsam über die unbefestigten Wege bis zur großen Rasenfläche schob, gefiel mir unsere Expedition immer besser. Kaum war Ropi von der Leine befreit, als sie losstürmte und in Windeseile auf einen kleinen Terrier zusteuerte, der anscheinend ebenso jung und übermütig war. An der ausgelassenen Toberei konnten wir uns kaum sattsehen, aber schließlich wurde der Spielkamerad weggerufen, und wir zockelten ein Stückchen weiter. Plötzlich schien Ropi etwas zu wittern und knurrte leise. Ich schaute mich suchend um und sah in der Nähe nur zwei Kinder, die Fußball spielten. Wollte unser Hündchen den viel zu großen Ball für sich reklamieren? Bisher hatte sich Ropi selbst bei unbekannten Menschen mehr oder weniger schüchtern oder auch zutraulich gezeigt, aber nur in einem einzigen Fall aggressiv.

Ich konnte Ropi gerade noch festhalten, als sie auf und davon sausen wollte. Der Grund für ihre Erregung war ein scheinbar harmloses Bild: In der Nähe der Fußballspieler lag ein kurzbeiniger Mann bäuchlings auf dem Rasen und blätterte in einer Zeitschrift, er war allerdings nicht allein. Neben Boris saß ein blutjunges Mädchen, das vielleicht seine Tochter, aber schwerlich die Mutter seiner Kinder sein konnte.

Frau Alsfelders Argusaugen folgten neugierig meinen Blicken. »Das ist doch unser Boris!«, rief sie. »Deswegen stellt sich der Hund so an! Ropi mag ihn nicht, keine Ahnung, ob sie Männer insgesamt nicht ausstehen kann. Das heißt, bei Christian verhält sie sich ja völlig normal. Aber schauen Sie mal, Lorina, wen unser Boris da bei sich hat – die ist doch viel zu jung für ihn!«

»Vielleicht ist es ja seine Tochter«, schlug ich halbherzig vor.

»Von wegen!«, sagte Frau Alsfelder spöttisch. »Sehen Sie jetzt ein, dass ich Sie gewarnt habe! Aber wir sollten jetzt nicht stehen bleiben und gaffen, das gehört sich nicht. Das Privatleben meines Masseurs geht mich im Grunde auch nichts an. – Übrigens sehen Sie aus wie Picasso, wenn Sie mit aufgerissenen Röntgenaugen etwas Interessantes beobachten!«

Etwas irritiert über diesen Vergleich schob ich den Rollstuhl weiter, bis wir Boris nicht mehr im Blickfeld hatten. Zum Glück fand Ropi bald neue Spielgefährten, ich konnte sie wieder von der Leine befreien, wurde aber selbst nicht von meinen finsteren Gedanken abgelenkt. Wer war das fremde Mädchen? War es die neue Herzenskönigin? Gab es am Ende eine ganz einfache Erklärung für die friedliche Szene? Zum Glück hatte mich Boris nicht entdeckt, er dachte sonst womöglich, ich würde ihm nachspionieren. Doch ich konnte nicht anders, als mir unerhörte Szenarien auszumalen. Bisher hatte ich immer geglaubt, Boris würde sein Auto am frühen Morgen nicht vor unserer Haustür abstellen, um möglichen Verdächtigungen der Nachbarn vorzubeugen. Vielleicht machte er aber jeden Morgen nur deshalb zu Fuß die Runde, um jeweils in einem anderen Haus eine weitere Frau zu beglücken.

Nach drei Wochen hielt ich es nicht mehr aus. Als Boris mit der Massage fertig war und das Haus verlassen wollte, stellte ich mich ihm in den Weg.

»Willst du mich gar nicht mehr besuchen?«, fragte ich, leider mit weinerlicher Stimme.

»Wenn dein Bett frisch bezogen und der Bluthund eingeschläfert wird, lasse ich vielleicht mit mir reden.«

»Der Pudel gehört Frau Alsfelder, und sie liebt ihn. Aber er schläft schon lange nicht mehr bei mir im Zimmer, sondern bei seiner Herrin. Außerdem achtet er ja bloß auf dein Auto, die Haustür interessiert ihn nicht! Wenn du wie immer zu Fuß und in aller Herrgottsfrühe vorbeikommst, würde er das gar nicht mitkriegen. Natürlich darfst du nicht schon auf der Treppe singen, aber das hast du ja schon längst kapiert …«

Boris grinste. »Wir werden sehen«, sagte er und verzog sich.

Ich wusste sehr wohl, dass Boris auf Frau Alsfelders Gunst angewiesen war. Die regelmäßigen Besuche bei seiner halbseitig gelähmten Patientin gehörten zu seinen wichtigsten Einnahmequellen und wurden mehr als großzügig bezahlt. Auch sie war mit seiner Leistung überaus zufrieden, wie sie schon mehrmals betont hatte. Trotzdem würde sie sich seinetwegen niemals von Europa trennen, denn ihr Hündchen war schon nach wenigen Wochen ihr Ein und Alles. Fast wirkte sie ein wenig eifersüchtig, wenn Ropi mir ihre Liebe überschwänglich bekundete. Schließlich bestand sie sogar darauf, dass der Hundekorb tagsüber immer in ihren Räumen blieb.

Nachdem nun Boris unserem Pudel die Schuld für sein Fernbleiben gab, musste ich Ropis Schlafgewohnheiten ein für alle Mal ändern. Ich hatte nämlich gelogen, als ich behauptete, sie schliefe nicht mehr in meinem Zimmer. Sozusagen aus Versehen ließ ich also eines Abends das Hundebett im Schlafzimmer meiner Herrin stehen, die dank ihrer Tabletten schon fest schlief. Ropi konnte nicht ahnen, dass sie die ganze Nacht dort verbringen sollte, und fügte sich etwas verwundert in ihr Los.

Am nächsten Morgen öffnete ich leise die Schlafzimmertür meiner Arbeitgeberin, um den Hund in den Garten zu lassen. Zu meiner großen Verwunderung lag er neben seiner Besitzerin im Bett, und beide strahlten mich triumphierend an.

»Der kleine Racker hat es tatsächlich geschafft, sich bei mir einzuschmuggeln«, sagte Frau Alsfelder. »Wir haben hervorragend zusammen geschlafen, es ist doch ein äußerst wohliges Gefühl, so eine kleine Wärmflasche neben sich zu spüren. Aber bitte Diskretion! Von unserem kleinen Geheimnis braucht niemand etwas zu erfahren!«

Nun, dachte ich, Nadine wird es an den Hundespuren sowieso bald merken, Boris über kurz oder lang wohl auch. Aber beide werden aus Respekt keine frechen Bemerkungen machen. Als sie nach wenigen Tagen Frau Alsfelders Bett frisch beziehen musste, meinte Nadine etwas anzüglich: »Meine Oma hat jetzt einen Dackel, denn wie sagt man so schön? Das letzte Kind hat immer Fell!«

»Wobei unsere Gnädigste ja nie Kinder hatte«, verbesserte ich, »und wir beide bisher auch nicht. Aber man sollte ein Tier nicht völlig vermenschlichen.«

Anfang November war das schöne Wetter plötzlich vorbei. An jenem grauen Herbsttag hätte ich gern etwas länger geschlafen, aber ich wurde durch ein ebenso penetrantes wie gehässiges Krächzen geweckt. Natürlich war ich selbst schuld, weil ich mir einbilde, nur bei offener Balkontür und dadurch einem Höchstmaß an frischer Luft schlafen zu können. Direkt am Haus steht eine Birke im Vorgarten, auf der mich zwar manchmal eine aufdringliche Taube geärgert hatte, aber noch niemals ein Rabe. Ich wusste zwar, dass sich der hiesige Unglücksbote »Saatkrähe« nennt, aber für mich waren alle schwarzen Galgenvögel nun mal »Raben«.

Wenn ich in aller Frühe, oft noch vor Sonnenaufgang, die Zeitung für Frau Alsfelder aus dem Briefkasten holte, flogen die Krähen manchmal in großen Schwärmen über das Haus, weil sie ihre Schlafbäume verließen. In der Ebene stürzten sie sich dann auf frischgepflügte Äcker, wo sie hüpfend oder stolzierend nach Nahrung suchten. Es war bisher noch nie vorgekommen, dass ein einzelner Unglücksrabe bei mir Station machte und mich aus meinen Träumen aufschreckte. Auch in Schuberts *Winterreise* hat sich eine Krähe von ihren Artgenossen abgesondert und sich dem einsamen Wanderer angeschlossen, der sie mitleidig als *wunderliches Tier* bezeichnet. Meine Sympathie hält sich dagegen in Grenzen, nie würde ich ein Gedicht über Krähen schreiben. Hätte ich ein Jagdgewehr besessen, wäre wohl das letzte Stündlein für den Störenfried in greifbare Nähe gerückt. Standen Saatkrähen eigentlich unter Naturschutz? In Einzelfällen bestimmt nicht, denn auch die neuerdings so willkommenen Wölfe werden unter besonderen Umständen abgeschossen, im Fachjargon spricht man von »letaler Entnahme«.

Ich rieb mir die Augen und musste plötzlich an meine längst vergangene Schulzeit zurückdenken. Wir sollten ein Mörike-Gedicht auswendig lernen, das wir uns selbst aussuchen durften. Fast alle wählten das besonders kurze Herbstgedicht: *Im Nebel ruhet noch die Welt,* ein paar entschieden sich für das flatternde blaue Band des Frühlings. Nur eine Streberin rezitierte den ellenlangen *Feuerreiter* und erhoffte sich dadurch eine gute Note. Auch ich gehörte zu den Ausnahmen, und beim Gezeter des Raben kamen mir die traurigen Verse nach und nach wieder in den Sinn.

Derweil ich schlafend lag,
Ein Stündlein wohl vor Tag,
Sang vor dem Fenster auf dem Baum
Ein Schwälblein mir, ich hört' es kaum,
Ein Stündlein wohl vor Tag.

Konnten Schwalben eigentlich singen? Ich erinnerte mich an eine lang zurückliegende Reise in die Toskana, wo die Schwalben – oder waren es Mauersegler – mit unüberhörbar schrillem Gekreische über die engen Gassen fegten. Es ließ mir keine Ruhe, und ich griff zum Smartphone, weil ich zu gern dem guten alten Mörike einen biologischen Irrtum angekreidet hätte. Als ich mich schließlich schlaugemacht hatte, musste ich zur Kenntnis nehmen, dass Mehlschwalben – allerdings nur die Männchen – durchaus geschwätzig sind, zwitschern, tirilieren und den dynamischen Gesang mit lauten und leisen Tönen besonders gut beherrschen. Der Dichter hatte also nicht phantasiert, sondern selbst ein ähnliches Phänomen erlebt. Vögel waren im Volksglauben ja oft die Boten aus einer anderen Welt. Auch Mörikes Schwalbe weiß Dinge, die sie im Grunde nichts angehen. Sie ist eine Klatschbase und Verräterin, wenn sie dem schlafenden Mädchen eine bittere Tatsache offenbart:

Hör an, was ich dir sag',
Dein Schätzlein ich verklag':
Derweil ich dieses singen tu',
Herzt er ein Lieb in guter Ruh,
Ein Stündlein wohl vor Tag.

Vögel überbringen also nicht nur Grüße von der Mutter oder Liebesbriefe, sondern bewähren sich auch als Spitzel. Im Märchen sind es die Tauben, die das Blut im Schuh entdecken. Die Denunziation fällt im *Aschenputtel*-Märchen allerdings zugunsten der Protagonistin aus. Heute würde man zum Spionieren wohl eher eine Drohne einsetzen.

Doch Mörikes Gedicht war ja noch nicht zu Ende. Die Betrogene möchte den Traum am liebsten verdrängen, denn sie ahnt längst, dass es die Wahrheit ist.

O weh! Nichts weiter sag'!
O still, nichts hören mag!
Flieg ab, flieg ab von meinem Baum!
Ach, Lieb' und Treu' ist wie ein Traum
Ein Stündlein wohl vor Tag.

Der schwarze Vogel vor meinem Schlafzimmerfenster gehörte leider auch zu den Ränkeschmieden und Verrätern, und ebenso wie das Mädchen in Mörikes Gedicht wusste ich, dass er recht hatte. Boris betrog mich schon seit einiger Zeit. Und bei meinem Aussehen war auf lange Sicht auch nichts anderes zu erwarten gewesen. Insofern passten diese Verse auch wunderbar auf uns, zumal man meinen etwas klein geratenen Lover nicht als »Schatz«, sondern eher als »Schätzlein« bezeichnen konnte. Vielleicht sah ich aber auch Gespenster. Der Rabe auf dem Baum war einfach nur ein Vogel und kein Unglücksüberbringer. Boris war zwar ein seltsamer Mensch, aber gerade das machte ihn ja geheimnisvoll und faszinierend. Ohne ihn hätte ich die Freuden der Liebe nicht kennengelernt, die ich eigentlich nie mehr missen wollte. War ich ihm etwa hörig? Was konnte ich nur tun, um ihn wieder in mein Bett zu locken?

Doch eines frühen Morgens, als ich es überhaupt nicht mehr erwartet hatte, öffnete sich leise meine Zimmertür und ich meine schlaftrunkenen Augen. Im Schein einer Taschenlampe stand Boris vor mir, sang und küsste nicht, sondern befahl in barschem Ton: »Jetzt kehren wir den Spieß mal um! Du machst gefälligst das Frühstück und servierst es mir am Bett! Also raus jetzt und in die Puschen!«

Gehorsam schälte ich mich aus der Decke, verließ mein gemütliches Ruhelager und schnappte mir meinen Bademantel. Boris zog sich nur die Schuhe und die dicke Lodenjacke aus, pfefferte sie auf den Boden und stieg in voller Montur in mein warmes Bett. Zum Glück hat ihn der Hund nicht gehört, und ich muss mir zuerst die Zähne putzen – das waren meine noch verworrenen Gedanken. Dann eilte ich in die Küche, schaltete die Kaffeemaschine ein, steckte Weißbrotscheiben in den Toaströster und stellte die Pfanne für die Spiegeleier auf die Herdplatte. Der Speck brauchte viel zu lange, bis er knusprig wurde, fand ich, legte ein paar Scheiben in eine feuerfeste Schale und stellte sie in die Mikrowelle. Ich konnte es kaum erwarten, endlich mit einem gutgefüllten Tablett vor meinem Lover zu erscheinen. Als es aber endlich so weit war, dass ich zu ihm unter die Decke schlüpfen wollte, ließ er es nicht zu.

»Heute habe ich keine Zeit für dein Liebesbedürfnis«, sagte er, stopfte sich noch eine Ladung Speck in den Mund und betrachtete die Toastscheiben, die ich beide mit Leberwurst bestrichen hatte. »Nächstes Mal könnte es zur Abwechslung auch mal Salami oder Blutwurst sein.«

5
Rache ist Blutwurst

Meine konfusen Gefühle an jenem frühen Morgen kann ich kaum beschreiben. Es war ein Gemisch aus Wut und vager Hoffnung. Boris war gleich nach dem letzten Bissen aufgesprungen, hatte sich den fettigen Mund an meiner Bettdecke abgewischt und war abgehauen. Zu allem Überfluss hörte ihn Europa am Ende doch noch und fing an zu kläffen; glücklicherweise wurde sie von ihrer Herrin schnell zum Schweigen gebracht. Einerseits fand ich das Benehmen meines Lovers einfach unverschämt und demütigend, andererseits hatte er aber von einem »nächsten Mal« gesprochen. Vielleicht wollte er mich nur für den Hundebiss bestrafen und konnte bei weiteren Besuchen mit Blutwurst versöhnt werden. Wenn er unsere Beziehung endgültig abbrechen wollte, wäre er doch gar nicht erst gekommen, tröstete ich mich.

In seiner Eigenschaft als Physiotherapeut erschien er dreimal in der Woche – am Montag, Mittwoch und Freitag meistens am Vormittag. Ich nahm mir meinen Kalender vor. Genau an jenen Tagen hatte Boris mich fast nie besucht, denn ich hatte immer einen kleinen Stern für unser geheimes Rendezvous gekritzelt. Auch sonntags war er niemals hier gewesen. Ich musste mich also aufs Geratewohl an allen Dienstagen, Donnerstagen und Samstagen auf eine

Sternstunde vorbereiten, für deftigen Aufschnitt sorgen und mir beizeiten die Zähne putzen.

Schon nach einer Woche war es wieder so weit, Boris schlich sich weitgehend lautlos in der morgendlichen Dunkelheit in unser Haus und zu mir ans Bett. Mein Herz schlug vor Freude: Alles wird wieder gut, hoffte ich. Aber es sollte kein bisschen besser, sondern eher schlimmer kommen. Ich wurde nicht wachgeküsst und geherzt, sondern aus den Federn gescheucht.

»Immer muss ich andere verarzten, jetzt bin ich auch mal dran«, sagte er. »Mein Nackenbereich ist total verspannt.«

Ich begriff nicht sofort, dass ich ihn massieren sollte. Aber dann befolgte ich gehorsam seine Anweisungen, rieb seinen Rücken mit Frau Alsfelders Arnika-Öl ein, knetete und klopfte wie eine Wilde und wurde völlig zur Schnecke gemacht.

»Nie hätte ich geahnt, dass du so unsensibel und tollpatschig bist«, fuhr er mich an. »Viel zu grob! Nein, jetzt wieder viel zu lasch. Du bist anscheinend völlig unbegabt …«

»Schließlich habe ich einen anderen Beruf gelernt«, protestierte ich und ließ die schmierigen Hände sinken.

»Wenn du schon nicht massieren kannst, dann versuche wenigstens ein sanftes Streichen,« verlangte Boris. Seufzend versuchte ich erneut mein Glück, wurde aber trotzdem gemaßregelt. Boris ließ mich eine Weile weitermachen, dann zog er das Hemd wieder an und wollte frühstücken.

Er fand zwar an meiner reichhaltigen Auswahl nichts auszusetzen, aber freundlicher wurde er auch nicht.

»Bist du nur gekommen, um dich massieren zu lassen?«, fragte ich tief enttäuscht.

»Auch«, sagte er. »Hauptsächlich hatte ich aber Appetit auf Spiegeleier mit Speck, und die kriegst du ja einigermaßen hin.«

Und mit diesen Worten zog er die Turnschuhe an und die Tür hinter sich zu – ohne mir auch nur die Hand zu reichen. Ich hätte ihn am liebsten mit einem Tritt die Treppe hinunterbefördert, aber das Gepolter hätte Hund und Frauchen auf jeden Fall geweckt. Fast mehr noch als seine schroffe Zurückweisung kränkte mich die Anspielung auf meine Ungeschicklichkeit, die ich doch längst überwunden glaubte. Einmal Dabbes, immer Dabbes: Das Trauma meiner Kindheit meldete sich zurück.

Dieser Mistkerl will Macht ausüben, dachte ich, und ich lasse es auch noch zu! Nadine hat mich gewarnt, Frau Alsfelder auch, und selbst Ropi lässt mich wissen, dass sie Boris nicht leiden kann. Doch ich war blind und taub für alle gutgemeinten Argumente und sehnte mich nach nichts anderem als nach Küssen, nach Sex, nach einem Mann im Bett. Genau das sollte ich ihm aber nicht allzu sehr zeigen, sondern zur Abwechslung mal die kalte Schulter. Doch auch das klappte nicht, denn nach wenigen Tagen kam es wieder ganz anders.

Mitten im Tiefschlaf wurde ich unsanft geweckt, nämlich grob beiseitegedrängt. Völlig desorientiert brauchte ich eine Weile, bis ich realisierte, wer sich bei mir eingenistet hatte. Und zwar nicht wie sonst in aller Frühe, sondern kurz nach Mitternacht. In Unterhose und T-Shirt lag Boris neben mir, sang kein Morgenlied, sondern schnarchte. Dabei roch er penetrant nach Alkohol, was ich bisher noch nie an ihm wahrgenommen hatte. Außerdem wendete er die gleiche Taktik an wie Ropi und streckte sich – und zwar wesentlich rigoroser als sie, aber ebenso hemmungslos – aus, so dass ich an die Wand gedrückt wurde. Ich ärgerte mich so heftig, dass ich nicht mehr weiterschlafen konnte. Bisher hatte Boris noch nie bei mir übernachtet, sondern hatte nach Frühstück und Sex stets das Weite gesucht. Was hatte das wieder zu bedeuten?

Am besten war es wohl, mein enges Lager zu verlassen und auf das viel zu kleine Sofa umzusiedeln. Also kroch ich über ihn hinweg in die Freiheit. Zum Glück lag noch eine Wolldecke in Griffnähe, ich wickelte mich darin ein und überdachte die Lage aus gebührendem Abstand. Am liebsten hätte ich Boris jetzt mit kaltem Wasser übergossen, aber wer will schon die eigene Matratze ruinieren! Als ich noch über weitere erzieherische beziehungsweise rachsüchtige Maßnahmen grübelte, vernahm ich den leisen Klingelton eines Handys. Es konnte sich nur um sein Smartphone handeln, denn mein eigenes hörte sich anders an. Also schaltete ich die Lampe an, was den Schnarchenden allerdings nicht zu stören schien. Auf dem Teppich verstreut lagen seine Schuhe, Strümpfe und Kleider, das Smartphone fand ich in der Hosentasche. Ich zog es heraus und nahm ab. Eine hysterische Frauenstimme schrie mir ins Ohr.

»Wenn ich morgen früh meinen Hausschlüssel nicht im Briefkasten finde, lasse ich das Türschloss auswechseln. Falls du je wieder hier aufkreuzen solltest, zeige ich dich an!« Und damit legte sie auf.

Verschiedene Szenarien waren denkbar. Auf jeden Fall besaß Boris außer seinem eigenen und unserem noch einen anderen Hausschlüssel, vielleicht sogar mehrere. Diese Furie hatte ihn offenbar rausgeschmissen – es war immerhin möglich, dass es sich um seine Exfrau handelte. Hatte er sie belästigt? War er wie immer zu Fuß hierhergekommen? In die Decke gehüllt tappte ich auf den Balkon und schaute auf die Straße hinunter, wo der besoffene Boris das Auto direkt vor unserem Haus abgestellt hatte. Falls unsere stets aufmerksamen Nachbarn zu dieser späten Stunde seinen Wagen hier entdeckten, würden sie sich wundern. Ich fror, verließ den Balkon und grübelte weiter, schlafen konnte ich sowieso nicht mehr.

In meinem Bett lag mein begehrter und verhasster Lover, wehrlos und sternhagelvoll. Mir fiel ein sogenanntes Wandermärchen ein: Zwei leichtsinnige Frauen hatten in der Kneipe einen Mann kennengelernt, waren ihm in ein Hotel gefolgt und hatten weiter gezecht. Als sie dort aufwachten, waren sie über und über mit anzüglichen Sprüchen tätowiert. Natürlich hatte man diese völlig unglaubwürdige Geschichte erfunden, um Ehefrauen vor erotischen Abenteuern zu warnen. Aber mich reizte der Gedanke, dass Boris mir gerade völlig ausgeliefert war. Er hatte zwar keine K.-o.-Tropfen bekommen, und ich konnte sowieso nicht tätowieren, ihm aber zum Beispiel die Haare einseitig abschneiden. Diese Idee gefiel mir ganz gut, meine Kreativität war gefordert, und mir fielen noch andere lustige Streiche ein. Zum Beispiel könnte ich Ropi aus Frau Alsfelders Schlafzimmer herauslocken und unseren »Bluthund« auf Boris hetzen. Allerdings war diese Maßnahme mit allzu viel Geschrei und Gebell verbunden, so dass ich den hündischen Einsatz wieder verwarf; schließlich sollte alles möglichst lautlos vor sich gehen. Kurz vor acht musste Boris das Haus ja sowieso verlassen, wenn er seinen gewohnten Stundenplan einigermaßen pünktlich einhalten wollte.

Wohl wegen seiner geringen Körpergröße reagierte Boris empfindlich auf Kritik und legte großen Wert darauf, in seiner äußeren Erscheinung möglichst tadellos zu wirken. Vielleicht sollte ich seine Kleidung etwas beschmutzen oder ramponieren, ein Loch in der Hose war schnell zu bewerkstelligen. Ich schlüpfte in meinen Morgenmantel, schnappte mir seine Sachen und schloss mich im Badezimmer ein, um vorsichtshalber aus seinem Blickfeld zu verschwinden. Zuerst leerte ich die Taschen aus, fand einen defekten Schlüsselring sowie einige abgelöste Hausschlüssel, ein Schweizer Offiziersmesser, Dragees gegen Mundgeruch, Papiertücher, Präservative und eine Brieftasche.

Von seinen zehn Visitenkarten behielt ich eine für mich. »Privatpraxis für Physiotherapie« stand über seinem Namen und einer Adresse, wo er wohl auch wohnte. Hausbesuche, Massage, Krankengymnastik sowie manuelle Schmerztherapie wurden angeboten. Auf dem Personalausweis las ich erstmals sein Geburtsdatum, Boris war älter, als ich gedacht hatte. Führerschein, Kreditkarten, Bargeld, ein Foto von zwei kleinen Jungen – das alles überraschte mich nicht sonderlich. Sollte ich das Geld einkassieren? Oder das teure Handy? Diese Gedanken verwarf ich sofort wieder, denn um materielle Bereicherung ging es mir nicht. Eigentlich wollte ich ja nur Gleiches mit Gleichem vergelten und ihn demütigen. Also konfiszierte ich nur die Dragees und nahm mir die Hose vor, um sie ein bisschen zu traktieren.

Viele kleine Löcher oder ein großes? Ich hatte eine bessere Idee, nahm die Nagelschere zur Hand und trennte die hintere Mittelnaht vom Schritt bis zum Bund sorgfältig auf. Beim hastigen Anziehen würde er es wahrscheinlich gar nicht bemerken und sich erst später – hoffentlich in aller Öffentlichkeit – gehörig blamieren. Außerdem würde er denken, er hätte sich bei seiner Sauftour selbst die Hose aufgerissen.

Was noch? Ich sah mich im Bad um. Man könnte natürlich sein hellblaues Hemd mit pinkfarbenem Nagellack verschönern, doch dann war klar, dass ich dahintersteckte. Was stand mir noch zur Verfügung? Parfüm? Kam auch nicht in Frage, war überdies viel zu schade. Aber ein ekliger Geruch wäre nicht verkehrt, zum Beispiel nach einem penetranten Putzmittel. Großzügig sprühte ich Chlorreiniger in das Futter seiner Jacke und wurde immer besserer Laune. Selbst die Strümpfe sollten nicht verschont bleiben und wurden innen mit etwas Flüssigseife schlüpfrig gemacht. Und das Frühstück werde ich ihm auch ein wenig versalzen, dachte ich vergnügt, begab mich zurück ins Schlafzimmer, verstreute die Kleider wieder auf dem Teppich und kuschelte mich auf das Zweisitzer-Sofa. Allmählich wurde ich hundemüde und schlief tatsächlich noch ein wenig ein.

Durch einen markerschütternden Schnarcher wurde ich kurz vor acht geweckt. Mir fiel ein blöder Spruch ein, den ich von unserem Vater kannte: *Männer schnarchen, um Frauen vor wilden Tieren zu schützen.* Ich zog mich rasch an und ging in die Küche, um das Frühstück für meinen ungebetenen Gast zu bereiten. Heute gibt es Blutwurst und keinen knusprigen Speck, beschloss ich, aber zuvor zerquetschte ich acht Zehen Knoblauch und bestrich damit zwei Toastscheiben, bevor ich sie mit Wurst belegte. Er wird stinken wie die Pest, dachte ich zufrieden und weckte ihn durch grobes Schütteln.

Boris starrte mich sekundenlang an wie ein Gespenst. »Wie viel Uhr?«, nuschelte er schließlich. Als er hörte, dass es bereits acht war, sprang er auf der Stelle aus dem Bett. »Um Gottes willen, ich komme zu spät!«, rief er. »Warum hast du mich nicht früher geweckt! Wieso bin ich überhaupt hier?«

»Das frage ich mich auch«, sagte ich. »Aber zuerst solltest du etwas essen, ich habe ein bewährtes Katerfrühstück zusammengestellt.«

»Lieb von dir, Püppi«, murmelte er und lief barfuß ins Bad. Als er zurückkam, fuhr er hastig in die Hose, biss fast gleichzeitig in eine Schnitte und war zügig mit Anziehen, Blutwurst und Kaffee fertig.

»Sorry«, sagte er kopfschüttelnd. »Ich muss gestern zu viel getankt haben! Leider habe ich meinen Hausschlüssel irgendwo verloren. Danke für alles!« Und schon war er fort. Vom Balkon aus sah ich, dass er zwar in seinen Wagen stieg, aber nicht losfuhr. Er schien dort den Boden und die Sitze nach seinem Wohn- und Praxisschlüssel abzusuchen. Ob er ihn gefunden hatte, konnte ich nicht mehr feststellen, denn das Auto setzte sich bald darauf in Bewegung. Hoffentlich kann er sich nicht mehr zu Hause umziehen und duschen, sondern muss sofort bei einer Patientin antanzen, dachte ich. Dort wird er unrasiert, stinkend und mit hinten offener Hose einen bleibenden Eindruck hinterlassen. Leider konnte ich jetzt nicht weiterverfolgen, wie seine nächsten Stunden verliefen, aber zwei Tage später bekam ich es zufällig zu hören.

Meinen täglichen Spaziergang mit Ropi variierte ich gern, mal fuhr ich mit dem Wagen ein Stückchen aufs Land, wo ich unseren Hund zwischen Feldern, Wiesen und Schrebergärten nicht anleinen musste, mal liefen wir bis zum Ufer eines Flüsschens oder in den nahen Park. Auch diesmal war ich zu Fuß unterwegs und achtete darauf, dass der Pudel sein Geschäft nicht bereits in einem fremden Vorgarten verrichtete. Doch selbst auf diesen Fall war ich natürlich vorbereitet. Und tatsächlich konnte ich nicht verhindern, dass es der Hund sehr eilig hatte und sich schon ganz in der Nähe auf dem Bürgersteig erleichterte. Vor dem betreffenden Haus stand eine ältere Frau, die mit kritischen Blicken den ebenso natürlichen wie ärgerlichen Vorgang beobachtete. Sie nickte aber anerkennend, als ich einen Kotbeutel und einen Einweghandschuh aus der Tasche zog.

»Leider sorgen nicht alle Hundebesitzer dafür, dass die Hinterlassenschaften ihrer Vierbeiner wieder verschwinden«, meinte sie, und nachdem sie mich aufmerksam gemustert hatte, fügte sie hinzu: »Sind Sie nicht die Pflegerin von Frau Alsfelder? Soviel ich weiß, kommt der Masseur meines Mannes auch zu euch, oder irre ich mich?«

Über kurz oder lang kamen wir ins Gespräch, denn die redselige Frau war ziemlich sauer auf Boris.

»Sie werden es mir nicht glauben, in welchem Zustand dieser Mensch hier auftauchte! Mein Mann hat ihn hochkantig rausgeschmissen. Sie sind ja selbst vom Fach und wissen, dass man in therapeutischen Berufen auf keinen Fall einen ungepflegten Eindruck machen darf. Aber von unappetitlich konnte noch nicht einmal die Rede sein, die Entgleisung war tausendmal schlimmer. Ein Masseur, der aus allen Knopflöchern wie ein Ziegenbock stinkt und in völlig abgerissener Kleidung auftaucht, übler geht's nicht! Obwohl er seine Arbeit ja immer ganz gut gemacht hat, wollen wir ihn nie wieder bei uns sehen!«

Wir schwatzten noch eine Weile miteinander, wobei ich meinerseits nichts Negatives über Boris sagte. Die Hausbesitzerin erlaubte mir am Ende sogar, den gefüllten Hundebeutel in ihrer Mülltonne zu entsorgen, damit ich ihn nicht während unseres Spaziergangs herumtragen musste. Wie immer hatte Ropi ihren ganzen Charme aufgeboten, um mit der Fremden ein wenig anzubändeln.

Natürlich war ich hochzufrieden mit den Folgen meines Racheaktes. Ein Rausschmiss konnte sich für Boris ziemlich unangenehm auswirken, wenn sich der Grund dafür herumsprach. Leider war der betroffene Patient ein Mann, eine empfindliche Frau hätte vielleicht noch härter reagiert. Bei aller Freude über meine gelungenen Strafmaßnahmen war ich aber doch etwas in Sorge, dass Boris mir auf die Schliche kommen könnte. Falls er sich an seine nächtlichen Eskapaden überhaupt erinnerte, würde ihm die aufgetrennte Hosennaht bestimmt zu denken geben. Und wie würde er sich wohl die flüssige Seife in seinen Strümpfen erklären? Vielleicht hätte er in trunkenem Zustand seine Füße waschen wollen und vergessen, die Strümpfe auszuziehen? Falls er mich jedoch verdächtigen sollte, würde ich auf jeden Fall alles abstreiten.

Einen Tag später hatte auch Nadine das neueste Gerücht

gehört. Als sie unsere Einfahrt kehrte, kam sie mit der Haushaltshilfe unserer Nachbarin ins Plaudern und erfuhr fast brühwarm, dass man Boris in einem völlig verlotterten Zustand gesichtet habe.

»Ich hab's ja immer schon gewusst«, sagte Nadine, »mit dem Kerl stimmt was nicht! Anscheinend ist er nicht nur ein Weiberheld und Großmaul, sondern auch ein Säufer. Was meinst du?«

»Bisher ist er mir noch nicht unangenehm aufgefallen«, sagte ich ausweichend.

»Ob ich es Frau Alsfelder stecken soll?«, fragte Nadine. »Vielleicht eher nicht, sie hält ja große Stücke auf seine Fähigkeiten.«

»Und sie ist viel zu vornehm, um sich von Klatsch und Tratsch beeinflussen zu lassen«, sagte ich. Dabei fiel mir jedoch ein, dass das nicht ganz stimmte. Frau Alsfelder hatte mich vor Boris gewarnt, weil sie sich das Geschwätz der Fußpflegerin nicht ohne Interesse angehört hatte.

6
Innsbruck, ich muss dich lassen

Die Kaffeemaschine in unserer Küche blieb am Vormittag meistens eingeschaltet, denn Nadine pflegte ihre Arbeit immer durch zwei Pausen zu unterbrechen.

»Weißt du«, sagte sie, »es hat auch sein Gutes, dass unsere Chefin nicht laufen kann und uns deswegen nicht ständig kontrolliert. Nicht, dass ich sie jemals hintergehen würde, aber es ist doch viel angenehmer, wenn man die Zeit nach eigenem Gutdünken einteilen kann.«

Sie hatte recht, ich fand auch, dass die Motivation bei weitgehender Selbständigkeit größer ist als bei fremdbestimmter Planung. Im Übrigen waren wir uns einig, dass Frau Alsfelder eine liebenswerte Person war, über die wir uns eigentlich nicht beschweren konnten.

»Deswegen mag ich es nicht«, meinte Nadine, »dass Boris immer nur von *der Alten* spricht. Das ist respektlos ...«

»Stimmt. Hast du es ihm mal gesagt?«, fragte ich.

»Natürlich, aber er meinte nur grinsend, dann würde er eben von *Frau Alzheimer* sprechen, das ist ja noch viel unverschämter! Als ich protestierte, fand er mich humorlos. Ich finde es auch nicht richtig, dass er immer noch einen Hausschlüssel hat!«

Warum eigentlich? Das hatte ich mich auch schon gefragt. Nun erfuhr ich, dass diese Maßnahme noch aus jener

Zeit stammte, als nur der ambulante Pflegedienst dreimal täglich vorbeischaute und Frau Alsfelder oft stundenlang allein war. Dabei wäre ein elektronischer Türöffner viel praktischer gewesen, aber Christian habe sich leider nicht um den Einbau gekümmert, und inzwischen sei es ja auch nicht mehr nötig.

Gerade als wir noch vom Teufel sprachen, schloss er die Haustür auf, und man hörte Gesang: *Bruder Jakob, Bruder Jakob, schläfst du noch?* Ich schaute auf die Uhr, Boris war auf die Minute pünktlich und begab sich unverzüglich zu seiner Patientin. Erst als er mit der Massage fertig war, kam er zu uns in die Küche.

»Habt ihr noch ein Tässchen übrig?«, fragte er honigsüß und goss Kaffee in einen bereits benutzten Becher. Er strahlte uns beide an, und ich spürte sofort, dass er ein schlechtes Gewissen hatte. Als er sich nach wenigen Minuten verabschiedete, lächelte und zwinkerte er mir verschwörerisch zu, was wohl heißen sollte: »Es bleibt doch alles unter uns?« Klar, dass ich ihn im eigenen Interesse nicht verpetzen konnte; aber ich lächelte nicht zurück.

Am Sonntag wollte Frau Alsfelder mit Rollstuhl und Hund in den Park gebracht werden, denn das Wetter war zwar kühl, aber sonnig. Dann fand sie es jedoch schade, dass Ropi dort immer an der Leine bleiben musste, und entschied sich für einen Spazierweg durch Felder und Schrebergärten. Wir hatten ein Bällchen mitgebracht, ließen den Pudel flitzen und apportieren und hatten alle drei unsere Freude daran. Plötzlich lief uns allerdings ein Hase über den Weg, und Ropi fand es noch interessanter, hinter dem unbekannten Langohr herzuhetzen. Meine Rufe verhallten ungehört, Hase und Pudel waren in einem Rübenacker verschwunden, und Frau Alsfelder geriet in Panik.

»Wenn ein Jäger einen wildernden Hund erwischt, wird er nicht lange fackeln und ihn erschießen«, jammerte sie. Ich hielt das zwar für sehr unwahrscheinlich, wurde aber von ihrer Angst etwas angesteckt. Also ließ ich den Rollstuhl samt Inhalt einfach stehen und sprintete in jene Richtung, in der Ropi verschwunden war. Atemlos musste ich schließlich innehalten und hörte endlich auch ein zorniges Bellen.

Der Schrebergarten war zwar umzäunt, aber für einen kleinen Hund war es kein Problem, eine Lücke zu finden. Der Duft nach gebratenem Fleisch schien für Ropi noch verlockender als ein fliehender Hase zu sein. Aber warum regte sie sich so auf? Als ich näher kam, sah ich Boris vor qualmender Holzkohle stehen und abwehrend mit einer Grillzange herumfuchteln, weil ihn unser liebes Hündchen kläffend umkreiste und anscheinend angreifen wollte. Ich zögerte nicht lange, das Törchen zu öffnen, Ropi am Schlafittchen zu packen und anzuleinen. Boris sah mich böse an.

»Anscheinend werde ich sogar in meiner Freizeit von eurem Bluthund verfolgt«, sagte er. »Ist die Alte etwa auch in der Nähe?«

Bevor ich antworten konnte, wagte sich ein Mädchen aus der Gartenhütte heraus und schmiegte sich schutzsuchend an Boris.

»Die Gefahr ist vorüber, Püppi, und die Bratwurst ist gleich fertig«, sagte er. Ich brachte keinen Ton mehr heraus und verließ die beiden, so schnell ich nur konnte. »Na, Gott sei Dank«, sagte Frau Alsfelder erleichtert, und an Ropis Adresse: »Du bist doch kein Jagdhund! Und einen Mümmelmann kannst du sowieso nicht fangen, also lass diesen Unsinn in Zukunft bleiben, sonst darfst du nicht mehr frei herumlaufen.« Bei einer derart harschen Strafpredigt machte unsere schlaue Europa einen geknickten Eindruck. Ich erzählte nichts von der Begegnung mit dem Masseur.

Auf dem Heimweg war ich sehr einsilbig. Wer war das Mädchen? Wie alt mochte sie sein? Ein Teenager auf jeden Fall, vielleicht noch keine fünfzehn. Falls Boris ihr Vater war, warum waren die beiden Jungs nicht mit von der Partie? Und wenn es sein Betthäschen war, konnte er mit dem Gesetz in Konflikt kommen. Soviel ich wusste, war selbst einvernehmlicher Sex mit Vierzehn- bis Sechzehnjährigen strafbar, wenn der Täter älter als einundzwanzig war. Oder war alles ganz harmlos, und es konnte zum Beispiel seine Nichte sein, deren Eltern sie demnächst abholen würden? Leider hatte Boris *Püppi* zu ihr gesagt, das hatte mich vergiftet wie der Biss einer Kreuzotter.

Zunächst begann alles ganz harmlos. Wie schon lange nicht mehr wurde ich im Morgengrauen musikalisch geweckt. Allerdings war es diesmal keine fröhliche Melodie, sondern das melancholische *Innsbruck, ich muss dich lassen.* Vor vielen Jahren hatte ich als Schülerin dieses Lied im Chor gesungen, den Text wusste ich immer noch fast auswendig. Damals hatte uns der Lehrer auch erklärt, dass das beklagte *Elend* so viel wie Ausland bedeutete. Wir Mädchen hatten unseren Spaß daran, die Zeile *mein Freud hat mich verlassen* umzudichten: Mein *Freund* hat mich verlassen. Bei diesem Gedanken musste ich lächeln und war glücklich, dass Boris – ohne sich lange mit Erklärungen aufzuhalten – Jogginghose und Jacke abwarf und zu mir unter die Decke schlüpfte. Diesmal sah ich ein, dass es zuerst einmal ums Aufwärmen ging, denn er war kalt wie ein Eiszapfen.

Na, dich werde ich schon warm kriegen, dachte ich siegesgewiss und kuschelte mich eng an ihn. Aber auf meine liebeshungrigen Attacken reagierte er leider überhaupt nicht, sondern schob meine fordernden Hände energisch von sich weg.

»Was ist?«, fragte ich besorgt. »Wirst du etwa krank?«

»Lass das, ich kann heute nicht«, brummte Boris unfreundlich.

»Warum bist du dann überhaupt gekommen?«

»Weil ich friere«, sagte er uncharmant.

»Nein«, sagte ich ärgerlich. »Bei dir ist alles Taktik! Vielleicht brauchst du ja ein Alibi für ein Verbrechen? Oder deine Lolita hat dich vor die Tür gesetzt? Wie alt ist dieses Flittchen überhaupt?«

Boris setzte sich ruckartig auf. »Geht's noch? Spionierst du mir etwa nach? Wenn ich etwas auf den Tod nicht leiden kann, dann sind es eifersüchtige Weiber.«

»Dann erklär mir mal, wer dieses Kind ist, für das du Bratwürste grillst.«

»Mein Gott, das Mädchen hat es wirklich nicht leicht! Der Vater sitzt im Knast, die Mutter säuft. Die Kleine wohnt zwei Häuser neben mir, und ich kümmere mich gelegentlich um sie. Aber für soziale Maßnahmen hast du offenbar keine Antenne, mich wundert nur, warum du ausgerechnet Altenpflegerin geworden bist.«

»Ich kann mir durchaus vorstellen, welche sozialen Maßnahmen du an ihr ausprobierst ...«, konterte ich wütend.

»Und wenn es so wäre, wie du dir einbildest? Was geht es dich an? Ein liebes junges Ding auf der Matratze ist allemal attraktiver als eine mannstolle Vettel!«

Völlig außer mir sprang ich aus dem Bett. Boris grinste nur. »Ja, du hast es endlich begriffen! Ich brauche erst mal einen starken Kaffee und ein anständiges Frühstück, dann werden wir das Kriegsbeil vielleicht begraben.«

Wortlos schnappte ich mir meinen Bademantel und verließ das Schlafzimmer. Du bekommst eine Mahlzeit, an die du noch lange zurückdenken wirst, dachte ich, denn mir war plötzlich eine Idee gekommen, die es in sich hatte.

Zum Glück war noch ein größerer Vorrat von Frau Alsfelders Schlaftabletten vorhanden, von dem ich ohne weiteres vier Stück abzweigen konnte. Kurzentschlossen bettete ich sie zwischen Klarsichtfolien und zertrümmerte sie mit dem Fleischklopfer zu feinem Pulver. Es war kein Problem, die Leberwurst mit dieser Würze zu vermischen. Zwei Toasts wie immer, Kaffee und als Krönung und zur Geschmacksneutralisierung noch eine von Nadines Cognacbohnen.

Sterben kann man von dieser Dosis bestimmt nicht, glaubte ich, aber der Mistkerl wird beim anstehenden Hausbesuch nichts als Mist machen, das Öl verschütten und sich vielleicht selbst auf die Massagebank legen und einschlafen. Am Ende wird man ihm ein weiteres Mal kündigen, und er verliert schon wieder einen Patienten. Mit lauter bösen Phantasien im Kopf trug ich das Tablett in mein Zimmer und stellte es auf den Nachttisch.

»Wo bleiben die Spiegeleier?«, fragte Boris, biss aber trotzdem in ein Brot und verzog etwas das Gesicht.

»Es schmeckt irgendwie anders, Lori«, sagte er. »Hast du die Wurst bei einem fliegenden Händler gekauft?«

»Nein, wie immer beim Fleischer vom Supermarkt«, antwortete ich und ergänzte schlagfertig: »Er würzt neuerdings gern mit Koriander.«

»Ich kann auf so'n exotisches Zeug gern verzichten«, sagte Boris und aß auch den zweiten Toast auf. »Schuster, bleib bei deinem Leisten, Metzger, bleib beim Majoran! – Trinkst du heute keinen Kaffee?«

»Später, wenn Nadine kommt und frische Brötchen mitbringt«, sagte ich. »Deine schlechte Laune hat mir den Appetit verdorben.«

Boris grinste. »Streit kommt in den besten Familien vor«, meinte er versöhnlich. »Ich war nicht gut drauf, wahrscheinlich kriege ich eine Erkältung. Ich hätte mir zum Joggen meine Daunenjacke anziehen sollen – heute Nacht gab es zum ersten Mal Frost. Sei mir nicht böse, ich mach mich lieber vom Acker, vielleicht hilft ja ein heißes Bad.«

Offensichtlich hatte ihn der Kaffee etwas aufgemuntert, jedenfalls zog er sich an und mich kurz an sich.

»Püppi, reg dich nicht gleich auf, wenn ich mal miesepetrig bin, es soll nicht wieder vorkommen.« Dabei hauchte er mir einen Kuss auf die Stirn und verzog sich.

Nach seinem fast freundlichen Abschied tat es mir beinahe leid, dass ich die Leberwurst so exotisch gewürzt hatte. Doch im nächsten Moment fiel mir wieder ein, dass er mich als »mannstolle Vettel« bezeichnet hatte, und dafür war meine Strafe noch sehr gnädig ausgefallen.

Am übernächsten Tag war wie immer eine Massage vorgesehen, aber Boris erschien nicht zum vereinbarten Termin. Frau Alsfelder wurde etwas unruhig, ich auch.

»Lorina, rufen Sie doch bitte mal bei Boris an«, sagte sie. »Er ist immer pünktlich gewesen, jetzt ist es schon eine halbe Stunde über der Zeit. Das ist sonst überhaupt nicht seine Art, aber auch ein Masseur kann ja mal krank werden. Oder hat ihn am Ende Ropi gebissen, und er ist sauer auf mich?«

Also versuchte ich es sowohl über die Praxis als auch mit der Handynummer, aber erfolglos.

»Irgendetwas stimmt nicht«, sagte Frau Alsfelder. »Ich mache mir Sorgen!«

»Wenn ich mich recht erinnere«, sagte ich zaghaft, »hat er beim letzten Mal erwähnt, dass er gegen einen beginnenden Infekt ankämpfe. Wahrscheinlich hat er sich bei einem grippekranken Patienten angesteckt und will auf keinen Fall als Virenschleuder von Haus zu Haus gehen!«

»So wird es sein«, sagte Frau Alsfelder seufzend. »Aber anrufen müsste er mich trotzdem!«

Ich hatte ein sehr schlechtes Gewissen. Weil er mich immer wieder gedemütigt hatte, wollte ich es Boris ja einerseits heimzahlen, andererseits wollte ich ihn als Liebhaber aber nicht verlieren. Vor allem grübelte ich darüber nach, warum er heute nicht zu Frau Alsfelder gekommen war, nicht abgesagt hatte und auch nicht telefonisch erreichbar war. Irgendwie fand ich es unfair, dass meine Arbeitgeberin nun den Schaden davontrug, denn ich wusste genau, wie wichtig ihr die regelmäßigen Massagen waren. Ein weiterer Tag voll banger Ungewissheit und Spekulationen verging. Ich hatte Frau Alsfelder wie immer Frühstück und Zeitung gebracht, als sie mich schon nach einer halben Stunde herbeizitierte.

»Haben Sie das schon gelesen?«, fragte sie sichtlich erregt. Ich schüttelte den Kopf. Im Allgemeinen nahm ich mir das Blatt erst in der Mittagspause vor, wenn sie damit fertig war. Wortlos reichte mir Frau Alsfelder die Lokalseite und deutete dabei mit zittrigem Finger auf eine vergleichsweise kurze Nachricht. »Vorlesen!«, befahl sie schließlich.

Am frühen Morgen ist gestern ein 42-jähriger Mann bei einem Verkehrsunfall schwer verletzt worden. Nach dem derzeitigen Stand der Ermittlungen kam der Fahrer eines blauen Skoda aus bisher ungeklärter Ursache von der Fahrbahn ab und prallte wohl mit hohem Tempo gegen einen Baum.
Anscheinend war der Fahrer nicht angeschnallt. Das Fahrzeug wurde durch den Aufprall so stark beschädigt, dass die Feuerwehr den Verletzten herausschneiden musste. Er wurde mit dem Rettungshubschrauber in ein Krankenhaus gebracht.

»Meinen Sie, dass es sich um Boris handelt?«, fragte Frau Alsfelder, sichtbar aufgewühlt. »Er fährt doch einen Skoda, und er ist meinem Wissen nach Anfang vierzig. Das würde erklären, dass er sich nicht melden kann. Mein Gott, das wäre ja furchtbar!«

»Es gibt sicherlich noch viele Männer, die einen blauen Skoda fahren«, sagte ich tonlos, aber mir wurde schwindelig.

»Ob man bei den Krankenhäusern anrufen kann?«, überlegte Frau Alsfelder. »Aber natürlich haben Ärzte Schweigepflicht, vor allem wenn es sich nicht um Angehörige handelt. Vielleicht sollte man bei der Polizei nachfragen?«

»Ich werde es herauskriegen«, versprach ich.

Kurz darauf saß ich mit Nadine in der Küche und las zum zweiten Mal den Zeitungsartikel vor. »Ob hier tatsächlich die Rede von unserem Boris ist?«, fragte ich, obwohl ich mir eigentlich fast sicher war. »Ich soll mich bei der Polizei erkundigen, hat Frau Alsfelder verlangt. Ob das so ohne weiteres möglich ist? Würde man sich bei denen nicht auch auf den Datenschutz berufen? Oder ob man sich besser mal in der Nachbarschaft umhört? Du kennst doch Leute, die über jeden Klatsch Bescheid wissen.«

»Viel besser«, sagte Nadine. »Mein großer Bruder ist bei der Polizei. Wenn er gerade Streife fährt, mag er zwar keine privaten Anrufe, denn dann sind sie meistens zu zweit. Aber bei mir macht er bestimmt eine Ausnahme.«

Keine zehn Minuten später wussten wir definitiv, dass der Verletzte Boris war.

Todunglücklich stellte ich mir vor, wie alles geschehen sein musste. Wenn er mich nachts beglücken wollte, kam Boris im Jogginganzug und zu Fuß, nicht mit dem Wagen. Falls doch, dann stellte er den Skoda-Kombi unauffällig in einem anderen Straßenblock ab. So war es wohl auch diesmal gewesen. Bei der Heimfahrt hatten ihn die Tabletten wahrscheinlich irgendwann so müde gemacht, dass er unaufmerksam wurde oder sogar am Steuer einschlief. Wenn er dabei umgekommen wäre, hätte ich mich als Mörderin fühlen müssen. Zum Glück schien er ja noch zu leben, aber wie schwer seine Verletzungen waren, wusste auch Nadines Bruder nicht zu sagen.

Frau Alsfelder war außer sich. »Er wird sicherlich lange ausfallen, wo kriege ich jetzt möglichst schnell einen Ersatz her? Aber selbst wenn wir einen finden sollten, nützt es mir nicht viel, denn unserem Boris kann sowieso keiner das Wasser reichen! Abgesehen davon haben die meisten Krankengymnasten nur blöde Turnübungen im Programm, und die wenigsten machen regelmäßig Hausbesuche!«

»Ich kenne eine gute Physiotherapeutin«, sagte ich. »Soll ich dort mal anfragen?«

»Auf keinen Fall eine Frau!«, ereiferte sich meine Arbeitgeberin. »Die haben doch längst nicht genügend Kraft. Außerdem ist es die einzige Chance für alte Frauen, von einem Mann auf angenehme Art berührt zu werden.«

»Dann bin ich wohl am falschen Platz«, sagte ich verstimmt.

»O nein, Lorina! Sie sind eine ausgezeichnete Köchin. Und glauben Sie im Ernst, ich wollte mich von einem jungen Mann auf die Toilette setzen lassen?«

»Habe verstanden«, knurrte ich. »Ich bin also hauptsächlich als Klofrau bei Ihnen angestellt.«

7
Maharadscha

Als ob das alles nicht schon genug für meine strapazierten Nerven gewesen wäre, kam plötzlich noch eine fast panische Angst hinzu. Ich rechnete damit, dass man Boris nach Ludwigshafen in die Unfallklinik gebracht hatte, weil er sich mit großer Wahrscheinlichkeit alle möglichen Knochen gebrochen hatte. Zum Glück hatte er ja keine anderen Verkehrsteilnehmer, sondern nur einen Baum und seinen eigenen Wagen geschreddert, aber man würde ihm wohl trotzdem Blut abnehmen. Alkohol oder Drogen waren zwar nicht im Spiel, aber Sedativa in erhöhter Konzentration. Sobald er vernehmungsfähig war, würden ihn ein Psychiater und natürlich auch ein Polizist befragen: War er abhängig von Tranquilizern, oder war es ein Suizidversuch? Und Boris würde zwei und zwei zusammenzählen und sofort wissen, dass nur ich ihm einen so bösartigen Streich gespielt haben konnte. Vor Gericht würde man es als Mordversuch auslegen, denn bei meinem Beruf als Altenpflegerin konnte ich mich ja nicht gut mit Unwissen herausreden. Ein Albtraum! Gefängnis! Berufsverbot!

»Dieser schreckliche Unfall hat Sie anscheinend sehr mitgenommen«, sagte Frau Alsfelder und betrachtete mich nachdenklich. »Aber Kopf hoch, jeder Mensch ist ersetzbar. Ich habe Christian angerufen, er wird heute Nachmittag vorbeikommen und mir bei der Suche nach einem neuen Masseur zur Seite stehen. Und vielleicht habe ich ja Glück, und Boris ist schon bald wieder auf den Beinen.«

Der sogenannte Erbschleicher saß lange bei Frau Alsfelder, ich hatte keine Ahnung, was die beiden so ausführlich besprachen. Bevor er das Haus verließ, kam Christian noch zu mir in die Küche, wo ich das Abendessen vorbereitete. Er wollte aber nicht bleiben, um die nach Sherry duftende Ochsenschwanzsuppe gemeinsam mit seiner Großtante zu schlürfen.

»Ja, da ist guter Rat teuer«, sagte er und ließ sich auf meinem Drehstuhl nieder. »Tante Vicki ist leider so begeistert von ihrem singenden Hofnarren, dass es ihr wahrscheinlich kein anderer recht machen wird. Ob die Massage aus medizinischer Sicht wirklich so wichtig ist, sei dahingestellt. Im Grunde wollen sich die meisten Leute aus purer Wollust durchwalken lassen.«

»Sie möchte leider keine Physiotherapeutin, sondern einen starken Mann«, bemerkte ich. »Aber da sie ja eine gut zahlende Privatpatientin ist, muss es nicht unbedingt jemand aus nächster Nähe sein. Da wird sich schon einer finden.«

»Wie gut, dass du wenigstens eine zuverlässige und treue Seele bist«, meinte er. »Hättest du Lust, mit mir essen zu gehen? Für mein Tantchen könnte man ja mal ausnahmsweise ein Fertiggericht in den Ofen schieben.«

Wahrscheinlich wurde ich rot. Noch nie hatte mich ein Mann zum Essen eingeladen. War das bloß ein freundliches Angebot, oder gab es einen Pferdefuß?

»Sehr gern«, sagte ich. Dabei fiel mir ein, dass ich ihm bei dieser Gelegenheit noch ein anderes Problem unterjubeln sollte.

»Weißt du, ich werde hier ja keineswegs ausgebeutet, und ich wüsste auch keinen Grund, um mich zu beschweren. Aber bisher hatte ich noch nie ein paar Tage Urlaub am Stück, und das freie Wochenende fällt oft genug aus, das müsste besser geregelt werden. Ich würde gern mal verreisen, dann könnte man entweder für eine Vertretung sorgen oder den ambulanten Pflegedienst wieder einschalten. Bis jetzt habe ich es aber noch nicht gewagt, mit Frau Alsfelder darüber zu reden, ich möchte auf keinen Fall, dass sie mich für undankbar hält.«

»Gut, dass du es ansprichst«, sagte Christian. »Bei nächster Gelegenheit werde ich mich für dich einsetzen. Tante Vicki hat vielleicht noch gar nicht darüber nachgedacht.«

»Bei Nadine ist es ja einfacher«, sagte ich. »Wenn sie mal Urlaub macht, springt eine Freundin für sie ein. Ich wüsste auf Anhieb leider keine meiner ehemaligen Kolleginnen, die mich vertreten könnte. Aber ich würde gern mal wieder meine Eltern oder meine Schwester Carola besuchen.«

Christian stand auf. »Geht in Ordnung, ich hab's jetzt auf dem Schirm! – Wie wäre es nächste Woche beim Italiener? Ich würde dich natürlich abholen. In der Zwischenzeit werde ich auf allen Plattformen nach einem kraftstrotzenden Masseur fahnden. Vielleicht gibt es schon bald ein Casting, und ich kann von ersten Erfolgen berichten. Hast du auch einen Wunsch, was der Neue für ein Typ sein soll?«

Dabei lächelte er ein wenig süffisant, und ich fühlte mich irgendwie ertappt.

»Zu einem Casting gehören auch Vorsprechen, Tanz und Gesang«, sagte ich. »Das ist das mindeste, was ich verlange.« Dabei dachte ich wehmütig daran, dass er einen singenden Masseur wohl schwerlich ausfindig machen würde.

Später fragte mich Frau Alsfelder, ob ich herauskriegen könne, in welchem Krankenhaus Boris liege. Sie würde ihm gern Blumen schicken, ihn anrufen, ja vielleicht sogar besuchen. Ich mutmaßte allerdings, dass sie sich vor allem über die Schwere seiner Verletzungen informieren wollte.

»Leider weiß ich privat sehr wenig über ihn«, erklärte sie. »Er wird doch Angehörige haben, die man fragen kann! Bitte, Lorina, versuchen Sie es mal bei Ihrem früheren Pflegedienst, die werden sicherlich Näheres wissen. Hat er Ihnen oder Nadine wirklich nie etwas über seine Familie erzählt?«

»Nein, tut mir leid. Er hat lieber gesungen als geredet«, sagte ich, und sie nickte mit einem wissenden, leicht sentimentalen Lächeln.

Meine Recherche erwies sich dann als relativ einfach. Als ich im Internet nach der Nummer meines einstigen Pflegedienstes suchte, sah ich spaßeshalber nach, ob auch Boris eingetragen war. Natürlich fand ich nur Telefon und Anschrift seiner Praxis, aber er musste früher ja mal mit seiner Familie unter einem Dach gelebt haben. Doch in einer Kommode auf dem Flur lagerten ältere Adressbücher, die man eigentlich entsorgen müsste, jetzt kamen sie mir allerdings gelegen. Und richtig: Vor fünf Jahren hatte Boris eine andere Anschrift. Auf gut Glück rief ich dort an. Ich glaubte, die schrille Stimme zu erkennen, die mich in jener unerfreulichen Nacht auf dem Handy meines betrunkenen Lovers angegiftet hatte. Es war jedoch nicht sein Nachname, mit dem sich die Frau meldete.

»Sind Sie die Exfrau unseres Masseurs?«, fragte ich vorsichtig. »Meine Arbeitgeberin Frau Alsfelder hat von seinem Unfall gehört und möchte Boris gern im Krankenhaus besuchen. Sie will wissen, in welcher Klinik er liegt …«

»Von wegen Ex«, antwortete sie unfreundlich. »Wir sind nach wie vor verheiratet! Und besuchen kann Frau Alzheimer ihn bestimmt nicht. Boris liegt auf der Intensivstation der Heidelberger Neurochirurgie, wo man ihn in ein künstliches Koma versetzt hat und beatmet. – Sonst noch was?«

Ich dankte ihr, wünschte ihrem Mann gute Besserung und war grenzenlos erleichtert, obwohl es sich vielleicht nur um eine Galgenfrist handelte. Auf jeden Fall war Boris noch nicht ansprechbar, konnte vorläufig nicht aussagen und hatte später hoffentlich eine retrograde Amnesie, so dass er sich nicht an den Unfall und die Stunden davor erinnern konnte. Also erstattete ich Frau Alsfelder Bericht, den sie seufzend entgegennahm.

»Das sieht nicht danach aus, als wäre Boris schnell wieder fit«, meinte sie. »Mit Neurologen habe ich keine guten Erfahrungen, da muss man sich immer auf das Schlimmste gefasst machen. Hoffentlich hat Christian bald Erfolg bei der Suche nach einem Nachfolger!«

Mein nächstes Problem war vergleichsweise winzig, es bereitete mir aber trotzdem Kopfzerbrechen. Was sollte ich anziehen, wenn ich mit Christian ein Restaurant besuchte? Meine Garderobe hatte ich immer nach praktischen Gesichtspunkten ausgewählt: waschmaschinenfest, in gedeckten Farben, bequem und unauffällig. Meine Schuhe waren trittfest, flach und am liebsten grau. Etwas Elegantes besaß ich nicht, was zum Pizza-Essen ja auch nicht unbedingt nötig war, oder wollte er am Ende zu einem Edel-Italiener? Sollte ich mir ein Kleid kaufen? Ich trug ja immer bloß Hosen! Doch Christian sollte sich auf keinen Fall einbilden, ich würde mich ihm zuliebe in Unkosten stürzen. Andererseits sah er mich bisher nur im Dienst, er konnte nicht ahnen, ob ich überhaupt schickere Sachen besaß. Und so kam es, dass ich in der Mittagszeit nicht mit dem Hund spazieren ging, sondern in mehreren Boutiquen herumstöberte, dies und das anprobierte und jedes Mal frustriert wieder herauskam. In einem modisch kurzen Kleid, in Rock und Bluse oder gar in einem Kostüm sah ich entweder spießig oder lächerlich aus. Sollte ich mich also zunächst nur nach Schuhen umsehen? In meiner Größe waren elegante Highheels viel zu monströs und wohl eher für Transvestiten gedacht, obwohl es die Verkäuferin bestritt. Am Ende wurde ich aber doch noch fündig, als ich einen Secondhandladen betrat und eine orientalische Tunika mit Stehkragen erstand. Mit ihrem golddurchwirkten, purpurfarbenen Rosenmuster erinnerte sie an das Gewand eines florentinischen Edelmanns aus der Renaissance. Wie aus der Zeit gefallen, dachte ich, vielleicht passt das am ehesten zu mir.

Christian riss die Augen auf, als er mich abholte. »Wow!«, rief er – ob entzückt oder befremdet, ließ er sich nicht anmerken. »Du siehst ja aus wie ein Maharadscha! Dann gehen wir lieber nicht in die Pizzeria, sondern zum Inder.«

Mit einem Schlag sah ich mich mit seinen Augen. Wahrscheinlich war ich eine eher peinliche Begleitung, denn er selbst steckte in Jeans und Sneakers, unter einer zerknautschten Lederjacke trug er einen lässigen gelben Kaschmirpullover; er konnte ja auch kaum erwartet haben, dass ich mich so seltsam aufdonnern würde. Für neue Schuhe hatte es bei mir allerdings nicht gereicht, ich trug zum königlichen Kaftan die grauen Latschen und meine etwas ausgeleierten Leggings.

Schließlich saßen wir unter dem Foto eines Maharadschas, der ein ähnliches Teil trug wie ich; mir fehlten nur ein farblich passender Turban und ein schwarzer Bart, um mich als Zwillingsbruder des abgebildeten Fürsten auszugeben. Christian übernahm die Bestellung, weil er sich angeblich auskannte. Knusprige Pappadams wurden sofort auf den Tisch gestellt, ich hatte diese Cracker aus Linsenmehl bisher noch nie probiert. Christian aß Chicken Tandoori und ich Lamb Biryani. Die Lammfleischstücke waren mit Mandeln, Cashewkernen, Kokosraspeln und Rosinen gewürzt und schmeckten mir ausgezeichnet. Leider war ich etwas aufgeregt, die Ungeschicklichkeit meiner frühen Jahre machte sich wieder bemerkbar, und ich verschüttete rote Chilisoße auf meinen wunderbaren Kaftan. Während ich mit der Serviette den Fleck immer tiefer in die empfindliche Brokatseide rieb, addierte ich heimlich die Preise der verschiedenen Gerichte, die zwar angemessen, aber für einen Studenten vielleicht doch etwas hoch ausfielen. Besonders beim Wein hatte Christian keine Minute gezögert und den teuersten ausgesucht.

Natürlich sprachen wir zuerst über meine Arbeitgeberin.

Wir waren uns einig, dass Christians Großtante Viktoria eine ganz besondere Persönlichkeit war, wie immer man das interpretieren mochte.

»Kennst du eigentlich ihren Exmann?«, fragte ich.

»Ja natürlich! Als ich noch ein Kind war, besuchten wir Tante Vicki und Onkel Rudi regelmäßig. Meine Oma und Viktoria waren schließlich Zwillingsschwestern. Als meine Großmutter starb – übrigens nach einem Schlaganfall –, war es für meine Großtante kaum zu verkraften. Die beiden waren ja ein Herz und eine Seele gewesen, und es wunderte wohl keinen, dass Viktoria nach zwei Jahren ebenfalls mit einem Apoplex in die Klinik gebracht wurde. Gerade noch rechtzeitig, sagten die Ärzte, was bei meiner Oma leider nicht der Fall gewesen war. Na ja, du weißt wahrscheinlich, dass sich ihr Mann nach einiger Zeit scheiden ließ, weil er das Elend nicht ertragen konnte.«

»Aber er hat sich wenigstens als großzügiger Geldgeber gezeigt«, sagte ich. »Hat er seine Exfrau denn manchmal besucht? Seit ich hier bin, jedenfalls noch nie …«

»Anfangs schon, er hat sich persönlich um den behindertengerechten Umbau gekümmert. Aber sie hat ihm irgendwann ziemlich deutlich zu verstehen gegeben, dass seine Besuche unerwünscht sind. Aber mit mir blieb er in Kontakt, so etwa alle drei Monate ruft er mich an oder bestellt mich sogar ein, damit ich ihn ausführlich über ihr Befinden informiere.«

»Sein schlechtes Gewissen lässt ihm wohl keine Ruhe«, mutmaßte ich.

»Ich würde es eher Verantwortungsbewusstsein nennen«, meinte Christian. »Zum Beispiel war es sein Vorschlag, dass ich einen Hund ins Haus holen sollte. Irgendwann verriet er mir übrigens, dass er sich schon viel früher von Tante Vicki trennen wollte, weil sie doch zu unterschiedlich tickten. Ihre Krankheit war nicht der eigentliche Grund für die Scheidung, sondern eine andere Frau. Es gehört ja Mut dazu, eine Behinderte zu verlassen, das sollte man nicht verteufeln, ohne die schwierige Vorgeschichte zu kennen.«

»Ich verteufele ihn doch gar nicht«, protestierte ich. »Ist er eigentlich ein Womanizer? Sieht er gut aus?«

»Früher schon, aber er ist halt auch in die Jahre gekommen. Mit meinem Opa hat er sich immer gut verstanden, denn der hat sich nach dem Tod meiner Großmutter auch recht schnell getröstet. Doch nicht etwa mein Vater, sondern Onkel Rudi bezahlt mein Studium, was er bestimmt nicht müsste – wir sind ja gar nicht richtig verwandt. Na ja, er hat selbst keine Kinder und Geld wie Heu.«

»Eigentlich läuft doch jetzt alles in ruhigen Bahnen. Oder gibt es noch irgendwelche familiären Animositäten, auf die ich Rücksicht nehmen muss?«

»Mach dir keine Sorgen! Ich gönne meiner Großtante allerdings, dass sie bald friedlich einschläft, denn das ist doch kein schönes Leben, was sie derzeit führt! Sie selbst wünscht sich ja nichts mehr, als bald wieder mit ihrer Zwillingsschwester vereint zu sein.«

Ich sah Christian verblüfft an, weil ich von Frau Alsfelders sehnlichem Wunsch bis jetzt nichts mitgekriegt hatte. Im Gegenteil, ich hatte immer angenommen, dass sie das Beste aus ihrer Situation machte und durchaus noch ihre kleinen Freuden hatte, nicht zuletzt beim Spiel mit unserem fröhlichen Pudelkind. Von ihrer Zwillingsschwester hatte sie überdies noch nie gesprochen, auch wenn ein Foto der Verstorbenen über ihrem Sekretär hing. Ich wollte jetzt eigentlich das Thema wechseln.

»Schluss jetzt mit deinem Onkel Rudi! Viel wichtiger ist doch, ob du einen neuen Masseur gefunden hast.«

»Bitte, sag noch mal *Rudi*!«, verlangte er.

Ich tat ihm den Gefallen und sagte *Rrrrudi.*

»Okay, dann kommen wir jetzt zum Casting. Im Grunde habe ich gar nicht erst nach einem ausgebildeten Physio gesucht, weil meine Tante auf eine wirksame Therapie doch gar keinen Wert legt. Es haben sich also hauptsächlich Masseure und Bademeister gemeldet. Die meisten Massagen werden aber in Behandlungsräumen oder Bädern durchgeführt. Ambulante Pflege, also Hausbesuche, sind nicht die Regel, aber möglich. Leider schieden gleich mehrere stattliche Mannsbilder aus, weil sie als Angestellte keine Privatwohnungen aufsuchen sollen.«

»Mach's nicht so spannend«, sagte ich.

»Na gut, dann ziehe ich mal meinen Trumpf aus dem Ärmel!« Er entnahm seiner Brieftasche ein Foto und legte es vor mich auf den Tisch. Verblüfft betrachtete ich einen posierenden Gewichtheber, der eine Langhantel stemmte. Außer einer kurzen roten Turnhose, Knieschützern und Sportschuhen hatte er nichts an.

»Sie wollte doch einen starken Kerl«, sagte Christian. »Hier hätte sie einen echten Muskelprotz!«

Besonders lustig fand ich seine Idee nicht gerade, denn mit Kraft allein war es bestimmt nicht getan. Boris hatte feinfühlige Hände und ein gutes Gespür für die Wünsche seiner Patienten. »Hast du noch andere Trümpfe?«, fragte ich matt.

»Ich weiß nicht, ob Tante Vicki Vorurteile gegen Tattoos hat«, sagte Christian, der wohl mehr Beifall erwartet hatte.

»Boris trug Ohrringe«, sagte ich. »Deine Tante hat sich nie an solchen Äußerlichkeiten gestört, glaube ich. Sie ist zwar etwas konservativ, aber in diesen Dingen sehr offen. Bei Pflegeberufen ist es eine Selbstverständlichkeit, adrett und gepflegt auf der Bildfläche zu erscheinen, das hat aber nichts mit modischen Accessoires zu tun.«

»Also gut, hier kommt der Nächste, den habe ich selbst fotografiert.«

Auf dem Handy sah ich einen dümmlich glotzenden Jüngling, aber vor allem seinen entblößten rechten Arm, der vom Handgelenk bis zur Schulter mit protzigen Armbanduhren tätowiert war. Irgendwie erinnerte es mich an historische Kolportagen, in denen von russischen Besatzern die Rede war. Ich riss den Mund auf und brachte mühsam heraus: »Das kann doch nicht dein Ernst sein!«

Christian lachte schallend. »Du bist mir vorbildlich auf den Leim gegangen«, sagte er.

8
Zweimal rote Rosen

Erst als sich Christian über seine eigenen Witze wieder etwas beruhigt hatte, wurde es ernst. Er hatte drei Kandidaten ausgewählt, allerdings hatten sich auch kaum noch andere beworben, die in Frage kamen. Er plante, alle drei seiner Tante vorzustellen, sie sollten dann probeweise jeweils zehn Minuten ihre Kunst unter Beweis stellen. Nach der Massage konnte sie sich ja noch mit jedem ein wenig unterhalten, um festzustellen, wes Geistes Kind die Herren waren. Fotos oder schriftliche Bewerbungen hatte Christian nicht vorliegen, denn er stand mit den drei Bewerbern bisher nur in telefonischem Kontakt. Nur einer war Physiotherapeut, ein anderer Bademeister mit Zusatzausbildung, und der Dritte war wohl nur für Wellness und Fitness zuständig.

»Und wenn Boris wieder gesund ist?«, fragte ich. »Soll sie dann den Neuen zum Teufel jagen?«

»Das ist dann ihre Entscheidung«, meinte Christian. »Aber glaubst du wirklich, dass ein Schwerverletzter schon bald wieder einen körperlich anstrengenden Beruf ausüben kann? Im Anschluss an die Klinik muss er wahrscheinlich erst mal in die Reha. Übrigens – stimmt das? Hatte Boris einen Hausschlüssel? Den sollte man auf jeden Fall zurückverlangen, oder?«

»Der Neue braucht keinen Schlüssel, ich oder Nadine kann ihm die Tür aufmachen. Eine von uns ist immer zu Hause«, sagte ich.

»Boris hätte also theoretisch zu jeder Tages- und Nachtzeit bei euch eindringen können«, sagte Christian nachdenklich. »Tante Vicki behauptet nämlich, sie hätte ihn mitten in der Nacht singen hören.«

»Dann müsste ich es doch auch mitgekriegt haben«, sagte ich, und schon stieg mir die Röte wieder ins Gesicht. »Deine Tante nahm regelmäßig Schlaftabletten und hatte auch meistens Stöpsel in den Ohren, wahrscheinlich hat sie geträumt. Außerdem hätte sich der Hund gemeldet, wenn jemand hier eingebrochen wäre.«

»Stimmt, Europa kann diesen Heini genauso wenig leiden wie ich! – Also, ab übermorgen kommt täglich einer der drei Prüflinge und erwartet das Urteil unserer Scharfrichterin! Tante Vicki wird es bis dahin hoffentlich noch aushalten …«

Schließlich fuhr er mich im zweisitzigen Sportwagen nach Hause und sagte beim Abschied: »Übrigens hat mich dein Maharadscha-Outfit total geflasht!«

Bereits am folgenden Morgen wurde ich von Frau Alsfelder mit großem Nachdruck herbeigerufen. Empört hielt sie mir die Rückseite der Tageszeitung entgegen. Zuerst wusste ich gar nicht, worauf sie mich aufmerksam machen wollte, ich sah nur verschiedene Inserate und keinen lesenswerten Artikel. Sie deutete auf ein schwarz umrahmtes Rechteck.

»Er ist gestorben, und niemand hat uns etwas gesagt!«, stieß sie aufgeregt hervor. Mit klopfendem Herzen las ich die Namen der heutigen Bestattungen, an dritter Stelle stand Boris, seine Urnenbeisetzung fand bereits um 14 Uhr statt. Zur Abwechslung wurde ich nicht rot, sondern leichenblass.

»Da muss ich auf jeden Fall hin, vielmehr wir müssen ...«, meinte Frau Alsfelder. »Das bin ich ihm schuldig! Ist es nicht furchtbar? Er war doch noch jung! Sagten Sie nicht, er hatte Kinder? Wo kriegen wir so rasch noch einen Kranz her?«

»Ich fahre auf der Stelle zur Friedhofsgärtnerei«, stotterte ich, nur um möglichst schnell allein sein zu können. In meinem Zimmer warf ich mich aufs Bett, heulte los und kämpfte mit den widersprüchlichsten Gefühlen. Ich hatte meinen Geliebten auf dem Gewissen, den einzigen Mann, mit dem ich geschlafen hatte. Mein Schmerz und meine Schuldgefühle waren überwältigend, meine Angst gigantisch. Hatte Boris das Bewusstsein wiedererlangt und mich als Urheberin des Unfalls verdächtigt oder sogar eine offizielle Aussage gemacht? In wenigen Stunden musste ich Frau Alsfelder im Rollstuhl an sein Grab schieben, musste mit anschauen, wie zwei verwaiste Kinder um ihren Vater trauerten, vielleicht auch eine größere Anzahl von Frauen, mit denen Boris Sex gehabt hatte. Doch vorher musste ich unbedingt einen Kranz besorgen, ich hatte es versprochen.

Als ich die Treppe hinuntergeschlichen kam, saß Nadine bei einer ihrer Kaffeepausen in der Küche und ließ mich nicht kommentarlos aus dem Haus. »Wie siehst du denn aus!«, rief sie. »Hast du etwa geflennt?«

»Boris ist tot«, schluchzte ich.

»Na, dem würde ich keine Träne nachweinen«, sagte Nadine. »Aber unsere Gnädigste wird außer sich sein! Du darfst dich von ihrer Wehleidigkeit nicht anstecken lassen.«

»Sie hat mir aufgetragen, schleunigst einen Kranz zu besorgen«, murmelte ich. »Die Beerdigung ist heute um 14 Uhr, also schon in wenigen Stunden. Da will sie unbedingt dabei sein, das bedeutet natürlich, dass ich sie hinbringen muss.«

»Wie gut, dass ich andere Pflichten habe«, sagte Nadine. »Aber du kannst mir später erzählen, wie viele trauernde Mädels für sein Seelenheil gebetet haben.«

Bei einem Urnengrab empfehle sie keine großformatigen Kränze, meinte die Floristin, ein sogenannter Liegestrauß sei angemessener, und welche Blumen denn der Verstorbene besonders geschätzt habe? Klassiker seien zwar Lilien und Callas, aber heutzutage wähle man immer häufiger auch bunte Farben. Ich entschied mich für rote Rosen. Eine Herzform sei in diesem Fall besonders beliebt, in der Mitte vielleicht ein schneeweißer wetterfester Engel? Beinahe hätte ich zu allen Vorschlägen Ja und Amen gesagt, aber ich dachte zum Glück noch daran, dass es Frau Alsfelder war, in deren Namen ich den Auftrag vergab. Wir blieben also bei einem Gesteck aus roten Rosen, auf das ich warten konnte.

Meine Arbeitgeberin zog die Augenbrauen hoch, als sie die Blumen begutachtete. Dann fiel ihr ein Sinnspruch ein, und sie zitierte: »*Wie willst du weiße Lilien zu roten Rosen machen? Küss eine weiße Galathee: Sie wird errötend lachen.* – Na schön«, sagte sie schließlich gedehnt, »bei all den schwarzen Klamotten und weißen Lilien am Grab ist das vielleicht ein tröstlicher Blickfang. Dabei fällt mir ein, Lorina, holen Sie mir doch bitte meinen Persianermantel, er müsste eingemottet im Keller hängen. Vielleicht sollte man ihn ein wenig abbürsten und lüften.«

»Ebenso wie die Trauerblumen bunt sein dürfen, ist die Kleidung heutzutage nicht mehr so düster wie in früheren Jahren«, sagte ich. »In anderen Ländern, zum Beispiel in Asien, trauert man übrigens in Weiß.«

»Was Sie nicht alles wissen! Aber ich möchte meinen alten Pelz ganz gern mal wieder anziehen. Auf dem Friedhof wird man bestimmt nicht mit Farbbeuteln schmeißen.«

Sekundenlang dachte ich daran, meinen Maharadscha-Kaftan anzuziehen, aber es hätte Frau Alsfelder wohl allzu sehr brüskiert, und es war überdies viel zu kalt draußen. Also trug ich meinen grauen Lodenmantel, als ich mühsam zuerst die Gelähmte, dann den Rollstuhl vor der Haustür ein- und auf dem Parkplatz des Friedhofs wieder ausgeladen hatte. Ich war sehr aufgeregt, denn nun würde ich wahrscheinlich sowohl die Ehefrau meines Lovers als auch seine zahlreichen Betthäschen zu Gesicht bekommen.

Fast war ich enttäuscht, als ich nur ältere, zum Teil behinderte Leute entdeckte, die offensichtlich wie Frau Alsfelder zur Kundschaft gehört hatten. Manche kannten sich und tuschelten über die Todesursache des Verstorbenen. Ich spitzte die Ohren und konnte immerhin etwas von einer Hirnblutung heraushören. Ein greisenhafter Mann war anscheinend der Vater von Boris, denn er sah ihm auffallend ähnlich, machte aber einen dementen Eindruck, weil er unaufhaltsam vor sich hin kicherte. Er wurde von einer resoluten Pflegerin am Arm geführt und hin und wieder gemaßregelt. Man versammelte sich vor einer kleinen Kapelle, aber offensichtlich hatte es dort keinen Trauergottesdienst gegeben. Als Letzte erschien die Witwe, die ich wegen der beiden Kinder sofort identifizieren konnte. Sie war klein und mager, trug einen fleckigen Parka, hielt ein paar weiße Chrysanthemen in der Hand und war alles andere als eine Schönheit. Der Ausdruck ihres verkniffenen Gesichts zeugte von Müdigkeit und Überforderung. Die zwei Jungen umrahmten sie mit linkischer Steifheit, sie hatten im Gegensatz zu ihrer Mutter stark gerötete und verweinte Augen. So ähnlich hatte ich mir die Familie meines Lovers zwar vorgestellt, aber bei diesem Anblick konnte ich meine Tränen nicht mehr zurückhalten. Alle Trauergäste drückten den Angehörigen des Verstorbenen ihr Beileid aus, dann setzte man sich hinter dem Urnenträger in Bewegung. Eine angemessene Vertiefung war am Urnenfeld bereits ausgehoben, die eigentliche Bestattung war schnell erledigt. Einige ältere Leute falteten die Hände zu einem stillen Gebet. Schweigend stand ich mit dem Rollstuhl vor dem kleinen Grab, in der Hoffnung, dass ich in wenigen Minuten erlöst war und wieder nach Hause konnte. In diesem Augenblick schlängelte sich ein schluchzendes Mädchen hinter einem Lorbeergebüsch hervor und warf mit dramatischer Gebärde eine rote Rose auf die frisch glänzende Erde.

»Hau ab!«, rief die Witwe mit überschnappender Stimme. »Du hast hier wirklich nichts verloren! Lass dich nie wieder hier blicken!«

»Schnell weg hier«, flüsterte mir Frau Alsfelder zu. »Aber wir müssen uns noch verabschieden, das gehört sich so.« Also ergriffen wir noch eilig die kleine Hand der erschöpften Ehefrau, die sich anfühlte wie eine tote Maus. Dann schwenkte ich den Rollstuhl zügig an allen Anwesenden vorbei bis zum Fußweg, der direkt auf den Parkplatz führte.

»Leb wohl, Boris«, flüsterte ich, bis mir klar wurde, dass er sich ja endgültig ausgelebt hatte. Frau Alsfelder hatte mich zum Glück nicht gehört, denn sie schimpfte zornig vor sich hin: »Eine völlig unwürdige Bestattung! Keine Reden, keine Musik, kein Gebet, vom Pfarrer ganz zu schweigen! Und natürlich auch keine Einladung zum Leichenschmaus oder wie man das heutzutage nennt.«

»Abschiedsessen oder Totenmahl?«, überlegte ich. »Aber wären Sie denn überhaupt mitgekommen?«

»Natürlich nicht«, sagte sie. »Übrigens waren unsere roten Rosen der einzige Lichtblick der missglückten Zeremonie, leider hat diese ungezogene Göre unseren Gag übertrumpft. War das nicht die Kleine, die wir mit Boris am Baggersee gesehen haben?«

Ja, allerdings. Und sie war es auch, die ich ein zweites Mal angetroffen hatte, als mein Geliebter im Schrebergarten gerade Bratwürste grillte. Dabei fiel mir sofort wieder ein, dass er dieses halbe Kind *Püppi* und mich stattdessen *Vettel* genannt hatte, und schon war mein Zorn wieder aufgeflammt. Es war eigentlich kein großes Unrecht, dass ich Boris aus dem Verkehr gezogen hatte. Ich erinnerte mich an einen Zeitungsartikel über die sogenannte letale Entnahme einzelner gefährlicher Wölfe, die sogar von militanten Naturschützern gebilligt wurde. Dieser zynische Weiberheld würde nie wieder ein Mädchen oder eine Frau verführen und am Ende todunglücklich machen.

Wir waren fast wieder zu Hause, als Frau Alsfelder noch

einmal das Wort ergriff: »Das verhuschte Wesen war also die Frau von unserem Boris, da kann man ja fast verstehen, dass er sich woanders schadlos hielt. Ich werde meinen Minnesänger sehr vermissen, seine wohltuenden Massagen, seine wunderbaren Lieder. Besonders mochte ich ja, wenn er *Kein Feuer, keine Kohle* sang, doch die letzte Strophe hat er wohl mit Absicht ausgelassen. Denn die geht so: *Setz du mir einen Spiegel ins Herze hinein, damit du kannst sehen, wie so treu ich es mein.* Denn treu war er wohl nur seinen zahlenden Kunden, wo zwar von Feuer nicht die Rede war, aber die Kohle stimmte. – Morgen stellt sich ein Ersatzmann bei mir vor, und ich weiß, dass man Menschen nie vergleichen sollte. Ich werde also keinen zweiten Boris erwarten, sonst ist meine Enttäuschung vorprogrammiert.«

Das waren weise Worte. Ich seufzte tief aus, stellte den Motor ab und bugsierte erst den Rollstuhl, dann die alte Dame aus dem Wagen. Nadine war natürlich pünktlich nach Hause gegangen und konnte mir nicht helfen. Europa begrüßte uns mit einem Freudentanz, sie war zwar nur eine Stunde allein geblieben, aber war es nicht gewohnt. Der Hund durfte ja sonst immer mitkommen, wenn Frau Alsfelder gemeinsam mit mir das Haus verließ, denn es ging hinaus in die Natur.

»Jetzt brauche ich erst mal einen doppelten oder dreifachen Espresso oder besser eine ganze Kanne Kaffee«, meinte Frau Alsfelder. »Leisten Sie mir ausnahmsweise Gesellschaft, Lorina? Und nehmen Sie bitte die guten Tassen und bringen auch Biskuits und einen Cognac mit.«

Meine Dienstherrin pflegte ihre Mahlzeiten stets allein

einzunehmen, einzig Christian wurde gelegentlich eingeladen. Ich fühlte mich geehrt.

»Das hat mich doch sehr mitgenommen«, seufzte sie und goss zu meinem Erstaunen reichlich Schnaps in ihren Kaffee. »Beerdigungen sind so was von emotional! Und Sie Ärmste sehen auch aus wie ausgespuckt! Wenn ich Ihnen etwas gestehen soll – ich hatte Sie sogar mal in Verdacht, mit Boris ein Techtelmechtel zu haben. Das ist natürlich Quatsch, aber Sie sind vielleicht eine der wenigen, die seinen fröhlichen Gesang zu schätzen wussten. Man urteilt ja schnell über einen Menschen, wenn man Gerüchten Glauben schenkt. Das hat jetzt ein Ende, denn über die Toten darf man nichts Schlechtes sagen. Ich werde Boris immer als den besten Masseur aller Zeiten im Gedächtnis behalten. Friede seiner Asche!«

»Amen«, sagte ich und füllte auch meine Tasse mit Cognac auf.

Frau Alsfelder war aber noch nicht fertig. »Natürlich kommen mir bei einem solchen Anlass ziemlich trübe Gedanken. Wie wird es bei meiner eigenen Beerdigung zugehen? Ob ich überhaupt in einem Grab oder eher unter einem Baum in einem Friedwald liegen möchte? Oder ob es mir sowieso egal sein kann? Neulich las ich in der Zeitung, dass man sich im US-Bundesstaat Washington nach dem Tod kompostieren lassen kann. Mikroben leisten ganze Arbeit! Was für eine gruselige Idee!«

»Und … Wie hätten Sie es denn gern?«, fragte ich, denn der ungewohnte Alkohol hatte mich mutig gemacht.

»Ich weiß es nicht genau. Das ganze Brimborium habe ich zwar bei Boris vermisst, aber im Grunde ist es doch unnötig, jedenfalls für mich. Es ist eine Angelegenheit, die die Angehörigen entscheiden müssen.«

»Und glauben Sie an ein Wiedersehen im Jenseits?«

»Nein, das ist nur eine menschenfreundliche Phantasie, die uns trösten soll. Eigentlich will ich ja noch lange leben«, sagte Frau Alsfelder. »Meine Ropi liebt und braucht mich. Und es geht mir im Grunde doch ganz gut, wozu auch Sie Ihren Teil beitragen.«

Christian ist da ganz anderer Meinung, dachte ich, hielt aber tunlichst meine Klappe. Bald darauf wurde die alte Frau trotz des starken Kaffees müde und wollte ihre verpasste Siesta nachholen.

Als ich das Tablett wieder in die Küche getragen sowie Würfelzucker und Cognac weggeräumt hatte, stellte ich die Tassen nicht in die Spülmaschine, denn sie waren viel zu edel. Im Gegensatz zu mir hatte Boris keine Skrupel gehabt, Frau Alsfelders antikes Porzellan zu benutzen. Sie selbst wollte nur gelegentlich den nachmittäglichen Kaffee daraus trinken, denn es stammte noch aus ihrem adligen Elternhaus und sollte geschont werden. Heute hatte sie mir dieses Privileg ganz offiziell zugestanden. Ehrfürchtig drehte ich ein Tellerchen um und ließ warmes Wasser über die blaue Schwertermarke laufen, spülte dann die Oberseite ab und betrachtete mit Wohlgefallen den feinen Goldrand und die zierlichen Rosenknospen an den Seiten. In der Mitte prangte eine gefüllte rote Rose, die mich wieder an die traurige Bestattung erinnerte. Ganz plötzlich strömten Tränen über mein Gesicht, so dass mir durch eine sekundenlange Unaufmerksamkeit der Teller entglitt und mit einem leisen Klirren in der Spüle zerschellte. Seltsamerweise kam mir bei diesem Geräusch das Märchen vom Froschkönig in den Sinn. Der treue Heinrich behauptet am Ende der Geschichte, der knackende Ton stamme nicht vom zerbrochenen Wagen, sondern sei *»ein Band von meinem Herzen, das da lag in großen Schmerzen …«*. Dies flüsterte ich vor mich hin und sammelte die Scherben auf, die angeblich Glück bringen. Allerdings ging es mir nicht wie dem getreuen Kutscher, der im gleichen Moment von seiner Qual erlöst wurde. Immer noch konnte meine Tat ja ans Licht kommen, und fürs Erste würde ich wohl kaum erfahren, ob Boris noch kurz vor seinem Tod aus dem Koma erwacht war und mich beschuldigt hatte. Gott sei Dank fiel mir dann aber ein, dass man ihn nach der Einäscherung nicht mehr obduzieren und vielleicht noch Spuren seiner Henkersmahlzeit finden konnte. Ein Band von meinem Herzen schien sich zu lösen, ich wurde wieder optimistischer und überlegte endlich, was ich zum Abendessen kochen sollte.

Als ich den Kühlschrank öffnete, fiel mein Blick sofort auf je eine halbe Leber- und Blutwurst. Zusammen mit den Bruchstücken der Meissener Untertasse wanderten die letzten Frühstücksreste meines Lovers in den Mülleimer.

9
Ruben Crauth

Der erste Bewerber war kein Bademeister, sondern Masseur und Podologe. Christian musste ihn falsch verstanden haben, weil er diesen Begriff wohl noch nie gehört hatte. Ich belehrte ihn, dass es sich um einen medizinischen Fußpfleger handelte. Als sich der Kandidat vorstellte, wollte er wohl gleich einen lustigen Eindruck machen.

»Marlon Schweiger«, sagte er. »Marlon wie Brando, Schweiger wie Til.«

Schon von seiner äußeren Erscheinung her konnte ich ihn auf Anhieb nicht leiden. Keinem der beiden Schauspieler sah er nur im Geringsten ähnlich, und ich hatte sofort den Verdacht, dass sein Name erfunden war. Weder Christian noch ich oder gar Nadine wurden Zeugen seines Könnens, aber im Anschluss teilte uns Frau Alsfelder ihr Urteil immerhin mit.

»Boris hatte sich ja hauptsächlich meinen Rücken vorgeknöpft«, sagte sie. »Dieser Schweiger hat sich dagegen sofort über meine Füße hergemacht, bisher wusste ich gar nicht, wie angenehm das ist. Diesbezüglich war ich zwar hochzufrieden, aber …«

»Was hast du an ihm auszusetzen?«, fragte Christian. »Hat Herr Schweiger dich etwa angeschwiegen?«

»Im Gegenteil! Er hat nur dummes Zeug gelabert. Genauer gesagt, Witze erzählt. So nach der Art: ›Kommt eine Frau zum Arzt …‹ Kalauer und Zoten sind nicht mein Niveau, aber vielleicht könnte man es ihm abgewöhnen. Mal sehen, was die anderen zu bieten haben.«

Da war ich natürlich auch gespannt. Nummer zwei war der einzige ausgebildete Physiotherapeut, hatte keinen spektakulären Namen – wenn ich mich recht erinnere, hieß er *Becker* oder *Fleischer* – und war durch und durch professionell. Frau Alsfelder beschwerte sich zwar nicht direkt, aber schon an ihrem Gesicht konnte man erkennen, dass sie gelangweilt war.

Der dritte Masseur gewann dagegen sofort ihr Herz, er hieß Ruben, und in diesem Fall war es durchaus sein Name, den die alte Frau für außergewöhnlich interessant hielt. Die Unterhaltung fiel offensichtlich länger aus als bei seinen Vorgängern. Ruben war wohl jünger als ich, hochgewachsen, blond und mit einem verträumten Ausdruck in den weit auseinanderliegenden, wasserblauen Augen.

»Ich brauche gar nicht lange zu überlegen«, sagte Frau Alsfelder, als Ruben das Haus verlassen hatte. »Der ist es und kein anderer!«

»Warum bist du dir bei diesem Schmalhans so sicher, Tante Vicki?«, fragte Christian misstrauisch. »Hat er magische Hände oder kann er singen?«

»Beides nicht«, sagte sie. »Aber er beherrscht eine Kunst, die ich bei einem Heilberuf niemals erwartet hätte. Fast möchte ich behaupten, es handelt sich um eine sogenannte Inselbegabung!«

»Kann er dir etwa sagen, an welchem Wochentag Napoleon geboren wurde? Die Wunderkinder, die mühelos solche Leistungen bringen, haben oft irgendein schwerwiegendes Handicap«, meinte Christian. »Zum Beispiel eine geistige Behinderung. Aber spann uns nicht so auf die Folter, was kann dein Favorit, was sonst keiner konnte?«

»Gedichte und Balladen!«, sagte sie begeistert und erklärte dieses Phänomen etwas ausführlicher. Als sie gefragt hatte, ob er singen könne, hätte er leider verneint. Doch er würde Liedtexte sofort auswendig behalten, ja überhaupt alles, was sich reimte oder einen eingängigen Rhythmus habe. Ein paarmal durchgelesen, und schon sei jedes Wort für alle Zeiten in sein Gedächtnis eingebrannt. Ungläubig hatte ihn Frau Alsfelder auf die Probe gestellt.

»Ich hielt ihn für einen Angeber, aber als ich ihn Schillers ellenlangen *Handschuh* rezitieren ließ, hat er kein einziges Mal gestockt. Es war grandios!«

»Tante Vicki, willst du eigentlich einen neuen Masseur oder einen Entertainer? Wie hat es denn mit dem Kneten und Walken geklappt?«

»Noch nicht so hundertprozentig, aber Ruben ist ja noch jung und lernfähig. Und es ist doch viel schöner, wenn er mir jedes Mal eine Ballade vortragen wird. Sogar besser als die Lieder, die Boris gesungen hat, denn manche dieser Texte waren knapp an der Grenze zum Kitsch. Und ganz abgesehen davon war Ruben der Einzige von den dreien, den Europa mochte. Die beiden anderen hat sie sofort angeknurrt.«

Christian wechselte einen kurzen Blick mit mir. Im Grunde war er wohl der Meinung, sein Tantchen sei nicht mehr ganz dicht. Ich wagte nicht zu grinsen.

»Na gut«, sagte er. »Dann brauche ich ja keinen weiteren

Masseur zu suchen. In nächster Zeit kann ich sowieso nicht dauernd kommen, ich muss endlich meine Hausarbeit fertigschreiben.«

Am folgenden Morgen informierte ich Nadine über die Entscheidung unserer Dienstherrin.

»Ruben, was für ein seltener Name«, meinte sie. »Wie heißt er denn weiter?«

»Ruben Crauth«, sagte ich, und sie bekam prompt einen Lachanfall.

»Rübenkraut! Kraut und Rüben!«, wieherte sie los. »Wie kann man nur so heißen! Aber wenigstens gut zu merken.«

Als der neue Masseur einen Tag später seinen ersten Dienst antrat, lauerten wir vor Frau Alsfelders Schlafzimmertür und spitzten die Ohren. Und richtig, es dauerte keine drei Minuten, da ging es drinnen los: *John Maynard war unser Steuermann …*

Bevor sie wieder einen Lachkrampf bekam, konnte ich Nadine gerade noch wegzerren. Als sich Ruben schließlich verabschiedete, wollten wir ihn unbedingt noch zu uns in die Küche locken, aber er schüttelte mit einem verlegenen Lächeln den Kopf. Erst bei seinem dritten Hausbesuch gelang es, den jungen Mann zu einem gemeinsamen Kaffee hereinzubitten und ein wenig auszufragen.

Ruben war ebenso höflich wie schüchtern, das merkte man sofort. Nur stockend gab er Auskunft über sein bisheriges Leben. Anscheinend war er ein etwas verbummelter Student, der nur auf Druck seines Vaters gerade eine Ausbildung zum Wellness- und Fitnessmasseur abgeschlossen hatte, um sich wenigstens finanziell über Wasser halten zu können. Nach diesem Kurzzeit-Lehrgang sei er allerdings nicht berechtigt, Bewegungstherapie, Massagen nach ärztlicher Verordnung, Lymphdrainagen oder dergleichen vorzunehmen. Er strebe also hauptsächlich das Wohlbefinden seiner Patienten an. Frau Alsfelder sei bis jetzt seine einzige Kundin und ein Glücksfall, weil er bei ihr auch seine seltene Begabung zum Einsatz bringen könne.

Nadine hörte staunend zu. Ich fragte neugierig: »Klappt es auch bei Gedichten in anderen Sprachen? Englisch, Französisch? Kannst du vielleicht sogar Spanisch?«, und er lächelte.

»Aber nur ein bisschen, *un poquito.* Gerade genug, um im Urlaub ein Bier bestellen zu können.«

»Dann werde ich dich jetzt mal prüfen«, sagte ich. »Mal sehen, ob sich dein außerordentliches Talent auch bei einer Fremdsprache bewährt.«

Ich tippte einen mir bekannten Titel von Federico García Lorca auf mein Display und las ihm ein düsteres Gedicht namens *Córdoba* vor. Aber er schüttelte den Kopf.

»Ich muss es gedruckt vor Augen haben«, meinte er. Also holte ich das spanische Buch aus meinem Zimmer. Dann las er sich die drei Strophen mehrmals durch, gab mir das Buch zurück und spulte den gesamten Text wie ein schlechtes Tonbandgerät ab. Jedes Wort stimmte. Doch bei der Zeile *la muerte me espera* lief mir ein Schauer über den Rücken, denn ich sah den Tod leibhaftig hinter ihm stehen. Wohl oder übel musste ich ihn aber erst einmal loben.

»Schon erstaunlich, wie schnell du das draufhast! Aber die Aussprache lässt sehr zu wünschen übrig«, sagte ich. »Vor allem das rollende R wie zum Beispiel in *las torres,* das sind nämlich die Türme von Córdoba. Hast du überhaupt verstanden, was du da so sinnentleert heruntergeleiert hast?«

»Leider kaum ein Wort! Klar, dass ich deswegen auch keine angemessene Betonung hinkriege.«

Fast bekam ich Lust, ihn ein wenig zu quälen und ihm eine Lektion in spanischer Aussprache zu verpassen. Aber es kam nicht dazu, weil sich Ruben schleunigst aus dem Staub machte. Nadine fand den jungen Mann zwar schlau, aber nicht besonders attraktiv.

»Muckis hat er keine, wie kann er dann ein guter Masseur sein«, sagte sie. »Und mich würde es wahnsinnig nerven, wenn er diese altbackenen Verse aufsagt, da fand ich persönlich ein fröhliches Liedchen immer noch besser. Aber unsere liebe Herrin hat halt einen etwas unterirdischen Geschmack.«

Er habe sehr schöne Hände, fand sie dann aber doch. »Ein Langfinger«, sagte sie und lachte über ihren Witz.

Die Tage vergingen, es wurde immer kälter. Ich versuchte, die trüben Gedanken an Boris zu verdrängen, bis ich eines Tages auf fatale Weise doch wieder an ihn erinnert wurde.

Es war ein dunkler Nachmittag, Frau Alsfelder war von ihrer Siesta noch nicht wieder auferstanden, ich bereitete in der Küche gerade das Tablett für ihren Nachmittagskaffee vor. Als es klingelte, schlurfte ich in Pantoffeln an die Haustür und erkannte die verhärmte Person nicht sofort.

Es war die Frau des verstorbenen Masseurs, die offensichtlich ein Anliegen hatte und nach einer *Frau Alzheimer* fragte.

»Können Sie das Namensschild nicht lesen? Die Hausbesitzerin heißt Alsfelder und hält gerade ihren Mittagsschlaf«, sagte ich leicht verunsichert. »Aber vielleicht kann ich Ihnen ja auch helfen. Worum geht es denn?«

Ich führte sie nicht ins Wohnzimmer, sondern in die Küche und bot ihr einen Stuhl an. In einer Ecke lag Europa, hob den Kopf und knurrte leise, aber nicht besonders furchterregend. Die Witwe setzte sich, zog einen schweren Schlüsselbund aus ihrer Handtasche und legte ihn auf die Tischplatte.

»Boris besaß von einigen seiner Patienten die Hausschlüssel, ich möchte sie jetzt alle wieder zurückgeben, aber ich kann sie nicht zuordnen. Wissen Sie, welcher zu Ihrem Haus gehört?«

Erleichtert registrierte ich, dass die Frau offenbar keine Ahnung von meiner Beziehung zu ihrem verstorbenen Mann hatte. Ich holte also meinen eigenen Schlüssel und verglich ihn mit den anderen, es war ein Kinderspiel, den richtigen zu identifizieren und auszuprobieren.

»Herzlichen Dank«, sagte ich so freundlich wie möglich. »Ich werde Frau Alsfelder informieren, aber sie kümmert sich sowieso nicht um solche Dinge. Möchten Sie vielleicht einen Kaffee? – Und wie geht es Ihnen jetzt, wie haben es Ihre Kinder verkraftet?«

Sie blickte mitleidheischend zu mir auf. »Ich musste noch eine weitere Putzstelle annehmen«, klagte sie. »Eigentlich wollte Boris ja Polizist werden, aber leider war er zwei Zentimeter zu klein. Als Beamtenwitwe wäre ich einigermaßen versorgt und käme finanziell besser über die Runden. Wahrscheinlich werde ich einen Rechtsanwalt einschalten müssen, weil die Versicherung bisher keinen Arbeitsunfall anerkennen will. Dazu müsste ich nämlich nachweisen, dass Boris dienstlich unterwegs war. Doch das wird schwierig werden, denn er verunglückte ja in aller Herrgottsfrühe! Und an seinem Todestag hatte er noch gar keine Hausbesuche eingetragen.«

Nun bekam ich doch einen Schrecken. Die Gefahr war längst nicht gebannt, man würde nachforschen, wo Boris seine letzten Stunden verbracht hatte. Als ob das nicht schon genug war, hakte sie noch nach:

»Ich frage jetzt alle seine Patienten, ob er nicht ausnahmsweise schon mal um sieben Uhr bei ihnen angetreten ist. Wäre das bei Frau Alzheimer vielleicht denkbar gewesen?«

»Auf keinen Fall«, sagte ich entschieden. »Frau Alsfelder steht spät auf, um diese Zeit schläft sie noch tief und fest.«

Die traurige kleine Frau seufzte und verabschiedete sich. An der Haustür meinte sie noch: »Es wäre mir sehr geholfen, wenn einer seiner Patienten bezeugen könnte, dass er Boris an jenem schrecklichen Tag schon so früh einbestellt hat ...«

Als ich wieder allein war und Zeit zum Grübeln fand, wurde mir schwer ums Herz. Klar, dass die Angehörigen meines Liebhabers keine ausreichende Witwen- und Waisenrente zu erwarten hatten – erstens war Boris relativ jung gestorben, zweitens war er in den letzten Jahren freiberuflich tätig gewesen. Ich war also schuld am Elend dreier Menschen. Wenn ich nun Frau Alsfelder bitten würde, aus sozialen Gründen einen dringenden Hausbesuch ihres Masseurs zu nachtschlafender Zeit zu bestätigen, dann hätten die Hinterbliebenen wohl eine ansehnliche Summe zu erwarten. Aber was würde meine Arbeitgeberin von einer falschen Aussage halten? Wie ich sie kannte, würde sie sich niemals zu einer eidesstattlichen Erklärung bereit erklären. Ich könnte natürlich ihre Unterschrift fälschen, aber in Fällen, bei denen es um viel Geld ging, würde man Frau Alsfelder bestimmt persönlich befragen. Außerdem müsste sie oder auch jeder andere einen plausiblen Grund angeben, warum man schon zu so ungewöhnlich früher Stunde einen Masseur bestellt hätte.

Als ich die Witwe nach ihrer Befindlichkeit gefragt hatte, meinte ich eigentlich nur ihren psychischen Zustand. Sie hatte es aber ausschließlich auf ihre materielle Situation bezogen, von Trauer war nicht die Rede gewesen. Außerdem war mir neu, dass Boris gern Polizist geworden wäre. Heute ist es ja in manchen Bundesländern erlaubt, dass Ordnungshüter sichtbare Tätowierungen tragen, vielleicht hätte Boris sogar seine geliebten Ohrringe nicht ablegen müssen. Allerdings erreichte er offenbar nicht die Mindestgröße für diesen Beruf, das musste ihn seinerzeit sehr gekränkt haben. Armer Mann, sicherlich hatte er seine Minderwertigkeitskomplexe in der Rolle eines erfolgreichen Don Juans kompensiert. Ich zerschmolz in Mitleid, meine Wut über sein bisweilen unverschämtes Verhalten war auf einmal verflogen, und ich fühlte mich meinerseits als seine trauernde Witwe. Deshalb tauschte ich seinen Hausschlüssel gegen meinen eigenen aus, um wenigstens ein Stückchen von ihm in der Hand zu halten. Leider besaß ich ja überhaupt keine Erinnerungsstücke, nicht einmal ein Foto.

Aber ich musste Frau Alsfelder immerhin von dem Besuch der Witwe in Kenntnis setzen.

»So, so«, meinte sie. »Dann könnte ja Ruben den überzähligen Hausschlüssel vielleicht mal bekommen. Der ist ein so anständiger Mensch, dass er unser Vertrauen sicherlich nicht ausnützen würde. Hunde wissen oft am besten, wer zu uns passt, bei Boris hat sich Ropi allerdings geirrt. Merkwürdigerweise konnte sie ihn nicht leiden, wahrscheinlich war der Hund aber einfach nur eifersüchtig.«

Tatsächlich war es auffallend, dass unser Pudel den neuen Masseur sofort akzeptiert hatte, obwohl auch der etwas tat, was dem besten Freund des Menschen zumindest merkwürdig vorkommen musste: nämlich dem halb entblößten, auf dem Bauch liegenden Frauchen sanft den Rücken zu streicheln. Allerdings hielt Ruben alle fünf Minuten inne, um aus seinem reichhaltigen Repertoire ein Gedicht oder sogar eine langatmige Ballade zu rezitieren. Man hörte dann Frau Alsfelder begeistert »Bravo!« rufen, wozu sie sich wohl mühsam ein wenig anheben musste. Anscheinend waren alle drei Beteiligten hochzufrieden. Der Hund bekam nämlich von Ruben ein Leckerli zugeworfen, wenn er bei den Bravorufen mithielt und kurz aufjaulte.

Ruben hatte schöne Hände, wie Nadine festgestellt hatte. Lange schmale Finger, die eher zu einem Pianisten als zu einem Masseur passten. Mein Vater beurteilte alle Menschen nach ihren Händen, was mich immer sehr gekränkt hatte. In seinem Arbeitszimmer hingen ein Kunstdruck von Dürers betenden Händen und ein Ausschnitt von Michelangelos Deckenfresko der Sixtinischen Kapelle. Für *Die Erschaffung Adams* malte Michelangelo die rechte Hand Gottes und die linke des ersten Menschen, kurz bevor sich ihre Zeigefinger berühren. Da Gott ja den Menschen nach seinem eigenen Ebenbild geschaffen hatte, gleichen sich diese beiden Hände in ihrer Zielstrebigkeit und Kraft. Meine Schaufeln, wie mein Vater sie nannte, waren für eine Frau zu groß, zu ungeschickt, nur einem Plumplori angemessen, aber immerhin mit einer erstaunlichen Kraft ausgestattet, die einem Adam, aber keiner Eva zugestanden wird.

Nach und nach wurde es zur Gewohnheit, dass Ruben zwar dreimal in der Woche Frau Alsfelder durch Balladen beglückte, aber nur einmal hinterher mit uns Kaffee trank. Nadine pflegte ihn unermüdlich auszufragen, was er offensichtlich nicht besonders mochte. Immerhin erfuhren wir, dass er keine feste Anstellung in einem Fitness-Center anstrebte, weil er ja noch Vorlesungen besuchte. Als ich wissen wollte, was er eigentlich studierte, wich er aus. Immerhin gab er zu, dass er das Studienfach schon mehrmals gewechselt hatte.

»Da du so schnell auswendig lernen kannst, solltest du vielleicht das Massieren aufgeben und lieber zum Theater gehen«, sagte Nadine. »Du hätttest jede Rolle blitzschnell drauf, das wäre doch ein Riesenvorteil.«

Daraufhin zuckte Ruben merklich zusammen und verabschiedete sich rasch. Wahrscheinlich hatte ihn Nadine beleidigt, weil sie seine Fähigkeiten als Masseur indirekt in Frage gestellt hatte.

10

Ängste

Allmählich wurde ich immer neugieriger, denn Ruben war so anders als alle Männer, die ich bisher kennengelernt hatte – auch wenn das ja nicht allzu viele waren. Doch ich war vorsichtiger als Nadine und horchte ihn nicht so plump aus, wie sie das gern tat. Als sie sich eines Tages krankmeldete, war mein Stündchen gekommen, denn Ruben wurde plötzlich viel zutraulicher und offener, als wir nur zu zweit in der Küche saßen. Ganz ehrlich gab er zu, dass er unter der sogenannten Testophobie, also unter Prüfungsangst leide, zweitens noch unter einer anderen peinlichen Schwäche, nämlich der Glossophobie. Davon hatte ich noch nie etwas gehört, und Ruben erklärte mir, es sei die Angst, öffentlich vor fremden Leuten zu sprechen. Das sei auch der Grund, warum viele Berufe für ihn nicht in Frage kämen, obwohl er sich für das Fach selbst durchaus eigne. So habe er Germanistik und Anglistik nach zwei Semestern wieder aufgeben müssen, später auch Ethnologie und Islamwissenschaft. Inzwischen sei er bei Archäologie und Frühgeschichte gelandet, aber sein Scheitern sei vorhersehbar, sobald er das erste Referat halten müsse. Es sei nicht verwunderlich, dass sein Vater ihn nicht mehr unterstützen wolle und ihn deshalb mehr oder weniger zu einer praktischen Ausbildung gezwungen habe.

»Aber warum gerade Masseur? Warum kein Handwerk? Du hättest doch auch Taxi fahren oder irgendeinen Bürojob machen können?«, fragte ich.

»Ich konnte mich zu nichts entschließen«, sagte Ruben und grinste verlegen. »Sogar dafür gibt es einen Fachbegriff: Decidophobie, die Angst vor Entscheidungen. Ein Schulfreund meines Vaters leitet ein privates Institut, wo man zum Massagetherapeut für Wellness und Gesundheitsprävention ausgebildet wird. Da man dort relativ schnell den Beruf erlernen kann, hat mich mein Vater einfach angemeldet und diesen Kurs, ohne mit der Wimper zu zucken, bezahlt. Und wenn ich noch ein paar Klienten wie Frau Alsfelder hätte, wäre ich sogar fast glücklich. Sie mag mich und vertraut mir, sie hat mir sogar einen Schlüssel für ihr Haus aufgenötigt.«

»Du bist mir ja einer!«, sagte ich. »Gibt es noch andere Phobien, unter denen du leidest? Gott sei Dank hast du ja keine Angst vor Hunden, aber vielleicht vor Schlangen und Spinnen?«

»Nur vor Vögeln«, sagte er und wurde bei seiner Antwort fast ein wenig rot. Am liebsten hätte ich gescherzt: »Das lässt sich aber ganz gut heilen«, doch ich hielt lieber den Mund. Auch Ruben bemühte sich, seine unfreiwillige Doppeldeutigkeit zu entschärfen.

»Wahrscheinlich war ich noch viel zu klein, als ich mit meinem Vater Hitchcocks *Vögel* angeschaut habe. Nächtelang habe ich von Angriffen wütender Krähen geträumt.«

»Und deine Mutter …? Was hat die dazu gesagt?«, fragte ich.

»Meine Mutter war angeblich tot«, sagte Ruben, mehr

wollte er zu diesem Thema nicht mehr sagen, sondern kam lieber wieder auf seine zahlreichen Macken zu sprechen.

»Nadine sagte neulich, ich sollte doch Schauspieler werden, das haben mir auch andere wohlmeinende Mitmenschen geraten, aber das geht ja schon gar nicht! Vor fremden Leuten auf einer Bühne stehen! Es würde mir restlos die Sprache verschlagen! Ganz abgesehen davon, dass es nicht bloß um den Text geht, sondern auch um Mimik und Gestik und so weiter, das alles kann ich überhaupt nicht. Aber wenn ich für Frau Alsfelder eine Ballade aufsagen darf, dann fühle ich mich wie …« Er suchte nach einem Vergleich.

»Frei wie ein Adler am Himmelszelt«, schlug ich vor, aber er wollte auf keinen Fall ein Vogel sein. »Stark wie ein brüllender Löwe in der Wüste«, sagte er und sah dabei aus wie ein Lämmlein.

»Warst du mal bei einem Psychiater?«, fragte ich etwas unüberlegt, und das brachte ihn auch sofort zum Verstummen. Er schüttelte nur gekränkt den Kopf, verließ das Haus und schwang sich auf sein klappriges Fahrrad, denn er besaß natürlich kein Auto und auch nur ein altes No-Name-Smartphone. Einmal hatte ich ihn gefragt, wie man heutzutage ohne zeitgemäße Technik überhaupt studieren könne. Doch Ruben besaß immerhin den ausrangierten Mac seines Vaters. Ein armes, mutterloses großes Kind, dachte ich voller Mitleid. Was hatte man ihm wohl schon als Baby angetan? Irgendwie waren wir Leidensgenossen, denn wir litten offenbar beide unter unserem mangelnden Selbstbewusstsein, drastischer ausgedrückt, an einem massiven Minderwertigkeitskomplex. Auch ich hatte mich nie in die Praxis eines Psychotherapeuten getraut.

Bald darauf machte mich Frau Alsfelder auf eine Neuerung aufmerksam.

»Ruben hat mich gebeten, am Mittwoch lieber nachmittags kommen zu dürfen. Er möchte nämlich eine Vorlesung über römische Wandmalerei nicht verpassen, und die findet nun mal am Vormittag statt. Für mich spielt es im Grunde ja keine Rolle, ich war es nur von Boris gewohnt, dass er immer morgens kam. An den beiden anderen Tagen bleibt alles wie gehabt.«

»Mir ist es recht«, sagte ich. Aber im Grunde war es mir sogar lieb, weil Nadine nachmittags nicht hier war.

»Der Junge ist hochgebildet, höflich und äußerst sympathisch«, meinte Frau Alsfelder. »Allerdings auch zaghaft, er traut sich nicht, kräftig zuzulangen. Und schüchtern! Ich musste ihm geradezu die Würmer aus der Nase ziehen, bis er ein wenig persönlich wurde. Mich interessierte natürlich brennend, wann seine außergewöhnliche Begabung entdeckt wurde.«

»Das wüsste ich auch gern«, antwortete ich und erfuhr schließlich, dass Ruben als Kind gestottert habe.

»Aber statt ihn zu einem Logopäden zu schicken, ließ ihn sein Vater Gedichte aufsagen, weil er bei einem auswendig aufgesagten Text niemals stotterte. Nun, so kam es, dass Ruben schon früh Gefallen an der Poesie fand und letzten Endes auch seinen Sprachfehler überwinden konnte.«

Hm, dachte ich, Stottern ist bei Kleinkindern ja ein häufiges Phänomen und wächst sich meistens aus. Aber ich konnte mir vorstellen, dass der hochsensible Ruben von Gleichaltrigen gehänselt wurde und am liebsten gar nichts mehr sagte. Eine gewisse Zurückhaltung war davon wohl noch übriggeblieben, gleichzeitig aber auch die Freude am Aufsagen von Gedichten. Dabei blühte er förmlich auf, und ich beschloss, ihn meinerseits mit einem Wunsch zu beglücken.

Am kommenden Mittwoch, als Ruben sich nach der anstrengenden Massage in unserer Küche erholte, bat ich ihn darum, ein Mörike-Gedicht aufzusagen. Er strahlte.

»Welches?«, fragte er.

»Ein Stündlein wohl vor Tag«, schlug ich vor, aber genau diese Verse kannte er nicht. Ich holte einen Gedichtband von Frau Alsfelder, fand auf Anhieb die richtige Seite und bat ihn, sich den Text ein paarmal durchzulesen. Es klappte wie geschmiert, im Gegensatz zum spanischen *Córdoba* brachte er die böse Ahnung eines träumenden Mädchens so einfühlsam und innig zum Ausdruck, dass mir fast die Tränen kamen.

»Du bist ein Meister«, sagte ich. »Du könntest mit dieser Gabe sicherlich viel mehr verdienen als mit Massagen.«

Ruben schüttelte den Kopf. »Du vergisst meine Glossophobie«, sagte er. »Sobald mehr als drei Leute zuhören, bricht mir der Schweiß aus, ich zittere und werde kurzatmig, kriege feuchte Hände und weiche Knie. Und die drei Zuhörer muss ich bereits kennen, sonst versage ich selbst im kleinsten Kreis.«

Ich hätte ihn gern in den Arm genommen, der Knabe weckte ungeahnte mütterliche Gefühle in mir. Allerdings traute ich mich nicht, mit einer körperlichen Geste meine Anteilnahme zu beweisen, ich lächelte ihn also nur verständnisvoll an. Schließlich stand ich aber auf und ging an den Herd, um nach dem Eintopf zu sehen und im Vorbeigehen ganz kurz über den erhitzten Nacken des Vortragskünstlers zu streichen. Auch er wollte wohl das Thema wechseln und stellte anerkennend fest, es rieche hier verdammt appetitlich.

Mit dem Schöpflöffel entnahm ich eine Portion und ließ ihn probieren.

»Sellerie, Zwiebel, Petersilie, Lorbeerblätter, drei Markknochen, Lauch, Möhren und durchwachsenes Biofleisch köcheln jetzt schon zwei Stunden lang vor sich hin. An einem kalten Wintertag essen wir so eine kräftige Suppe besonders gern, meistens mit einer Scheibe Weißbrot. Man kann aber auch Nudeln oder Kartoffeln dazugeben. Später darf sich dann Europa mit den Knochen ein bisschen amüsieren. – Sollte ich vielleicht noch etwas kräftiger salzen?«

»Auf keinen Fall«, sagte Ruben. »Lorina, du hast mich angefixt! Jetzt kriege ich richtig Hunger!«

»Es ist genug da, den Rest hätte ich sowieso einfrieren müssen«, meinte ich und füllte einen großen Suppenteller für meinen spindeldürren Gast. Ruben aß fast andächtig und ziemlich langsam alles auf, wischte sogar noch den Teller mit einem Brocken Brot so sorgfältig aus, dass man ihn fast nicht mehr zu spülen brauchte.

Dann erzählte er mir, dass man in Jordanien einen Kochtopf aus Keramik ausgegraben habe, der etwa 6000 Jahre alt sei. Anhand kleinster Funde, nämlich Getreidesamen, Eierschalen und winziger Knochenstücke könne man sich ausmalen, was in früheren Zeiten so auf den Tisch gekommen sei.

»Sicher hat man schon damals auf ein gutes Essen Wert

gelegt«, meinte er, »aber so himmlisch wie dein Eintopf hat es bestimmt nicht geschmeckt.«

Ich war gerührt und beschloss insgeheim, ihm fortan immer eine warme Mahlzeit anzubieten; Frau Alsfelder hätte wohl nichts dagegen, abgesehen davon würde sie es auch gar nicht bemerken.

Nadine grinste, als ich am nächsten Montag den restlichen Kartoffelgratin vom Sonntagabend in die Mikrowelle schob. Als Beilage wollte ich noch schnell ein Paar Würstchen warm machen.

»Hast ja recht, der Bub muss endlich was auf die Rippen kriegen«, meinte sie. »Aber es kommt mir fast so vor, als hättest du gestern in weiser Voraussicht schon eine größere Portion zubereitet.«

Sie hatte mich durchschaut, fand es aber ihrerseits völlig in Ordnung, den »mageren Buben« zu füttern. Allerdings hielt ich es nicht für fair, dass sie es bei der erstbesten Gelegenheit unserer Arbeitgeberin steckte. Frau Alsfelder war jedoch nicht bloß einverstanden, sondern geradezu begeistert.

»Der Junge muss gepäppelt werden! Wachsen wird er zwar nicht mehr, aber er muss unbedingt kräftiger werden«, meinte sie. »Wie gut, Lorina, dass Sie die Sache in die Hand genommen haben! Sie sollten ruhig mal ein T-Bone-Steak für ihn braten, das mögen die Männer.«

Es machte uns allen Spaß. Am Montag und Freitag bekam unser Bub ein Mittagessen, am Mittwoch ein Abendmahl. Meine Planung wurde ein wenig komplizierter, obwohl mein Gast überaus genügsam war und ihm eigentlich alles schmeckte. Aber die Gerichte mussten entweder frühzeitig fertig oder gut aufzuwärmen sein.

Nachdem unser Kostgänger seit etwa zwei Wochen regelmäßig bei uns gemästet wurde, hörte ich meinen Namen, während ich gerade Frau Alsfelders Bad aufräumte. Sie telefonierte meistens mit Christian. Natürlich schlich ich direkt vor ihre Zimmertür und spitzte die Ohren.

»Man könnte es Bratkartoffelverhältnis nennen«, sagte Frau Alsfelder, »aber diesen Ausdruck kennt ihr ja gar nicht mehr. Es war eine wirklich gute Idee von Lorina, dem Jungen nach jedem Besuch einen Teller mit nahrhaftem Essen vorzusetzen …«

Sie brach ab, denn Christian schien Fragen zu stellen, auf die sie schließlich antwortete: »Ach, auf diese lästigen Übungen kann ich gern verzichten! Boris hat mich immer dazu gezwungen, doch ich mochte das langweilige Rumschlurfen mit dem Rollator überhaupt nicht. Wozu habe ich schließlich einen Rollstuhl und die tatkräftige Lorina. Nein, ich lege gar keinen Wert darauf, wieder laufen zu lernen, sollen meine Muskeln ruhig in Rente gehen …«

Wieder schien Christian länger auf sie einzureden, und ich wollte mich gerade davonschleichen. Da begann Frau Alsfelder erneut, aber mit erregter Stimme zu reden: »Ja, ja, ich weiß doch, dass sie ein Recht auf Urlaub hat! Und ich ahne auch, dass sie Weihnachten bei ihrer Familie verbringen will, obwohl sie bis jetzt noch kein Wort darüber verloren hat.«

Sie hatte natürlich den richtigen Riecher. Meine Mutter hatte schon mehrmals angerufen, dass sie an den Feiertagen fest mit mir rechne. *Same procedure as every year,* hätte mein Vater gesagt. So richtig scharf war ich nicht auf die ewig gleiche Prozedur, aber ich wollte die Verbindung zu meiner Familie auf keinen Fall völlig abbrechen. Da hörte ich noch einmal meinen Namen:

»Lorina ist ein Glücksfall für mich, ich würde ihr auch das Doppelte zahlen, wenn sie mich gerade in dieser schwierigen Zeit nicht im Stich lässt. Nadine will an den Feiertagen sowieso nicht arbeiten. Die Pflege könnte zwar schlecht und recht von einem ambulanten Dienst übernommen werden, aber leider will wohl niemand hier übernachten. Und gerade das ist mir so wichtig! Ich kann vor Angst überhaupt nicht schlafen, wenn außer mir keine Menschenseele im Haus ist. Und um den Hund müsste sich ja auch jemand kümmern! Könntest du nicht vielleicht ...?«

Wieder eine Pause, bis sie gedehnt meinte: »Nach Thailand! Und wer wird das bezahlen?«

Kurz darauf schien sie aufzulegen, während ich in Gewissenskonflikte geriet. Es waren nur noch drei Wochen bis Weihnachten, ich musste mich möglichst bald entscheiden. Aber das Schicksal kam mir zum Glück zu Hilfe.

Eines Tages, als ich gerade damit beschäftigt war, sowohl für meine Eltern als auch den hiesigen Haushalt Zimtsterne zu backen, betrat Ruben mit einem unsäglich missmutigen Gesicht die Küche.

»Na, welche Laus ist dir denn über die Leber gelaufen?«, fragte Nadine und schleckte den Rührlöffel ab.

Er setzte sich und schielte zum Backofen hinüber, in dem sich aber kein Mittagessen befand, weil ich ihn für die Weihnachtsbäckerei brauchte.

»Du kriegst heute nur Linsensuppe mit Speck«, sagte ich. »Ist in fünf Minuten aufgewärmt.«

Es schien ihn aber weniger zu interessieren als bisher.

»Ich Depp hab mal wieder alles vermasselt«, seufzte er.

Natürlich wollten Nadine und ich jetzt wissen, was los war, und erfuhren, dass sich Ruben tatsächlich noch nicht wie ein erwachsener Mann verhielt. Vor einem halben Jahr hatte man ihm wegen Eigenbedarf seine Einzimmerwohnung gekündigt; er hätte im Grunde viel Zeit gehabt, um sich etwas Neues zu suchen, aber dieses lästige Problem einfach vergessen oder verdrängt. Jetzt musste er zum 1. Januar ausziehen und wusste nicht, wohin.

»Meinen Vater mag ich nicht um Hilfe bitten, der ist sowieso schon ziemlich sauer auf mich. Übrigens hatte er schon als Schüler den Spitznamen Sauerkraut, mein rothaariger Opa hieß Rotkraut. Nur ich blieb als einziger Crauth bisher verschont. – Kennt ihr nicht jemanden, der billig ein Zimmer vermietet? Und zwar nicht irgendwo im Odenwald, sondern in Mannheim oder wenigstens in der Nähe einer Straßenbahn, damit ich nicht stundenlang bis zur Uni brauche …«

»Nein«, sagten Nadine und ich wie aus einem Mund und empfahlen dem Weltfremden das Internet. So doof sei er nun auch wieder nicht, sagte Ruben, er habe gestern den ganzen Tag gesucht, aber so kurzfristig werde nichts angeboten oder sei zu teuer.

Wir versprachen, uns umzuhören. Als ich am Nachmittag Frau Alsfelder den Kaffee brachte, erzählte ich ihr von den Sorgen ihres jungen Masseurs.

Sie hörte aufmerksam zu und schien zu überlegen.

»Lorina, Sie würden wahrscheinlich über Weihnachten gern zu Ihren Eltern fahren. Bisher waren Sie jedoch zu bescheiden, um eine mögliche Vertretung mit mir zu besprechen, obwohl Ihnen von Rechts wegen schon längst ein Erholungsurlaub zustände. Wenn nun Ruben vorübergehend hier bei uns schlafen würde, dann könnte man doch mit einem Pflegedienst diese Zeit ganz gut überbrücken. Und dem Jungen wäre auch geholfen!«

Ich war gerührt, zeigte es aber nur durch ein zustimmendes Nicken. Immerhin bewies meine Arbeitgeberin damit, dass sie sich auch um meine Belange Gedanken machte.

Sie fuhr fort: »Und Ruben könnte sich um Europa kümmern. Das Essen auf Rädern wird zwar nicht mit Ihrer Sterneküche konkurrieren, aber für eine kurze Spanne werde ich auch von zerkochten Kartoffeln satt werden.«

Etwas passte mir aber nicht. »Soll er etwa in meinem Zimmer schlafen?«, fragte ich.

»Wo denken Sie hin, natürlich nicht! Allerdings müssten Sie das Bad mit ihm teilen, denn im Dachgeschoss gibt es nur ein Klo und ein kleines Waschbecken. Die Mansarde wird fast nie benutzt, deswegen sollte Nadine dort mal gründlich putzen und lüften, die Heizung ist wahrscheinlich auch abgestellt, aber im Grunde ist es doch ganz gemütlich da oben und ideal für einen Studenten.«

Ich konnte also beruhigt wegfahren, falls Ruben einverstanden war und vor meiner Abreise zum Eingewöhnen hier einzog. Plötzlich kamen mir ganz neue Ideen, denn unter diesen Umständen war vielleicht sogar eine richtige Fernreise möglich, Christian flog zum Beispiel nach Thailand.

Ich war im Übrigen nicht mehr arm wie eine Kirchenmaus, mein Kontostand kletterte erfreulicherweise Monat für Monat in die Höhe. Schließlich musste ich für Kost und Logis nichts bezahlen, selbst Seife und Zahnpasta kaufte ich vom Haushaltsetat. Eigentlich brauchte ich kaum Bargeld, manchmal für ein Kleidungsstück oder in der Drogerie, aber es hielt sich sehr in Grenzen. Ich konnte mir durchaus eine teure Reise leisten. Andererseits wollte ich aber meine Mutter nicht enttäuschen, die mich seit Jahren einmal in der Woche anrief und sich als Einzige für meinen Werdegang und mein Wohlergehen interessierte. Sie wäre wohl sehr traurig, wenn ich mich nicht mal mehr an Weihnachten zu Hause blicken ließe.

11
Bratkartoffelverhältnis

Frau Alsfelder hatte von einem Bratkartoffelverhältnis gesprochen, und ich kannte den altmodischen Ausdruck tatsächlich nicht. Als ich mich im Internet schlaumachte, erfuhr ich, dass dieser Begriff wohl erst nach dem Ersten Weltkrieg verwendet wurde. Es waren aus der Not entstandene kurze Liebesbeziehungen von Männern, die hauptsächlich Wert auf eine tägliche warme Mahlzeit legten.

Ich wunderte mich, denn von einer Liebesbeziehung zwischen mir und Ruben konnte ja nicht die Rede sein. Oder doch? Waren meine mütterlich-warmen Gefühle vielleicht nur ein Vorwand, und insgeheim hatte ich noch ganz andere Bedürfnisse? Oder war gar nicht ich, sondern Nadine gemeint?

Doch jetzt ging es erst einmal darum, Ruben mit dem großzügigen Angebot seiner einzigen Kundin zu konfrontieren. Wie zu erwarten, war er begeistert. Nach einer Inspektion der ausgekühlten Mansarde hatte er nur einen einzigen Einwand: »Und wohin mit meinen eigenen Möbeln?«

Das dürfte kein Problem sein, meinte ich. Bis er ein neues Quartier gefunden hatte, war in unserem Keller genug Platz für ein Zwischenlager. Dort hatte ich sowieso schon ein kleines Depot für meine Möbel angelegt, denn mein hiesiges Zimmer war ja bereits geschmackvoll eingerichtet, als ich hier einzog. Da es sich bei Ruben nur um eine Matratze, ein Spind, eine Kommode, einen Stuhl und einen Schreibtisch handelte, konnte ich sein Mobiliar vielleicht sogar mit seiner und Nadines Hilfe in unserem PKW transportieren. Wo ein Rollstuhl locker hineinpasste, sollte auch Platz genug für eine zusammengerollte Matratze sein. »Sonst leihen wir uns einfach einen kleinen Transporter«, schlug ich vor.

Seit ich in Frau Alsfelders Haus wohnte, hatte noch nie jemand im sogenannten Gästezimmer übernachtet. Ursprünglich war es wohl als Kammer für ein Dienstmädchen vorgesehen, die herrschaftliche Villa stammte ja aus einer Zeit, in der jede halbwegs wohlhabende Familie Personal beschäftigte. Erst nachträglich hatte man eine kleine Toilette einbauen lassen. Nadine konnte zwar berichten, dass zu Beginn ihrer Tätigkeit Christian ein paarmal hier geschlafen habe, weil es ihn im Gegensatz zu meinem Balkonzimmer an ein romantisches Bild von Spitzweg erinnerte. Wer jedoch das Gemälde vom armen Poeten kennt, wird gewaltige Unterschiede feststellen. Jener kränkelnde Dichter, der sich unter den schrägen Dachbalken mit einem Regenschirm vor der Nässe schützt, der wegen des zugigen Fensterchens auch im Bett einen wattierten Schlafrock und eine Zipfelmütze trägt, ist ein bedauernswerter, aber willensstarker Tropf, der sich nicht unterkriegen lässt. Im Vergleich zu seiner armseligen Dachkammer ist unsere Mansarde eine Dreisternesuite.

Meinen Urlaub hatte ich mir redlich verdient, denn zuvor gab es viel zu organisieren, vor allem musste ich Ruben noch eingehend instruieren.

»Wenn du demnächst allein die Stellung hier hältst und Fragen hast, kannst du mich natürlich jederzeit erreichen. Dreimal am Tag kommt der Pflegedienst, die Leiterin erhält Nadines Hausschlüssel und kennt sich aus. Eine warme Mahlzeit wird täglich gebracht, ich habe natürlich für zwei Personen bestellt. Darüber hinaus besorge ich einen größeren Vorrat an Lebensmitteln und Hundefutter, aber wenn irgendetwas fehlt – zum Beispiel frisches Obst –, musst du zum Supermarkt fahren. Brötchen friere ich ein, Bargeld werde ich dir genügend dalassen, das Auto steht dir natürlich zur Verfügung.«

»Ich habe keinen Führerschein«, sagte Ruben, und ich starrte ihn verwundert an.

»Die Testophobie hat mir einen Strich durch die Rechnung gemacht«, erklärte er. »Die Fahrstunden klappten gut, es machte mir sogar Spaß. Aber als dann die Prüfung anstand, habe ich gekniffen.«

»Wie konntest du dann überhaupt Abitur machen?«

»Auf einer normalen Schule bin ich gescheitert. Mein Vater hat mich schließlich auf ein Privatgymnasium geschickt, wo Rücksicht auf meine Probleme genommen wurde.«

Das war sicher keine billige Angelegenheit, dachte ich, Rubens Papa wird nicht viel Freude an diesem Sohn gehabt haben und ist sicher erleichtert, dass er jetzt selbständiger wird und wenigstens etwas Geld verdient. Besser als hier bei uns könnte er es nirgends haben, dieser seltsame Junge.

Erst als ich sicher war, dass Ruben Frühstück und Nachmittagskaffee so servieren konnte, wie es meine Herrin gewohnt war, begannen wir mit seinem Umzug. Ich hatte erwartet, eine chaotische Junggesellenbude vorzufinden, aber Rubens bisheriges Domizil war spartanisch eingerichtet und überaus ordentlich. Nach ein paar Fuhren war seine gesamte Habe unter Dach und Fach beziehungsweise in unserem Keller verstaut, und ich konnte endlich den eigenen Koffer packen und mir in aller Eile Gedanken über passende Geschenke machen.

»Was nützt mir das Auto ohne Chauffeur«, sagte Frau Alsfelder. »Sollte ich plötzlich zum Doktor oder Europa zum Tierarzt müssen, werde ich halt ein Taxi bestellen. Sie können also den Wagen nehmen, wenn Sie zu Ihren Eltern fahren. Die Bahn ist an den Feiertagen sicherlich rappelvoll …«

Das kam mir sehr gelegen, denn ich hatte beschlossen, meinen Eltern eine noble Espressomaschine mitzubringen, und das war kein besonders handliches Gepäckstück. Außerdem konnte ich nun auch für meine Schwester Caro einen sperrigen Gegenstand kaufen, nämlich einen schilfgrünen Vintage Loom Chair. Der klassische Armlehnstuhl aus robustem Geflecht hatte es mir angetan, und ich hätte ihn am liebsten behalten. Doch ich wollte ja nicht als ärmlicher Plumplori in mein Elternhaus zurückkehren, sondern als Maharani im prächtigen Kasack, sozusagen als Heilige aus dem Abendland mit herrlichen Gaben. Man sollte staunen, was aus mir geworden war.

Schließlich erstand ich noch für Nadine ein paar funkelnde Swarovski-Creolen, für Ruben eine peruanische Alpakamütze und für Frau Alsfelder eine zweisprachige Sammlung elisabethanischer Sonette, die ihr der Masseur zum beiderseitigen Vergnügen vortragen konnte.

»Sollen wir noch eine kleine Tanne besorgen?«, fragte ich, aber Frau Alsfelder schüttelte den Kopf.

»Ich bin doch kein Kind mehr«, sagte sie mürrisch. »Im Grunde hasse ich diese zwanghaft beschauliche Stimmung. Kommen Sie bloß nicht auf die Idee, mir etwas schenken zu wollen! Ich bin froh, wenn dieser ganze Wahnsinn vorbei ist. Am ehesten würde ich mich noch über einen Weihnachtsstern freuen.«

Hm, dachte ich, kaufte also noch ein rotes Wolfsmilchgewächs aus dem Supermarkt und fragte schließlich Ruben, warum er nicht wenigstens den Heiligabend bei seinem Papa verbringen wollte.

»Mein Vater ist an den Feiertagen auf hoher See. Er macht mit seiner diesjährigen Freundin eine Kreuzfahrt: Abu Dhabi, Dubai, Muscat, Doha, wenn ich mich richtig erinnere.«

Anscheinend war der Vater kein armer Schlucker, vorsichtig fragte ich Ruben nach dem Beruf seines Erzeugers. Tiefbauingenieur war für mich allerdings nur ein vager unterirdischer Begriff, unter dem ich mir nicht viel vorstellen konnte.

Am 23. Dezember fuhr ich schließlich in aller Frühe los, den Wagen nicht nur mit Geschenken beladen, sondern auch mit selbstgebackenen Plätzchen, zehn rosa und weißen Weihnachtssternen, dekorativen Tannenzapfen aus unserem Garten und einem stattlichen Lachsschinken. Ich war in allerbester Laune. Zu Hause würde es auch mal ohne mich klappen, bei diesem Gedanken wurde mir klar, dass ich mein Elternhaus schon lange nicht mehr damit meinte.

Als ich nach fünfstündiger Fahrt auf vollen Autobahnen endlich im Ruhrgebiet ankam, öffnete mir mein Vater die Tür. »Ach, da ist ja unser Plumplori! Gut, dass wenigstens du jetzt hier bist! Carola ist leider immer noch nicht da. Es gibt nämlich viel zu tun, denn deine Mutter hat pünktlich zum Fest einen Hexenschuss.«

Das war schon häufiger vorgekommen, weil sich meine Mama bereits im Vorfeld übernahm – zu viel schleppte, bügelte, putzte und so weiter. Es war aber kein Trick, wie meine Schwester glaubte, die Schmerzen standen ihr ins Gesicht geschrieben. Also musste ich gleich nach der Begrüßung die Betten in unseren ehemaligen Kinderzimmern beziehen, zum Supermarkt fahren und noch eine ganze Liste fehlender Lebensmittel besorgen. Vater rang nur untätig die Hände über sein Unglück. Dabei hatte ihm meine Mutter Silberputzmittel und angelaufene Bestecke zwecks Beschäftigungstherapie vor die Nase gestellt.

»Ob deine Schwester jetzt endlich einen festen Freund hat?«, fragte mich mein Vater bei seiner abendlichen Leibspeise, dem sogenannten Bauernfrühstück. »Bisher waren es leider immer nur Eintagsfliegen!«

Auf seine Frage antwortete ich kühl: »Keine Ahnung von Caros Liebesleben. Aber warum soll sie sich jetzt schon festlegen?«

Mutter hatte wiederholt versucht, Carola zu erreichen, als in diesem Augenblick ihr Smartphone klingelte. Caro kündigte ihre Ankunft an und bat darum, am Bahnhof abgeholt zu werden. Ich ließ meinen Tee stehen und erhob mich, da mein Vater keine Anstalten machte. Draußen war es kalt und ziemlich ungemütlich, meine große Schwester – allerdings einen Kopf kleiner als ich – stand frierend und etwas verloren mit einem winzigen Rollkoffer auf dem Bahnhofsvorplatz.

»Mein Wagen ist in der Werkstatt«, sagte Caro. »Ausgerechnet gestern hatte ich einen kleinen Unfall, nur gut, dass ich noch einen Platz im Zug bekommen habe. Zum Glück ist uns aber nichts passiert.«

Gern hätte ich nachgehakt, wer mit »uns« gemeint sei, aber ich wollte sie nicht aushorchen. Es war bei uns Schwestern bisher nicht üblich gewesen, über das wichtigste Thema zu sprechen, wahrscheinlich, weil wir beide nichts Erfreuliches vorzuweisen hatten. Vielleicht auch, weil Caro aus Taktgefühl nicht mit eigenen Erfolgen angeben wollte. Sie war viel hübscher als ich und kleidete sich auch völlig anders. Ich bevorzugte meistens gedeckte Farben, pflegeleichte Stoffe, einfache Schnitte und achtete im Allgemeinen nur auf die Alltagstauglichkeit meines Outfits, sogar jetzt in meinem ersten Urlaub. Nur für den morgigen Heiligabend hatte ich meine orientalische Tunika vorgesehen. Meine Schwester hatte dagegen einen nostalgischen Hang zu einer Art Hippie-Look. Vielleicht lag es daran, dass sie sich von Berufs wegen – sie war Angestellte in einer Flensburger Bank – immer nach einem korrekten Businesscode richten musste. Im Privatleben konnte sie sich endlich zottelige grüngefärbte Kunstpelze, blumige Muster, lustige Hütchen und einen schrägen Mix aus allen Regenbogenfarben leisten. Auch jetzt trug sie einen langen bunten Rock, derbe Stiefel und eine viel zu große weiße Western-Lederjacke mit hellblauer Perlenverzierung, ähnlich wie die von Winnetou in alten Karl-May-Filmen. Sie konnte so etwas aber auch gut tragen, ich hätte darin wie eine Vogelscheuche ausgesehen.

Die Begrüßung fiel zu Hause viel herzlicher aus als bei mir, oder bildete ich mir das nur ein? Carola musste an diesem Abend auch nichts mehr tun, sondern durfte in Ruhe essen, von der anstrengenden Bahnreise erzählen und sich schließlich in ihr frischbezogenes Bett legen, während ich noch die Küche aufräumte. Am 24. Dezember waren die Rollen kaum anders verteilt. Mutter befahl stöhnend, wie der Weihnachtsbaum regelgerecht aufgestellt werden sollte. Unser Papa war noch nie ein geschickter Handwerker gewesen, so dass ich schließlich die Sache in die Hand nahm. Carola saß noch beim späten Frühstück. Erst am Nachmittag schmückten wir wie in vergangenen Zeiten gemeinsam den Baum, Vater lungerte mit einem Glas Wein als Zuschauer herum, Mutter dirigierte vom Sofa aus, wo wir zum Beispiel noch eine silberne Kugel aufhängen oder eine kahle Stelle mit Glanz und Gloria verdecken sollten. Im Radio hörte man die gleichen Weihnachtsschnulzen wie schon in unserer Kindheit, nur noch süßlicher oder poppiger, wie mir schien. Plötzlich konnte ich Frau Alsfelder verstehen, die sich aus dem ganzen Brimborium nicht viel machte. Aber im Gegensatz zu ihr spitzte ich mich doch sehr auf die Übergabe meiner edlen Geschenke und die Freude meiner Familie. Und wie immer, wenn man die Erwartungen allzu hochschraubt, ist die Enttäuschung vorprogrammiert.

Immerhin war meine Mutter noch dazu fähig, das Glöckchen zu läuten, damit wir zur Bescherung in das festlich geschmückte Wohnzimmer kommen durften. Unter dem Baum lagen ein paar in Goldpapier eingewickelte Päckchen. Meine eigenen Geschenke hatte ich noch im Flur versteckt, sie sollten als Höhepunkt erst am Ende der Zeremonie überreicht werden.

Doch bevor wir noch zum Auspacken kamen, ergriff Carola das Wort.

»Diesmal darf ich zuerst. Mein Geschenk ist winzig klein, es ist hier drin!« Sie wedelte theatralisch mit einem DIN-A4-Umschlag herum und überreichte ihn schließlich unserem Vater. Unser Häuptling blickte fragend in die Runde, dann öffnete er feierlich. Ich erkannte sofort, dass es sich um eine Ultraschallaufnahme handelte, und ahnte eine Sensation. Auch unsere erfahrenen Eltern schienen zu begreifen, brachten allerdings keinen Ton heraus.

»Ich bin jetzt in der neunzehnten Woche«, verkündete Caro. »Im nächsten Jahr werdet ihr Großeltern!«

Sie stiehlt mir mal wieder die Show, war mein erster Gedanke, keinem ist aufgefallen, dass ich wie der Maharadscha von Jaipur zur Tür hereingeschritten bin. Nur mühsam konnte ich meine Tränen unterdrücken.

Meine Mutter war die Erste, die etwas unbeholfen reagierte: »Ich habe doch gleich gemerkt, dass du zugenommen hast.«

Nun konnte auch Vater nicht mehr an sich halten: »Kann man schon wissen, ob …?«

»Es wird ziemlich sicher ein Junge«, sagte Carola triumphierend.

Noch nie hatte ich meinen Vater so glücklich lächeln sehen, während meine Mutter allmählich neugierig wurde und nach dem Erzeuger des Ungeborenen fragte.

»Er ist weder ein Alien noch ein Monster«, sagte Caro. »Ihr werdet ihn bei Gelegenheit schon noch kennenlernen.« Mehr wollte sie nicht verraten, Details waren unseren Eltern anscheinend auch gar nicht so wichtig. Im Prinzip wusste Vater zwar, dass auch Töchter für einen sogenannten Stammhalter sorgen und bei einer Eheschließung den eigenen Nachnamen behalten können. Doch es ging ihm ja gar nicht um unseren edlen Familiennamen *Miesebach*, sondern bloß um das Geschlecht. Aus irgendeinem archaischen Grund wollte er unbedingt einen männlichen Nachkommen haben.

»Wie soll er denn heißen?«, fragte meine Mutter. »Habt ihr euch schon geeinigt?«

Carola grinste und bat um Vorschläge. Unser Papa musste nicht lange überlegen. *»Hans Martin«*, sagte er. Wir wussten alle, dass sowohl sein Vater als auch sein früh verstorbener Bruder so hießen. Mutter fand das zu altmodisch und plädierte für *Ben, Leon, Paul* oder *Felix*.

»Wie gefällt dir *Ruben*?«, fragte ich.

»Noch am besten von allen euren Angeboten«, sagte meine trächtige Schwester. »Aber ich habe mich längst entschieden. Er soll *Quinn* heißen.«

»Wie bitte?«, fragte Mutter.

Vater lachte schallend. »Quinn! Quinn Miesebach!«, rief er. »Von mir aus! So verrückt heißt bestimmt kein zweiter Junge in ganz Deutschland!«

»Ursprünglich war es ein irischer Familienname, der

später auch als Vorname verwendet wurde«, erklärte Caro. »In den USA und Kanada ist *Quinn* durchaus nicht ungewöhnlich.«

Jetzt wurde unser konservatives Oberhaupt aber doch etwas misstrauisch. »Ist dein Freund etwa ein Ami oder gar ein Schwarzer?«, fragte er, was Carola zu amüsieren schien. »Nein, Papa, er hat genauso einen dunkelroten Pass wie du! Und vielleicht erbt der Kleine sogar seine blauen Augen und das blonde Haar.«

Es dauerte ziemlich lange, bis sich die erregten Gemüter etwas beruhigt hatten und meine Schwester und ich endlich die Geschenke unserer Eltern auspacken konnten. Carola bekam ein entzückendes Nachthemd, ein Traum aus Spitze und Batist. Wie seit Jahren erhielt ich ein Kochbuch für jeweils ein anderes Land, sie hatten stets ähnliche Titel: Zu Gast in einer römischen, griechischen oder was weiß ich für einer Küche, diesmal ging es um türkische Spezialitäten. Ich hatte zwar früher schon zaghaft angedeutet, dass ich mir neue Rezepte am liebsten aus dem Internet heraussuche und ausdrucke und kaum Platz für die vielen Kochbücher habe. Vergeblich. Passend dazu gab es noch eine dunkelblaue Schürze, bedruckt mit vielen Sternen und sinnigerweise einem Halbmond. Erst dann konnte ich endlich meine eigenen Gaben überreichen, obwohl ich immer weniger Lust dazu hatte.

»Ach Kind«, sagte meine Mutter. »Wir mögen am liebsten gefilterten Bohnenkaffee, das weißt du doch. Vielleicht könnte Caro dieses Monstrum besser brauchen, aber Schwangere dürfen wahrscheinlich gar keinen starken Espresso trinken, oder? Du hast es ja sicher gut gemeint, aber wir müssen nicht jede neumodische Erfindung …«

»Gib her«, sagte Caro. »Ich kann das Ding durchaus noch unterbringen.«

»Und vielleicht auch noch dieses Ding«, sagte ich zornig und schleifte den edlen Korbsessel ins Wohnzimmer.

»Hübsch«, sagte meine Schwester. »Aber die komische Farbe passt nicht zu meiner Einrichtung, es wird aber kein Problem sein, das Ungetüm pink anzustreichen.«

Perlen vor die Säue, dachte ich und beschloss, das wunderbare Möbelstück einfach zu behalten, denn Caro konnte es sowieso nicht mit in die Bahn nehmen.

12

Die Flucht

Als ich endlich im Bett lag, rief Ruben an, um mir artig »Frohe Weihnachten« zu wünschen und sich für die warme Mütze zu bedanken. Außerdem habe er Fragen zur Mikrowelle, denn das Essen würde bereits am frühen Vormittag gebracht, und Frau Alsfelder wolle ja erst abends etwas Warmes essen.

»Oder soll ich lieber den Backofen anschmeißen? Sind die Strahlungen der Mikrowelle nicht gefährlich?«

Ich musste lächeln und beruhigte den ebenso ängstlichen wie unerfahrenen Koch. Und wie denn der heutige Abend so gelaufen sei?

»Die Sonette sind wunderschön«, sagte er. »Wir wollen sie jetzt gemeinsam auswendig lernen, aber Frau Alsfelder wird schnell müde. Sie liegt schon längst im Bett. Am Nachmittag wollte sie unbedingt den *Kleinen Lord* im Fernsehen anschauen, der gehöre für sie zu Weihnachten wie für andere Leute der Gänsebraten. Mit dem Pflegedienst geht alles klar, allerdings haben sie den Abdruck schmutziger Hundepfoten im Bett bemängelt. – Ach, Lorina, ohne deine verwunderten Kulleraugen und dein exzentrisches R ist es hier eigentlich ein bisschen fad.«

Das tat mir gut. Fast hätte ich zugegeben, dass auch ich jetzt am liebsten wieder zu Hause in meinem schönen Balkonzimmer wäre. Aber aus Stolz gab ich vor, meinen Urlaub in vollen Zügen zu genießen. Es konnte ja in den nächsten Tagen nur besser werden.

Am Fünfundzwanzigsten musste der traditionelle Gänsebraten auf den Tisch. Ich hatte zwar halb scherzhaft vorgeschlagen, mal ein türkisches Geflügelrezept aus dem neuen Kochbuch auszuprobieren, aber Vater war strikt dagegen. »Keine Experimente«, sagte er mit Nachdruck. Nach dem Frühstück lag Mutter auf dem Sofa und bedauerte sich und mich, meine Schwester machte mit unserem Papa einen Spaziergang, ich stand natürlich wieder in der Küche und stopfte Kastanien und Äpfel in den Bauch des fetten Vogels. Da Vater immer mittags essen wollte, musste ich die präparierte Gans bereits um zehn Uhr in den vorgeheizten Ofen schieben, in der Zwischenzeit den Rotkohl schneiden und mit Zwiebeln in Gänseschmalz andünsten. Für Frau Alsfelder hätte ich in einem Drittel der Zeit einen Fasan zubereitet.

Immerhin schien es allen zu schmecken, denn sie langten kräftig zu. Dabei wurde mir plötzlich klar, dass ich meine mühsam überwundene Tollpatschigkeit wohl von meinem Papa geerbt haben musste. Er kleckerte gleich zu Beginn einen ganzen Esslöffel Rotkohl auf die schöne weiße Leinentischdecke, was meiner Mutter einen tiefen Seufzer entlockte. Außerdem schenkte er sich ständig Wein nach und goss dabei so großzügig ein wie Butler James an Silvester.

Nachdem sich Vater Mut angetrunken hatte, kam er wieder auf sein Lieblingsthema zurück: »Über den Vornamen meines Enkels ist sicher noch nicht das letzte Wort gesprochen. *Quinn* mag ja ein lustiger Name sein, aber mit der Familientradition hat es wenig zu tun.«

»Was heißt denn hier Familientradition! Wir sind doch nicht von altem Adel!«, protestierte meine Schwester. »Soviel ich weiß, gibt es außer mir und Lori keine einzige *Carola* oder *Lorina* in der Verwandtschaft.«

Aber Vater ließ sich nicht vom Thema abbringen. »Keiner soll je wieder behaupten, ich sei ein alter Macho, denn ich hatte heute Nacht eine absolut feministische Idee«, sagte er stolz. »Der Knabe könnte doch nach euch Mädels heißen, also *Carl-Lorenz*. Wäre das nicht viel origineller?«

Selbst meine Mutter musste grinsen.

»Warum nicht gleich Konrad Lorenz?«, fragte ich.

»Schaun wir mal«, sagte Caro versöhnlich und säbelte sich noch ein Stück Gänsebrust ab. Jetzt, wo ich es wusste, sah ich ihr die Schwangerschaft natürlich an und starrte wie gebannt auf ihren rundlich werdenden Bauch. Auch die Augen meines Vaters waren nur darauf gerichtet. Im Übrigen war er bester Laune und umsorgte seine älteste Tochter wie eine Prinzessin. Ich war wie immer das Aschenputtel, auch wenn ich mich heute und gestern nach dem Kochen und kurz vorm Essen umgezogen hatte und erwartete, dass man meinen prächtigen Kaftan endlich wahrnahm. Schließlich hatte ich ihn noch in letzter Minute zur Reinigung gebracht, damit der unschöne rote Fleck aus dem indischen Restaurant fachgemäß entfernt wurde.

Doch als mir Vater versehentlich fettige Sauce auf meine Festkleidung tropfte, bemerkte er bloß feixend: »Sorry! Hoffentlich trägst du diesen lächerlichen Frack nur noch an

Karneval und bei ähnlich prolligen Anlässen. Dann kommen bestimmt noch viel üblere Flecken hinzu.«

Das war zu viel. Ich sprang auf, die Tränen liefen mir übers Gesicht, ich packte den nächstbesten Gegenstand – leider kein Messer, sondern einen Gänseflügel – und stieß ihn meinem Vater in den offenstehenden Mund.

»Es reicht!«, brüllte ich, rannte in mein Zimmer und stopfte meine paar Sachen in größter Geschwindigkeit in den Koffer. Den Korbsessel und die Espressomaschine hatte ich bereits am frühen Morgen in den Wagen verfrachtet. Es dauerte keine zehn Minuten, da konnte ich schon den Motor starten, obwohl mir meine Mutter rufend und wild gestikulierend hinterherhinkte. Erst viel später stellte ich fest, dass ich mein Waschzeug im Bad vergessen hatte, aber das sollte ruhig der Teufel holen.

Eigentlich hatte ich ja Ferien, konnte also in irgendeine romantische Gegend fahren, mir ein idyllisches Wellness-Hotel suchen und mich auch mal von vorn bis hinten bedienen lassen. Mir fiel jedoch kein Ort ein, den ich jetzt schnell erreichen konnte und den ich für geeignet hielt. Abgesehen davon waren die meisten Hotels über die Feiertage sowieso ausgebucht. Es war klar, dass ich erst einmal nach Hause zu Frau Alsfelder fahren musste, um meine Gedanken zu ordnen. Dort konnte ich mir in Ruhe neue Pläne überlegen und im Internet nach Last-minute-Angeboten suchen. Meine Wut verrauchte nämlich nur langsam. Nicht nur auf den Vater, der sich so unmöglich benommen hatte, sondern auch auf meine Mutter, die ihm immer noch ergeben war, und vor allem auf meine Schwester, die hinter meinem Rücken plötzlich schwanger wurde und nun tatsächlich einen Jungen zur Welt bringen würde! Hätte ich doch die bewährten Schlaftabletten in die Gans gefüllt und dann alle dazu animiert, mit Papa eine Spazierfahrt zu unternehmen, während Aschenputtel zu Hause blieb, die Küche aufräumte und putzte. Diese einmalige Chance war verpasst, ganz abgesehen davon, dass ich keine einzige von Frau Alsfelders Pillen mitgenommen hatte. Bei beginnendem Eisregen hätte ich aus purem Zorn fast selbst einen Unfall verursacht, weil ich einen Stau zu spät erkannte. Es ging gerade noch gut, und ich beschloss, mich jetzt besser aufs Fahren zu konzentrieren, obwohl mich das ständige Klingeln des Handys mächtig nervte, dummerweise lag es auf dem Rücksitz. Ich glaubte natürlich, dass es meine Mutter war, die eine Erklärung für mein unerhörtes Verhalten verlangte. Von meinem tief beleidigten Vater ganz zu schweigen.

Erst als ich an einer Tankstelle halten musste, erkannte ich die Nummer meiner Schwester und nahm schließlich ab.

»Was ist eigentlich in dich gefahren, du dummes Trampeltier?«, fuhr sie mich an. »Kannst du mir verraten, warum du nur wegen Papas blöder Bemerkung total überreagiert hast? Du hättest ihm eine schlimme Verletzung zufügen können, das war unterste Schublade! Außerdem hat sich unsere schmerzgeplagte Mutter völlig auf deine Hilfe verlassen! Das Fest der Liebe hast du uns allen gründlich versaut!«

»Liebe? Es hat euch ja bis heute noch nie interessiert, wie es in mir aussieht«, brüllte ich zurück. »Für euch bin ich bloß der Plumplori, das Aschenputtel, gerade noch gut genug für die Drecksarbeit! Alles dreht sich bloß um dich und den erwarteten Kronprinzen. Meine Geschenke will keiner haben, meinen edlen Kaftan habt ihr überhaupt nicht beachtet, aber zum Kochen und Putzen komme ich genau zur richtigen Zeit.«

»Du spinnst«, sagte Caro und legte auf.

Ich brauchte eine Weile, bis ich mich so weit im Griff hatte, dass ich weiterfahren konnte. Am Abend erreichte ich endlich mein Zuhause. Natürlich hatte ich wenig Lust, Frau Alsfelder und Ruben sofort über den Weg zu laufen und wohl oder übel von meinem Desaster berichten zu müssen. Ich wollte bloß in mein Zimmer huschen und meine Ruhe haben. Ganz leise, damit mich selbst der Hund nicht hören konnte, öffnete ich die Haustür, zog die Schuhe aus und schlich auf Strümpfen die Treppe hinauf, anscheinend hatte mich auch niemand bemerkt. Als Erstes zog ich den Kaftan aus und mein Nachthemd und den warmen Bademantel an, drehte die Heizung hoch und warf mich erschöpft aufs Bett. Es war anzunehmen, dass Frau Alsfelder bereits schlief und mich heute nicht mehr mit Fragen behelligen würde. Leider fiel mir bald darauf aber ein, dass Ruben wahrscheinlich den Wagen entdecken und verwundert an meine Tür klopfen würde. Ich hörte ihn schon fragen: »Alles in Ordnung?«

Irgendwann wurde ich hungrig, denn von meiner guten gebratenen Gans hatte ich höchstens die Hälfte eines Flügels gegessen, bevor ich ihn zweckentfremdet eingesetzt hatte. Und meinen wunderbaren Lachsschinken hatte ich dummerweise auf der elterlichen Anrichte stehen lassen. Also raffte ich mich wieder auf, um nach Essbarem zu suchen, damit ich endlich satt und müde einschlafen konnte.

In der Küche brannte Licht, am Tisch saß Ruben und mampfte. Er starrte mich an wie einen Geist. »Wo kommst du denn auf einmal her?«, fragte er mit vollem Mund.

»Ich bin nur auf einen kurzen Zwischenstopp hier gelandet. Es gab Probleme mit meiner Familie, davon erzähle ich dir später«, sagte ich. »Was gab es denn heute zu essen?«

»Die bringen immer viel zu viel«, sagte Ruben. »Frau Alsfelder isst nur eine halbe Portion, den Rest mache ich mir später noch mal warm. Gerade habe ich die letzte Scheibe Entenbrust verputzt. Aber wenn du Hunger hast – ich könnte dir noch einen Zipfel von der gestrigen Bratwurst mit Stampfkartoffeln aufwärmen. Wenn ich allerdings an deine Kochkünste denke, wird es dir nicht schmecken …«

»Ist egal«, sagte ich und füllte bald darauf meinen leeren Magen mit fadem Seniorenbrei. Doch ich konnte noch nicht in mein stilles Zimmer flüchten, denn Ruben schenkte uns beiden ein Glas Rotwein ein und fing auf einmal an zu jammern.

»Du hattest gerade Probleme mit deiner Familie, aber du hast wenigstens eine! Ich habe bloß einen ewig unzufriedenen Vater, der mich zwar am Heiligen Abend anruft, aber nur, um mir mal wieder die Leviten zu lesen.«

»Warum? Du verdienst doch jetzt etwas Geld?«

»Aber es langt ja noch nicht. Er selbst stand schon früh auf eigenen Füßen und glaubt, das sei heutzutage genauso einfach. Deswegen habe ich einen Plan, um es ihm heimzuzahlen!«

»Darf ich wissen, was du dir ausgedacht hast?«

»Es muss allerdings erst mal unter uns bleiben, kein Wort

zu Nadine oder Frau Alsfelder«, sagte Ruben. »Ich habe beschlossen, einen Bestseller zu schreiben. Gedichte und Balladen würden mir zwar problemlos gelingen, aber die verkaufen sich angeblich nicht gut. Es muss etwas sein, das eine Riesenauflage garantiert.«

»Nämlich?«

»Den Titel weiß ich schon: *Sodom sucht Gomorrha*. Und zwar geht es um Sex in den sozialen Medien, also um Kontaktanzeigen wie *Fisch sucht Fahrrad*, aber für spezielle Bedürfnisse. Das Buch wird mit Sicherheit ein Renner, der bisher unbekannte Autor Ruben Crauth wird reich, denn das Buch steht monatelang auf der Bestsellerliste!«

Ich war platt. »Hast du denn diesbezügliche Erfahrungen?«, fragte ich, fast etwas verlegen.

Nun wurde Ruben rot. »Eigentlich nicht so direkt, alles nur Theorie. – Was denkst du überhaupt von mir! Hast *du* etwa solche Erfahrungen?«

»Was denkst du denn von *mir*?«, konterte ich, und wir mussten beide ein bisschen lachen. Aber dann nahm ich den Faden wieder auf. »Wenn du demnächst berühmt wirst, musst du natürlich dauernd Interviews geben und bist bei allen Talkshows ein begehrter Gast!«

Ruben nahm meine Worte ernst. »Um Gottes willen! Das kann ich nicht! Vor lauter fremden Menschen bringe ich doch keinen Ton heraus! Diese verfluchte Glossophobie!«

»Dann ist es auch ein Problem, wenn du Lesungen halten sollst«, wagte ich zu bemerken.

»Du bringst mich auf eine Idee: Niemand darf rauskriegen, wer ich wirklich bin, denn ich werde unter einem anderen Namen schreiben; ein originelles Pseudonym muss her. Na, da fällt mir sicher noch was ein, vielleicht sogar dir?«

Ich nickte zustimmend, erhob mich und sagte grinsend: *»Buenas noches, Señor Sodom«*, und er antwortete wie aus der Pistole geschossen: *»Hasta mañana, Señora Gomorrha!«*

Als ich dann endgültig in meinem Bett lag, war ich bereits viel besser gelaunt. Draußen fing es an zu schneien, drinnen war es warm und gemütlich, und ich war in meinem wahren Zuhause angekommen. Am nächsten Tag konnte ich schlafen, solange ich wollte, denn der Pflegedienst würde ja kommen, und Ruben musste für das Frühstück unserer Arbeitgeberin sorgen und den Hund in den Garten lassen. Warum sollte ich überhaupt noch verreisen?

Tatsächlich schlief ich ziemlich lange. Das Kommen und Gehen der Pflegerin hatte ich überhaupt nicht mitbekommen. Als ich endlich aus den Federn gekrochen war, vermisste ich allerdings meinen Kulturbeutel. Noch vor dem Frühstück suchte ich eine Apotheke auf, die am heutigen Feiertag Notdienst hatte. Auf eine Zahnbürste und Hautcreme mochte ich nicht bis zum nächsten Tag verzichten.

Meinen späten Morgenkaffee trank ich ohne Gesellschaft. Nadine hatte ja Urlaub, Ruben schien mit dem Hund spazieren zu gehen, Frau Alsfelder wusste wahrscheinlich noch gar nicht, dass ich zurückgekommen war. Sollte ich sie in ihrem Zimmer aufsuchen oder vorläufig noch unsichtbar bleiben und meine ungewohnte Freizeit genießen? Doch bevor sie es von Ruben erfuhr, wollte ich meine unerwartete Anwesenheit lieber persönlich erklären.

Und das tat ich auch, allerdings verschwieg ich meine unrühmliche Rolle bei unserem Familiendrama. Schließlich bat ich Frau Alsfelder darum, ein paar Tage hier ausruhen zu können, ohne meine gewohnte Arbeit wieder aufzunehmen. »Im Augenblick sind alle Hotels ausgebucht, so dass ich noch nichts gefunden habe. Sehr gern würde ich ein paar Ferientage ohne die üblichen Verpflichtungen hier zu Hause verbringen. Der Pflegedienst und das Essen auf Rädern brauchen ja nicht abbestellt zu werden …«

»Und Ruben kann ruhig ein bisschen was dafür tun, dass er umsonst hier wohnen darf«, meinte Frau Alsfelder. »Lorina, fühlen Sie sich bitte als Gast, der bei uns wie in einem Hotel versorgt wird. Bestellen Sie einfach noch eine dritte Portion bei der Cateringfirma.«

Letzteres tat ich nicht besonders gern, auch wenn Ruben jetzt doppelt so viele Reste vertilgen konnte.

Tatsächlich war das Essen gar nicht so übel, wie ich es mir vorgestellt hatte. Trotzdem hatte ich schon nach zwei Tagen Lust auf etwas Abwechslung und beschloss, Ruben zum Essen beim Inder einzuladen. Leider konnte ich meinen Kaftan so schnell nicht mehr reinigen lassen. Sollte er immer noch nach Gänsefett stinken, würden die exotischen Gewürze im Restaurant den deutschen Weihnachtsgeruch bestimmt überdecken.

»Mein Gott, was hast du für ein leckeres Parfüm«, sagte Ruben und schnupperte hingerissen an meinem Ärmel, als wir gemeinsam aufbrechen wollten. Beim Inder setzte ich mich direkt unter das Foto des Maharadschas, wobei sogar dem verträumten Ruben die Ähnlichkeit sofort auffiel.

»Du siehst ja aus wie der da oben …«, stotterte er, verbesserte sich aber gleich: »... ich wollte sagen, wie eine Prinzessin aus *Tausendundeiner Nacht*!«

»Oder wie ein verkleidetes Aschenputtel, das zu Hause schnell wieder seine Lumpen anziehen muss«, sagte ich.

Ruben wusste darauf nichts Charmantes zu erwidern. Offenbar fasziniert von all dem Rot und Gold des Restaurants ließ er seine Blicke schweifen, die schließlich etwas zu lange an der Theke hängenblieben. Dort stand neben den gestapelten Speisekarten die Skulptur einer nackten Tänzerin in einem flammenden Feuerrad aus blankgeputztem Messing.

Nachdem wir bestellt hatten, wollte Ruben endlich wissen, warum ich meine Familie so fluchtartig verlassen hätte.

»Schon meine Schwester sollte nach dem Wunsch meines Vaters ein Junge werden. Ich habe ihn seit meiner Geburt enttäuscht, er mag mich nicht, er findet mich unmöglich, er nennt mich Plumplori. Und nun, wo meine Schwester schwanger ist und einen Sohn bekommen wird, dreht sich alles nur noch um sie. Ich habe meinen Eltern eine edle Espressomaschine geschenkt, die wollten sie gar nicht haben. – Kannst du sie vielleicht brauchen?«

Ruben starrte mich ungläubig an und suchte sekundenlang nach einer Ausrede. Er habe bei uns doch nur eine vorübergehende Bleibe gefunden, er wisse ja noch gar nicht, wohin es ihn demnächst verschlage und ob dort genug Platz sei. Außerdem könne er sich ein so wertvolles Stück gar nicht leisten.

»Ich würde dir die Maschine selbstverständlich schenken«, sagte ich. »Im Gegensatz zu meinen Eltern weißt du einen anständigen Espresso bestimmt zu schätzen. Ich selbst habe es allerdings erst hier gelernt, weil Frau Alsfelder natürlich einen superteuren italienischen Automaten besitzt.«

Auf einmal merkte ich, dass Ruben still wurde und Tränen in den Augen hatte. Auf meine besorgte Frage antwortete er kaum hörbar: »Mir hat noch nie eine Frau etwas geschenkt, und mich hat noch nie eine Frau zum Essen eingeladen.«

Ich lächelte mitfühlend und legte meine große Hand auf seine Langfinger. Im Grunde sind wir uns ähnlicher, als es scheint, dachte ich. Bevor ich mit Christian beim Inder war, wurde ich noch nie von einem Mann zum Essen eingeladen.

13
Fieber

Es folgten ein paar sonnige Wintertage, die mich mit dem weihnachtlichen Fiasko wieder versöhnten. Täglich gingen wir zu viert spazieren, Ruben und ich schoben abwechselnd den Rollstuhl. Europa war völlig außer sich über die dünne Schneedecke, die sie in ihrem jungen Leben bisher noch nicht kennengelernt hatte. Übermütig wälzte sie sich auf der weißen Wiese, biss in den Schnee, fraß sogar davon und schnupperte mit höchstem Interesse an den hinterlassenen Spuren ihrer Artgenossen. Manchmal sauste Ruben hinter unserem Hündchen her, fing es ein, knuddelte es und benahm sich wie ein ausgelassener kleiner Junge. Frau Alsfelder und ich mussten wohl oder übel die erwachsenen Zuschauer spielen, die dem fröhlichen Treiben ihrer Kinder mit Wohlwollen zuschauen.

Wenn die beiden außer Hörweite waren, pflegte mir Frau Alsfelder ihre mütterlichen Beobachtungen mitzuteilen.

»Seit er etwas Vernünftiges bei uns zum Essen bekommt, hat der Junge glücklicherweise ein bisschen zugenommen.«

»Meine kleine Ropi ist total verliebt in Ruben, da könnte man ja direkt eifersüchtig werden!«

Ich stellte wiederum fest, dass die junge Pudelhündin mit fremden Rüden kokettierte und wir uns vielleicht von einem Tierarzt beraten lassen sollten.

Da es relativ früh dunkel wurde, hatte Frau Alsfelder ihre bisherigen Gewohnheiten ein wenig abgeändert und den Beginn ihrer Siesta auf halb eins verlegt, um bereits um halb drei Uhr mit uns spazieren gehen zu können. Die wöchentlichen Massagen erfolgten nicht mehr nach einem starren Plan, sondern nach Lust und Laune der Beteiligten. Aber viel bedeutsamer erschien mir, dass unsere Patientin ihr Kaffeestündchen neuerdings nicht mehr ohne unsere Gesellschaft verbringen wollte. Anscheinend fand sie es herrlich, nach unserem Spaziergang gar nicht erst nach oben in ihre Gemächer gebracht zu werden, sondern mit Ruben und mir in der warmen Küche zu sitzen, bei Kerzenschein an den restlichen Weihnachtsplätzchen zu knabbern und dabei über Gott und die Welt zu plaudern. Auf Wunsch deklamierte Ruben auch eine schaurige Ballade oder ein Wintergedicht. Jedes Mal schloss er seinen dramatischen Vortrag mit der letzten Strophe eines Gedichts von Friedrich Nietzsche:

Die Krähen schrei'n
Und ziehen schwirren Flugs zur Stadt:
Bald wird es schnei'n –
Weh dem, der keine Heimat hat!

Frau Alsfelder verstand die Andeutung sehr wohl: dass der heimatlose Junge sich bei uns jetzt endlich zu Hause fühlen konnte.

Der Abstand zwischen Herrschaft und Personal beziehungsweise Arbeitgeberin und Arbeitnehmern wurde mehr und mehr aufgeweicht, wobei auch Europa zu einer behutsamen Fraternisierung beitrug. Es war fast selbstverständlich, dass die edlen Meissener Tassen für unser Ritual benutzt wurden.

Als Nadine am 2. Januar aus dem Urlaub zurückkam, bestellte ich das Essen auf Rädern wieder ab, ebenso den Pflegedienst. Ich wollte lieber selbst kochen und fühlte mich ausgeruht und fit. Außerdem hatten wir vor, die erholsamen Spaziergänge zur allgemeinen Lust und Freude bei gutem Wetter vorläufig beizubehalten. Leider war es damit aber bald zu Ende: Da es nämlich ein wenig getaut hatte und nachts wieder gefroren war, wurde es glatt. Das Salz, das die meisten Hausbesitzer auf den Bürgersteig streuten, setzte sich in den Hundepfoten fest und verursachte schmerzende Wunden zwischen den Zehen. Ropi wollte sich jetzt nur noch im Garten erleichtern, und ohne den fröhlichen Hund kam uns die aushäusige Herumtreiberei sinnlos vor. Als der Schnee endgültig geschmolzen war, mochte Frau Alsfelder das gemeinsame Dämmerstündchen auch ohne vorherigen Spaziergang nicht mehr missen.

Eines Vormittags, als ich mit Nadine wie so oft eine Pause einlegte, meinte sie: »Wo steckt denn eigentlich unser Rübenkraut? Ist er noch gar nicht aufgestanden, oder geruht der Herr Masseur, wieder zu studieren? Ich möchte gern mal wissen, ob ich jetzt seine Sachen immer mitwaschen und am Ende gar sein Zimmer putzen soll.«

Als ich auf die Uhr schaute, war es bereits elf; eigentlich stand Ruben immer früh auf. Hatte er nur verschlafen, oder war er krank? Ich stapfte also die steile Treppe bis ins oberste Stockwerk hinauf und klopfte zaghaft an seine Tür. Seit Rubens Einzug hatte ich die Mansarde nicht mehr betreten. Hier müsste man dringend mal saubermachen, war mein erster Gedanke beim Hereinkommen. Die Espressomaschine thronte wie ein Museumsexponat mitten auf der Kommode, das lose Kabel baumelte seitlich herunter. Ich stolperte über einen Schuh. Auch eine Hose lag am Boden und Ruben im Bett. Offenbar hatte er Fieber und fror trotz eines zusätzlichen Wollplaids.

Das Gemälde vom armen Poeten tauchte nun doch wieder vor meinem inneren Auge auf – allerdings sah der hiesige Protagonist eher wie ein Teenager aus. Als er hier einzog, hatte die listige Nadine einen Bettbezug für ihn ausgewählt, dessen Muster eher für ein Kinderzimmer gepasst hätte – auf blauem Grund leuchteten Mond und Sterne zwischen rosa Schäfchenwolken.

Ein Müsli oder Brötchen wollte der Kranke nicht essen, höchstens einen Tee trinken. Als ich zehn Minuten später eine Kanne Kamillentee nach oben trug, war Ruben bereits wieder eingeschlafen. Ich strich ihm sanft über die heiße Stirn und hielt ihm den dampfenden Becher vor die Nase. Mein Patient richtete sich auf, wobei die Decke etwas verrutschte und ein haariges Stückchen Pelz hervorlugte. Sekundenlang glaubte ich, unser Pudel hätte sich heimlich bei seinem Freund eingenistet, und packte den Hund am Schlafittchen. Zu meinem grenzenlosen Erstaunen zog ich aber bloß ein Leichtgewicht ans Tageslicht – einen Teddybären. Natürlich musste ich ein bisschen grinsen und wollte die Situation mit angedeutetem Spott kommentieren. Aber dazu kam es nicht, denn Ruben riss mir den Teddy weg und krächzte zornig: »Finger weg! Das geht dich überhaupt nichts an!«

»Ist ja gut!«, sagte ich besänftigend. »Ich hole mal ein Fieberthermometer, du glühst ja förmlich!«

Als ich etwas später in meiner Eigenschaft als Krankenschwester waltete, hatte der Patient aber nur eine erhöhte Temperatur von 38,3 Grad, also eine ganz normale Erkältung und sicherlich keine echte Grippe oder gar Lungenentzündung. Der Teddy war wieder abgetaucht. Ich setzte mich auf die Bettkante und sagte freundlich: »Entschuldige! Ich wollte dir dein Spielzeug doch nicht wegnehmen, und ich werde auch keiner Menschenseele verraten, dass sich ein tierischer Bettgenosse bei dir versteckt hält …«

Ruben druckste herum und überlegte wohl, wie er mir sein Geheimnis erklären sollte. Anscheinend nahm er die Sache viel zu ernst, um darüber scherzen zu können. Schließlich hielt er es für das Beste, mit der Wahrheit herauszurücken.

»Du denkst wahrscheinlich, ich sei noch wahnsinnig infantil. Aber mein abgewetzter Bär ist fast das Einzige, was ich als Erinnerung an meine Mutter besitze, sie hat ihn mir zu meinem dritten Geburtstag geschenkt. Immer wenn es mir schlechtgeht, hat er mich getröstet, aber das wirst du wahrscheinlich nie begreifen.«

Ich wurde nachdenklich. »Du hast mal erwähnt, deine Mutter sei angeblich gestorben. Was ist denn nun wirklich passiert?«

»Sie lebt wahrscheinlich in einer psychiatrischen Klinik, vielleicht sogar im Ausland. Ich war noch ganz klein, als mein Vater behauptete, sie sei tot. Als ich etwas älter wurde und ihr Grab sehen wollte, ist er immer nur ausgewichen oder hat von einer Seebestattung gefaselt, auch über die Todesursache mochte er nicht reden. Es war irgendwie ein Tabu, auch meine Großmutter hat geschwiegen. Insgeheim glaubte ich an einen Suizid. Vor einiger Zeit fand ich aber in den Akten meines Vaters einen uralten gerichtlichen Beschluss über ihre Einweisung in eine Nervenheilanstalt, jedoch nirgends eine Sterbeurkunde.«

»Hast du deinen Papa nicht sofort mit deiner Entdeckung konfrontiert?«

»Ich hatte rein zufällig die Geheimnummer seines Safes herausgekriegt. Als ich dann in seinen Papieren herumsuchte und auf diesen sensationellen Fund stieß, habe ich aus lauter Frust leider auch ein bisschen Geld eingesteckt. Wahrscheinlich hat er keinen konkreten Verdacht geschöpft, denn es waren ja zeitweise auch Handwerker in seiner Wohnung, unsere Haushaltshilfe kam ebenfalls in Frage, und schließlich hätte er auch selbst etwas vergesslich sein können. Es fehlte ja nur ein geringer Betrag der Gesamtsumme. Bestimmt wollte er niemanden ohne einen stichhaltigen Beweis beschuldigen – doch er hat vorsichtshalber die Tresornummer ausgewechselt. Falls ich jetzt noch beichte, wird er völlig ausflippen. Dann habe ich am Ende beide Eltern verloren.«

Also war er tatsächlich ein Langfinger – wie Nadine mal scherzhaft gesagt hatte. Andererseits auch ein armes verlassenes Kind, das den Verlust seiner Mutter nie verkraftet hatte. Sorgenvoll betrachtete ich das große Baby, das allerdings keinen Strampelanzug, sondern ein T-Shirt trug. Früher hatte ich als Altenpflegerin schon viele bettlägerige

Männer betreut, die ja meistens senil waren und fast immer in einem gestreiften Schlafanzug aus Flanell steckten. Auch bei meinem Vater kannte ich eine etwas edlere Ausführung, einen blauen Baumwollpyjama mit weißen Paspeln. So etwas besaß Ruben offenbar nicht, er trug das gleiche graue Shirt wie am gestrigen Tag. Als ich eine Weile darüber sinniert hatte, ob junge Männer immer nur in Unterhose und Trikot ins Bett steigen, kam ich wieder auf das Thema zu sprechen.

»Ruben, ich finde, dass du durchaus ein Recht hast, mehr über deine Mutter zu erfahren. Wer hat dich denn als Kleinkind überhaupt betreut?«

»Meine Oma, also die Mutter meines Vaters. Sie wurde krank und musste in ein Altersheim, als ich zwölf war, und ist bald darauf gestorben. Von da an war ich mit meinem Papa allein, denn die Haushaltshilfe kam immer nur vormittags, während ich in der Schule war. Du siehst also, dass ich meine vielen Phobien zu Recht habe und hoffnungslos verkorkst bin.«

Nun konnte ich nicht mehr an mich halten. Von Mitleid überwältigt riss ich den mutterlosen Knaben an mich und presste ihn heftig an mich. Ruben stöhnte auf: »Aua!«

Natürlich ließ ich ihn sofort wieder los. Ich war zu grob gewesen, jetzt war es an mir, verlegen zu werden. Geistesgegenwärtig kramte ich ein Aspirin aus der Kitteltasche, verwandelte mich in Sekundenschnelle in einen Feldwebel und befahl: »Runterschlucken! Und heute Abend isst du Hühnersuppe, da kenne ich kein Pardon!«

Dann verließ ich das verwaiste Kerlchen und begab mich zu Frau Alsfelder.

»Ruben ist krank«, sagte ich. »In den nächsten Tagen fällt die Massage mit Sicherheit aus, denn Sie wollen sich bestimmt nicht anstecken.«

»Um Gottes willen, nein! Muss man einen Arzt holen?«

»Bei einem grippalen Infekt ist das eigentlich nicht nötig. Ich werde heute Abend aber Hühnersuppe statt Gulasch kochen – wäre Ihnen das recht?«

»Aber selbstverständlich! Alles, was Sie kochen, hat mir bisher geschmeckt. Übrigens ist Christian wieder aus Thailand zurück und wird mich demnächst besuchen. Ich weiß gar nicht, ob er Ihnen schon das Haushaltsgeld für den Januar ausgehändigt hat. Aber notfalls könnten Sie mich ja zur Bank fahren ...«

»Keine Sorge, es war noch genug in der Kasse.«

Nadine machte sich gerade zum Aufbruch bereit. »Ich kann dich ein Stück mitnehmen«, sagte ich. »Für heute Abend muss ich nämlich noch schnell ein Suppenhuhn besorgen.«

»Ein Huhn im Topf für unseren Hahn im Korb!«, sagte Nadine und strahlte vor Freude über ihr gelungenes Wortspiel. »Du verwöhnst ihn vielleicht zu sehr! Aber immerhin hat unser Bub versprochen, mich englische Vokabeln abzufragen, wir schreiben demnächst einen Test.«

Seit Anfang des Jahres besuchte Nadine eine Abendschule, um den Realschulabschluss nachzuholen. Ich hatte ihr dringend dazu geraten, denn sie war intelligent und beruflich etwas unterfordert.

Kurz darauf wurde es Zeit für Frau Alsfelders Mittagsschläfchen.

»Ach, Lorina«, sagte sie, als ich sie ins Bett gebracht

hatte, »da fällt mir noch etwas ein. Es ist bestimmt zu mühsam für Sie, mich ohne Rubens Unterstützung zum Nachmittagskaffee in die Küche hinunterzubringen. Jetzt, wo der Junge krank ist, möchte ich wieder oben bleiben.«

Ich war tief beleidigt. Offenbar wollte Frau Alsfelder lieber allein sein, als mit mir am Tisch zu sitzen. Dabei erinnerte ich mich, dass sie weibliche Masseure vehement abgelehnt hatte, auf Boris und nun auf Ruben aber geradezu versessen war. Anscheinend brauchte sie einen Mann als Gesellschafter, und den konnte ich ihr beim besten Willen nicht ersetzen. Irgendwie konnte ich sie allerdings verstehen und wurde milder. Auch Nadine und ich benahmen uns in Anwesenheit eines Kerls – und sei er noch so jung und dünn – etwas anders, wurden munterer und versuchten, uns von unserer Schokoladenseite zu zeigen. Selbst Europa wollte unbedingt in die Mansarde hinauf, sie hatte ja längst gerochen, wo sich ihr Busenfreund aufhielt. Ich tat ihr den Gefallen, öffnete ihr die Türen, ließ sie zu einem Krankenbesuch hineinhuschen – und konnte die Folgen nicht ahnen, denn ich ging gleich wieder hinunter.

Erst eine Stunde später, als der Hund seinem Namen alle Ehre machte und wie ein begossener Pudel mit eingekniffenem Schwanz vor mir stand, machte ich mir Gedanken.

»Hat dich Ruben etwa rausgeschmissen?«, fragte ich. Sag einer, Hunde könnten nicht sprechen! Ropi demonstrierte mir durch die bekannte hündische Demutshaltung sehr deutlich, dass sie ein schlechtes Gewissen hatte. Hatte ich etwa vergessen, sie beizeiten in den Garten zu lassen? Ich öffnete die Terrassentür, aber sie verzog sich schmollend in ihr Körbchen. Wohl oder übel musste ich jetzt in der Mansarde nach dem Rechten sehen.

Als ich hereinkam, drehte sich Ruben zur Wand. Sein Kopfkissen schien feucht – war es Schweiß oder hatte er etwa geweint? Was war geschehen? Mit ein bisschen Geduld und gutem Zureden gelang es mir schließlich, den Grund zu erfahren. Der Pudel war natürlich zu ihm ins Bett geschlüpft und hatte sich unter der Decke breitgemacht. Dort war er jedoch auf einen Konkurrenten getroffen und hatte dem Teddy unbemerkt ein Ohr abgekaut. Ich besah mir den Schaden.

»Das lässt sich bestimmt reparieren«, sagte ich tröstend, »sobald du alle Fetzen gefunden hast, werde ich mich dranmachen. Falls Ropi aber ein größeres Stück aufgefressen hat, werde ich im Netz zu einer Organspende aufrufen und von einem artverwandten Säugetier ein Ohr transplantieren. Alles wird wieder gut …«

Ruben nahm den verstümmelten Bären wieder an sich und schniefte hörbar. Besorgt befühlte ich seine heiße Stirn, um die steigende Temperatur einzuschätzen.

»Iiii!«, maulte er wehleidig. »Du hast ja eiskalte Flossen.«

»Dann muss ich sie eben aufwärmen«, sagte ich. Es war wie ein Geistesblitz, als ich mich plötzlich wie Boris fühlte. Reflexartig fuhr ich mit der rechten Hand unter die Decke und schmiegte sie gegen die Boxershorts meines Patienten. Es war allerdings kein Teddy, was da unter dem Federbett zum Leben erwachte.

Mit einem Ruck wälzte sich Ruben auf die Seite und giftete mich an: »Lass mich gefälligst in Ruhe, ich bin krank und todmüde!«

Und so schlich ich mit klopfendem Herzen zurück in mein Zimmer, schnappte mir schließlich den Hund und beschloss, eine Runde um den Block zu drehen, um wieder einen klaren Kopf zu bekommen.

Bevor Boris seine kalten Hände auf meinem Bauch wärmen wollte, war ich noch nie auf diese unverfrorene Weise von einem Mann berührt worden. Schon kurz darauf hatte sich eine leidenschaftliche Beziehung entwickelt, die allerdings für Boris wohl nur eine kurze Episode unter vielen war. Trotzdem verdankte ich ihm viel, denn durch ihn hatte ich die Freuden der Liebe überhaupt erst kennengelernt. Irgendwie hatte ich das Gefühl, dass Ruben ebenso unerfahren war wie ich damals, dass er am Ende überhaupt noch nie mit einer Frau geschlafen hatte. Sollte ich nicht eine ähnliche Rolle wie Boris übernehmen und den Jungen in die Praxis einführen, wo er sich bis jetzt wohl nur in der Theorie auskannte? Es war sicherlich eine lohnende und dankbare Aufgabe, denn ich war ja schon von Berufs wegen eine Samariterin.

Wie sollte ich aber vorgehen? Einerseits musste ich dem Objekt meiner Begierde eine liebevolle Mama ersetzen, denn die hatte der kleine Ruben wohl am meisten vermisst. Andererseits gelten Mütter für Dreijährige als oberste Autorität, denn sie bestimmen, wann gegessen oder geschlafen und das Spiel abgebrochen wird; also musste ich gleichzeitig in die Rolle einer Domina schlüpfen, um mir einen gelehrigen Schüler heranzuziehen. Ein anstrengender Balanceakt, aber machbar.

Plötzlich musste ich lächeln. Noch vor kurzem hatte Ruben damit angegeben, dass er demnächst einen Bestseller schreiben werde. Den Titel hatte er mir bereits verraten: *Sodom sucht Gomorrha.* Errötend hatte er gestanden, dass sein diesbezügliches Wissen nicht auf persönlicher Erfahrung beruhe. Vielleicht sollten wir gemeinsam an diesem bedeutenden Werk arbeiten und uns dabei behutsam näherkommen.

14
Schlitzohr

Als sich Christian am nächsten Tag endlich mal wieder bei uns blicken ließ, fand er es überhaupt nicht in Ordnung, dass wir Ruben in der Mansarde einquartiert hatten. Nachdem er lange mit Frau Alsfelder geredet hatte, lungerte er bei mir in der Küche herum und schimpfte.

»Tante Vicki ist viel zu gutmütig«, polterte er los. »Dieser Kerl ist doch der reinste Schmarotzer! Lässt sich die Massagen übertariflich bezahlen, obwohl er gar kein ausgebildeter Physiotherapeut ist, wohnt hier für umme und schlägt sich auch noch den Bauch voll! Ich werde deine Kassenbons gründlich prüfen, und falls du jetzt doppelt so viel Essen eingekauft hast, werde ich ihm die Differenz vom Honorar abziehen. Und nun ist das Herrchen auch noch krank, Nadine muss bei ihm putzen, und du musst ihn bedienen! Gerade habe ich hören müssen, dass du extra für ihn Hühnersuppe gekocht hättest! Er lebt hier wie die Made im Speck, das werde ich auf keinen Fall stillschweigend dulden!«

»Es ist doch nur vorübergehend«, versuchte ich zu beschwichtigen. »Sobald Ruben ein bezahlbares Zimmer gefunden hat, wird er uns wieder verlassen.«

»Wie naiv bist du eigentlich? Ein Parasit lässt sich nur mit drastischen Mitteln vertreiben. Wenn man ihn nicht rigoros vor die Tür setzt, kann man bis zum Sankt-Nimmerleinstag darauf warten! Der sucht doch gar nicht nach einer anderen Bleibe, wo er hier sein Paradies gefunden hat!«

»Reg dich nicht so auf«, sagte ich. »Letzten Endes ist es die Entscheidung deiner Tante, sie kann über ihr Geld verfügen, wie sie es für richtig hält. Schließlich ist sie nicht bekloppt, sondern weiß ganz genau, was sie tut.«

»Da bin ich mir nicht so sicher«, sagte Christian. »In letzter Zeit stelle ich immer wieder fest, dass sie unter beginnender Demenz leidet. Wie kann man bloß einen unfähigen Masseur einstellen, nur weil er ellenlange Balladen aufsagt! Wetten, dass sie bald einen gesetzlichen Betreuer braucht? Vorhin wusste sie nicht mehr, wie ihre ehemaligen Nachbarn heißen!«

Ich schüttelte verärgert den Kopf. Bereits viel Jüngere vergessen manchmal einen Namen, wenn sie die betreffende Person lange nicht gesehen haben.

»Und wie heißt unser Hund?«, fragte ich, um ihn mal selbst auf die Probe zu stellen.

»Afrika«, antwortete er und verdrehte dabei die Augen. »Und meine Tante heißt Notre-Dame oder war es Nofretete? – Ist eigentlich noch ein Teller Hühnerbrühe übrig?«

Typischer Fall von Futterneid, dachte ich, und meine wohlschmeckende Suppe besänftigte Christian tatsächlich. Aber es fiel ihm doch noch etwas ein, worüber er hetzen konnte.

»Und weißt du, was Tante Vicki vorhin von mir verlangt hat? Weil ihr Schützling ausgefallen ist, sollte ich ihr eine bestimmte Strophe aus Schillers *Taucher* vorlesen. Anscheinend hat sie eine Vorliebe für Wasserleichen …«

»*Und es wallet und siedet und brauset und zischt?*«, zitierte ich, denn inzwischen war bei mir einiges hängengeblieben.

»Nee, viel schlimmer, es ging auch um den Hai, *des Meeres Hyäne*. Jetzt weiß ich allerdings, dass mein Lieblingsfilm schon vor zweihundert Jahren einen Vorläufer hatte ...«

»Siehst du endlich ein, dass Ruben indirekt zu deiner Bildung beiträgt«, sagte ich und schabte noch den letzten Hühnerrest samt halber Zitrone auf seinen Teller. »Wahrscheinlich kennst du den *Zauberlehrling* auch nur aus Tomi Ungerers Bilderbuch, du Banause ...«

Christian grinste, lutschte sogar die Zitrone noch aus, wischte sich den Mund an einem Topflappen ab und verabschiedete sich. Für Ruben war keine Suppe mehr übrig, doch ich wollte ja sowieso das bereits gekaufte Rindfleisch zu Gulasch verarbeiten. Falls der Kranke aber Zwiebeln und Paprika verschmähte, musste er sich eben mit Zwieback begnügen. Irgendwie hatten Christian und Nadine recht, ich sollte etwas strenger mit ihm umgehen.

Tatsächlich ging es meinem Patienten schon am nächsten Tag etwas besser, aber er lag weiterhin im Bett. Als ich ihm trotz Nadines Missbilligung den morgendlichen Tee brachte, blätterte er in einer uralten Broschüre, die er angeblich auf dem Dachboden gefunden hatte.

»Heute gibt es das Vorlesungsverzeichnis nur noch online«, sagte er. »Und sieh mal einer an! Früher wurde in der Mannheimer Uni ein Kurs angeboten: *Reden vor anderen – ohne Stress.* Da hätte ich mich sofort eingetragen, aber im Augenblick gibt es hier nichts Vergleichbares! Übrigens lagern jede Menge Bücher auf dem Speicher, die wohl irgendjemand mal aussortiert hat. Leider nichts Biblisches dabei, also kein Material für Sodom und Gomorrha.«

»Anscheinend liegst du nicht mehr im Sterben, wenn du dich ohne Socken auf dem kalten Dachboden herumtreibst«, sagte ich irritiert. »Ist es nicht etwas übergriffig, in fremden Sachen zu wühlen? Falls dir inzwischen langweilig ist, wird es höchste Zeit, dass du zum Essen wieder in die Küche kommst. Meinst du, es macht Spaß, ein Tablett mit heißer Suppe die steile Treppe hinaufzubalancieren?«

»Entschuldige! Aber es war einfach wunderbar, so verwöhnt zu werden. Ich fühlte mich umsorgt und behütet wie als kleines Kind ...«

Mein Plan, ihm eine liebevolle Mutter zu ersetzen, war zwar aufgegangen, aber jetzt galt es, Phase zwei zu verwirklichen und als gnadenlose Domina aufzutreten.

»Also raus aus den Federn und rein in die Pantoffeln!«, befahl ich. »Das Bad ist frei, du solltest duschen und frische Wäsche anziehen, bevor du dich wieder blicken lässt.«

Als mein gehorsamer Schützling schließlich in der Wanne lag, schlich ich mich in die Mansarde und suchte nach dem Teddy. Unter der Bettdecke steckte der lädierte Bär allerdings nicht, doch ich fand ihn rasch – eingeklemmt zwischen Matratze und Wand. Die paar Fetzen des Plüschohrs, die Ruben gesammelt hatte, konnte man nur noch wegschmeißen. Sie waren so zerrupft und zerfleddert, dass selbst einem begnadeten Restaurator eine Wiederherstellung nicht gelingen würde. Ich machte ein Foto von dem Invaliden und deponierte ihn wieder in seinem Versteck.

Inzwischen hatte ich beschlossen, einen ähnlichen Teddy zu kaufen und zu schlachten. Es musste ja nicht unbedingt ein Markenartikel der Firma Steiff sein, ein billiges Produkt aus Asien würde den gleichen Zweck erfüllen. Im Internet betrachtete ich mir die angebotenen Plüschtiere und kam plötzlich auf die lustige Idee, ein völlig unpassendes Tier als Spender auszuwählen. Zum Beispiel das riesige Ohr eines Elefanten, ein winziges vom Hamster, ein langes vom Feldhasen, ein hängendes vom Cockerspaniel, das schneeweiße eines Eisbären oder ein kreisrundes von der Mickymaus. Aber das Risiko einer Bauchlandung war zu groß, denn das Original war Ruben heilig; ich sollte mir solche Späßchen besser verkneifen.

In meiner Mittagspause fuhr ich zu einem großen Spielzeugladen. Ich verglich die angebotenen Organspender mit dem Foto des Unfallopfers und entschied mich schließlich für einen billigen und möglichst ähnlichen Braunbären.

Als Ruben nach Bad und ausgiebiger Ruhepause endlich in der Küche aufkreuzte, bat ich ihn ganz offiziell um die Übergabe seines Teddys zwecks Restauration. Misstrauisch schaute er mich an.

»Was hast du vor? Du wirst ihn doch nicht völlig ruinieren?«, fragte er, willigte aber schließlich ein. Bei den chirurgischen Maßnahmen wollte er aber nicht zugucken, denn er könne kein Blut sehen.

Sowohl die Amputation als auch die nachfolgende Operation gelang ohne Zwischenfall. Da das neue Ohr auch robuste Liebkosungen aushalten sollte, musste ich einen kleinen Spalt ins Bärenfell schneiden, um das Spenderorgan festsitzend einzupflanzen.

Schlitzohr nennt man das, dachte ich. Dass der abgewetzte Teddy jetzt wieder zwei Lauscher hatte, würde Ruben natürlich auf den ersten Blick erkennen, aber zum Glück fiel die etwas hellere Farbe des Transplantats nur bei sehr gutem Licht auf. Auch die Nähte waren mir nicht völlig unsichtbar geraten, denn ich hatte zwar in puncto Geschicklichkeit viel dazugelernt, aber bis zur Perfektion war es noch ein weiter Weg. Trotzdem war ich hochzufrieden mit meinem Werk. Europa lag zu meinen Füßen und beobachtete konzentriert, wie ich mit Schere, Nadel und Faden an ihrem heißbegehrten, doch leider verbotenen Spielzeug herumwerkelte. Ich schenkte ihr den gekauften und jetzt bereits verstümmelten Teddy, und sie machte sich leicht beleidigt über sein verbliebenes Ohr her. Der neue roch leider nicht nach ihrem Freund.

Ruben sollte sein Schmusetier aber erst am späten Abend und bei trübem Licht zurückerhalten. Und ich rechnete im Gegenzug mit einer Belohnung für meine unermüdliche Fürsorge.

Das Abendessen geruhte Ruben diesmal im Bademantel und in der Küche zu sich zu nehmen. Nach seinem Teddy fragte er nicht. Während er zum Nachtisch noch ein kleines Eis löffelte, trug ich ein Tablett mit Thunfisch, Salat und Bratkartoffeln zu Frau Alsfelder hinauf.

»Wie geht's dem Jungen?«, fragte sie.

»Schon besser, er ist aufgestanden, sitzt jetzt in der Küche und lässt es sich schmecken.«

»Wenn das so ist, dann kann er nachher mal bei mir vorbeischauen. Natürlich nicht zur Massage, ich will mich ja nicht anstecken! Aber ich habe bereits Entzugserscheinungen und möchte endlich mal wieder eine klassische Ballade hören, bevor die endlose Nacht beginnt. Und bitte bleiben Sie während seines Auftritts bei mir im Zimmer, falls er einen Schwächeanfall haben sollte …«

Ruben schien sich über diesen Auftrag fast zu freuen. »Muss ich mir etwas anderes anziehen?«, war seine einzige Frage. Dann brachte ich ihn hinauf zu Frau Alsfelder, die ihn wohlwollend begrüßte.

»Ich habe Sie sehr vermisst«, sagte sie. »Aber ich weiß ja, dass es Ihnen nicht gutgeht. Deshalb werde ich mir heute nicht gerade Schillers *Glocke* bestellen, sondern etwas Kürzeres, vielleicht den *Erlkönig,* der war lange nicht mehr dran.«

Und schon trug Ruben die unheimliche Geschichte so einfühlsam vor, als sei er selbst der fiebernde Knabe. Kurz darauf wurde er in Gnaden entlassen und verzog sich wieder nach oben in seine Koje.

Es war noch zu früh, um meinen Plan in die Tat umzusetzen, also vertrieb ich mir die Zeit mit einem ebenso langweiligen wie dummen Film. Gegen zehn hielt ich es aber nicht mehr aus. Inzwischen hatte ich doch sehr viel Mühe und liebevolle Zuwendung in diesen Jüngling investiert, jetzt war er mal dran.

Als ich alle Kleider abgelegt hatte, zog ich mir nur einen dünnen Morgenrock über, schnappte mir den Teddy und tappte barfuß und mit pochendem Herzen die Stiege hinauf. Ohne anzuklopfen betrat ich das stockdunkle Zimmer, polterte leider gegen einen Stuhl und weckte dadurch den Schläfer, der erschrocken hochfuhr und automatisch die Nachttischlampe anknipste. Er starrte mich an wie ein Gespenst.

Ich trat näher, setzte mich auf die Bettkante und zog den Teddy aus der Tasche.

»Simsalabim! Dein Bärchen ist wieder heil!«, säuselte ich. Er riss mir das Plüschtier aus der Hand und hielt es direkt unter die Glühbirne.

Nachdem er seinen Liebling ein paar Sekunden wortlos angestarrt hatte, zischte er: »Hast du den Verstand verloren?«

Ohne Erbarmen presste Ruben seinen Teddy nun so dicht gegen den durchscheinenden Lampenschirm, dass er fast angesengt wurde. Glasklar war zu erkennen, wie schmutzig das alte und wie hell und sauber das neue Bärenohr war.

»Ich könnte noch ein bisschen nachbessern«, schlug ich kleinlaut vor. »Zum Beispiel das Implantat mit Tee um eine Nuance dunkler färben. Ich habe mir im Übrigen sehr viel Mühe gegeben und eigentlich erwartet, dass du so etwas wie Begeisterung zeigst!«

Endlich sah er mich kurz an, murmelte *»Sorry«* und stopfte den Teddy unter die Decke. Wie sollte ich nun weiter vorgehen? Boris war mein einziges Vorbild, eine andere Art der Verführung hatte ich bisher nicht kennengelernt.

»Mir ist kalt, rutsch mal ein bisschen«, hauchte ich.

Ruben meinte wohl, nicht richtig gehört zu haben, und rührte sich nicht von der Stelle. Sollte ich ihn mit sanfter Gewalt etwas näher an die Wand schieben, um in seinem schmalen Bett auch einen Platz für mich zu erobern? Ich entschloss mich lieber zum Überraschungsangriff, glitt aus dem Negligé, schlug blitzschnell die Bettdecke hoch und stürzte mich ohne Vorwarnung frontal auf mein überrumpeltes Opfer. Ganz spontan kam mir dabei der Erlkönig wieder in den Sinn, und ich murmelte die Zeilen: *»Ich liebe dich, mich reizt deine schöne Gestalt; Und bist du nicht willig, gebrauch' ich Gewalt!«*

»Falsch!«, japste es unter mir, »es heißt: *so brauch' ich Gewalt*!«

»Man muss nicht immer alles originalgetreu zitieren, Goethe hätte sicher nichts gegen eine kleine Veränderung gehabt«, schlug ich vor und variierte: *»Der Mutter grauset's, sie reitet geschwind, Sie hält in Armen das ächzende Kind!«*, wobei ich meine Worte durch eine gekonnt einsetzende Pantomime betonte.

Nun verschlug es ihm völlig die Sprache, denn er konnte jetzt wohl oder übel nur noch ächzen und stöhnen. Doch auch ich stieß bloß unzivilisierte Laute aus, die nichts mehr mit Goethes gehobener Diktion zu tun hatten.

Als ich sehr viel später wieder im eigenen Bett lag, war ich einerseits todmüde, andererseits aber auch aufgewühlt und überdreht. Nächstes Mal müssen wir es anders machen, waren meine letzten Gedanken vor dem Einschlafen. Meine leider etwas voluminöse Statur passte wohl eher zum Pferd als zu einer anmutigen Reiterin. Ach, und da gab es noch ein Problem! Wenn er nicht wie Boris fürs Verhüten sorgte, dann musste ich es eben tun.

Vielleicht deshalb träumte ich ziemlich verworrenes Zeug, ich erinnerte mich nur daran, dass meine Schwester trotz aller Vorhersagen ein winziges Mädchen geboren hatte, ich dagegen fast gleichzeitig einen riesengroßen männlichen Plumplori.

Als sich meine Eltern noch ungläubig über mein Baby beugten, wurde ich von Nadine abrupt geweckt. »Was ist denn mit dir los?«, fragte sie. »Du bist doch sonst längst auf den Beinen, wenn ich komme! Bist du krank oder was? Soll ich den Pflegedienst anrufen, oder muss ich jetzt Frau Alsfelder anziehen und ihr Frühstück machen?«

Es war bereits halb zehn, ich hatte völlig verschlafen und starrte sie entgeistert an. Nadine befühlte meine Stirn.

»Du hast dich wohl bei Ruben angesteckt!«, stellte sie fest. »Was machen wir jetzt?«

Ich wollte aus dem Bett springen, war aber viel zu kraftlos und ließ mich wieder fallen. »Es hat mich nicht so schlimm erwischt, sag bitte Bescheid, ich käme gleich!«, behauptete ich und nahm einen neuen, etwas langsameren Anlauf.

Etwas verspätet saß Frau Alsfelder schließlich beim Frühstück. »Bei einer Erkältung ist frische Luft das Beste«, sagte sie mit mildem Vorwurf. »Ihr jungen Leute seid viel zu verpimpelt! Heute scheint das Wetter ganz freundlich zu werden, da sollten wir endlich einen schönen Spaziergang machen. Schnee liegt ja leider nicht, aber Ropi wird sich trotzdem freuen. Und hinterher sitzen wir mal wieder alle beisammen, trinken Tee bei Kerzenschein und lassen uns etwas Schauriges vortragen!«

Ich zuckte nicht mit der Wimper, aber gerade heute wäre ich am liebsten nach den nötigsten Arbeiten gleich wieder ins Bett gekrochen. Frau Alsfelder wollte sich zwar von einem erkälteten Ruben nicht massieren lassen, aber bei mir schien sie eine mögliche Ansteckung gar nicht in Betracht zu ziehen. Nadine war die Einzige, die mir mein Befinden ansah.

»Wenn du mir aufschreibst, was du heute zum Kochen brauchst, fahre ich schnell zum Supermarkt«, bot sie an. Ich war ihr dankbar. Ruben hatte sich noch nicht blicken lassen, sollte er ruhig bis Mittag ausschlafen. Es war mir im Grunde auch ganz lieb, ihm noch nicht gleich zu begegnen, denn ich hatte keine Ahnung, ob er mich heute als verliebter junger Mann anschmachten oder mir als fiebriges und überfordertes Kind vor Scham kaum in die Augen sehen konnte.

15
Die Krähen schrei'n

Es war schon Mittag, Nadine war bereits gegangen, Frau Alsfelder hielt Siesta, aber Ruben ließ sich immer noch nicht blicken. Musste ich nach ihm schauen? Ich war verunsichert. Sollte ich jetzt die fürsorgliche Mutti oder die strenge Gebieterin spielen, ihm Bronchialtee bringen oder ihn rigoros aus dem Bett scheuchen? Boris hätte mich mit Gesang geweckt, zum Beispiel *»Wach auf, meins Herzens Schöne«*, aber das war unpassend, ebenso ein zärtlicher Kuss. Am besten war wohl ein neutraler Anruf, glücklicherweise besaß der Junge wenigstens ein altes Smartphone.

Er meldete sich mit einem leisen: »Ja?«

Ich hatte mich inzwischen für einen möglichst abwartenden Kurs entschieden.

»Warum bist du noch nicht zum Frühstücken gekommen? Geht es dir nicht gut? Aber jetzt hilft alles nichts, du musst unter die Dusche, denn Frau Alsfelder möchte um halb drei mit uns spazieren gehen. Sie behauptet, es fehle uns an frischer Luft.«

Stille. Nach einer kleinen Pause fragte er: »Lorina, kannst du mir einen Rollkragenpullover leihen?«

Oje, dachte ich, meine Leidenschaft hat sichtbare Spuren hinterlassen.

»Ich lege dir meinen grauen Pulli ins Bad«, sagte ich, er wiederum legte auf.

In allerletzter Minute huschte Ruben endlich aus dem Badezimmer und half, Frau Alsfelder auf den Treppenlift zu hieven. Schließlich hatten wir sie warm verpackt in den Rollstuhl verfrachtet und konnten starten, Europa überschlug sich fast vor Freude. Unter seinem schäbigen Parka trug Ruben meinen Rollkragenpullover, der seinen dünnen Hals bis zum Kinn bedeckte. Ein geschickt gewickelter Schal hätte es allerdings auch getan. Behutsam und wortkarg schob er unsere Patientin durch die winterlichen Straßen und vermied es dabei, mich anzusehen. Plötzlich beugte er sich über Frau Alsfelder und fragte nachdenklich: »Was verstehen Sie eigentlich unter Sodom und Gomorrha?«

»Wie kommen Sie denn darauf?«, fragte sie verwundert. »Es ist wohl allgemein bekannt, dass diese beiden Städte nahe am Toten Meer lagen. Im Alten Testament führten ihre Einwohner ein lasterhaftes Leben, zur Strafe ließ der Herr Schwefel und Feuer vom Himmel regnen und hat wie in einem modernen Krieg die beiden Orte in Schutt und Asche gelegt. Wenn Sie mich fragen, hat Gott eindeutig überreagiert. Aber er hatte damals ja noch keinen Sohn, der ihn vielleicht gebremst hätte. – Haben Sie etwa eine Ballade entdeckt, die diese Geschichte behandelt? Das wäre sicherlich hochinteressant!«

»Bei einem biblischen Thema kann ich leider nur mit Heinrich Heines *Belsazar* aufwarten. Ich glaube aber, es gibt ein Gedicht von Gryphius über Lots Weib. Ich werde mich schlaumachen«, versprach Ruben. Meine Kenntnisse zu Sodom, Gomorrha und Lots Frau waren anscheinend nicht gefragt.

Frau Alsfelder meinte jedoch: »Ach, lassen Sie's gut sein. Im Grunde bin ich eine konservative alte Frau und höre am liebsten jene Lieder und Balladen, die ich sowieso schon kenne. – Mir ist aber etwas anderes eingefallen, Ihre Studienfächer Archäologie und Frühgeschichte sind nicht das Richtige für Sie. Bei Ihren literarischen Kenntnissen rate ich Ihnen unbedingt, auf Germanistik umzusatteln.«

Das hat er ja bereits ausprobiert, erinnerte ich mich, wollte mich aber nicht einmischen. Doch Ruben sagte artig: »Wahrscheinlich haben Sie recht, ich habe auch schon mit diesem Gedanken gespielt.«

Na, da wird sich sein Papa ja freuen, dachte ich und musste grinsen; außerdem wird von einem Germanisten bestimmt noch sehr viel mehr verlangt als ein paar auswendig gelernte Gedichte! Von seiner grässlichen Glossophobie ganz zu schweigen.

Als wir wieder zu Hause waren, kochte ich Kaffee, stellte eine Vase mit rosa geflammten Amaryllen und einen Teller mit Gebäck auf den Küchentisch und zündete drei Honigkerzen an. Völlig unpassend zu dieser Idylle verlangte Frau Alsfelder ausgerechnet Schillers *Bürgschaft*.

»Also wieder mal die Tyrannen-Story«, sagte ich leicht gelangweilt, denn allmählich kannte ich auch diese Ballade fast auswendig und wünschte mir insgeheim ein romantisches Liebesgedicht.

»Herrlich, Ihr fränkisches oder spanisches R«, sagte Frau Alsfelder. »Sagen Sie noch mal Tyrrrrannen – mir zuliebe!«

Also trugen wir beide, Ruben und ich, an jenem Nachmittag viel zur Erheiterung unserer Herrin bei, die alles andere als eine Tyrannin war. Dabei wusste ich immer noch nicht, wie Ruben über die vergangene Nacht dachte und ob an seiner Vögelphobie vielleicht doch etwas dran war.

Beim Abendessen waren wir endlich allein. Wir waren beide etwas befangen und unterhielten uns über neutrale Themen und ausführlich über die nächste Impfung unseres Hundes. Man nenne diese schwarzweißgefleckte Rasse übrigens »Harlekin-Pudel«, sagte Ruben, der gern sein ausgefallenes Wissen weitergab. Als ich ihm daraufhin bewundernd zulächelte, fragte er völlig übergangslos: »Wie nennen dich eigentlich deine Freunde, Lorina? Gibt es einen Kosenamen?«

»Du kannst ruhig *Lori* zu mir sagen«, bot ich an und freute mich über diese vorsichtige Annäherung.

»Genau wie Ara, Kea und Beo ist auch der Lori ein Kletterpapagei«, belehrte er mich, denn er verfügte über profunde Kreuzworträtsel-Kenntnisse. Zum Glück assoziierte er meinen Namen nicht mit einem anderen Klettertier – einem Plumplori –, sondern wollte anscheinend nur etwas intimer mit mir kommunizieren.

»Und wie hat dich deine Mutter genannt?«, fragte ich neugierig.

Er errötete: »*Rubinchen*! Aber das passt jetzt nicht mehr, denk dir was anderes aus.«

»Pudel und Bären hast du dir ja zuweilen gern ins Bett geholt, aber *Sodominchen* wäre dir wohl auch nicht recht«, sagte ich und hoffte, dass ihn solche Scherze nicht kränkten.

»Ich mache dich einfach einen Kopf kürzer und nenne dich *Ben*!«

Er schüttelte sich, das sei doch die gängige Abkürzung von Benjamin und gefalle ihm gar nicht.

Ich stand auf und räumte die Teller in die Spülmaschine. »*Ben* gefällt dir also nicht – hat dir denn die gestrige Nacht gefallen?«, fragte ich so beiläufig wie möglich. Aber das Eis war endlich gebrochen.

Er nickte und flüsterte. »Und wie!«

Da mein Bett breiter war als seines, konnte ich meine Lektionen von da an sowohl bequemer als auch effektiver gestalten. Ruben entpuppte sich als gelehriger Schüler, der von unersättlichem Lerneifer beflügelt war.

Nadine war die Erste, die etwas merkte.

»Ich habe dich doch gewarnt, du sollst ihn nicht so verwöhnen! Jetzt hast du den Salat, der Junge ist gnadenlos in dich verliebt, das sieht doch ein Blinder ohne Brille!«

»Und – wäre das so schlimm?«

Sie sah mich nachdenklich an. »Fast könnte man meinen, es hätte dich selbst erwischt. An deiner Stelle würde ich mir lieber einen gestandenen Mann suchen und nicht so ein unreifes Früchtchen!«

»Er war krank und brauchte Hilfe, jetzt, wo es ihm bessergeht, will er wieder Vorlesungen besuchen und auch im Haushalt helfen. Und überhaupt – sei nicht so streng, er hat es bisher nicht leicht gehabt.«

»Na gut, eines will ich ihm ja lassen. Gestern hat er den Staubsauger geholt und oben saubergemacht. Und ob ich noch ein paar zusätzliche T-Shirts in die Maschine stecke, darauf kommt es bei der vielen Krankenwäsche und den dreckigen Hundepfoten auch nicht mehr an. Seine Sachen muss man ja zum Glück nicht bügeln.«

Auch Frau Alsfelder schien die Veränderung ihres Masseurs aufzufallen. Mit einem amüsierten Lächeln bemerkte sie, der Junge habe wohl nicht nur an Gewicht, sondern auch an Selbstbewusstsein zugenommen.

»Er ist zugänglicher geworden«, urteilte sie. »Das meine ich durchaus im positiven Sinn. Natürlich muss man aufpassen, dass es durch die körperliche Nähe seines Berufes zu keinen übertriebenen Vertraulichkeiten kommt, aber wir leben schließlich unter einem Dach, da darf man sich ruhig etwas anfreunden.«

Ich schloss daraus, dass Ruben während der Massagen nicht nur Gedichte aufsagte, sondern auch über seine persönliche Situation mit ihr sprach. Hoffentlich wurde er jetzt nicht so zutraulich, dass er über sein aktuelles Liebesleben auspackte. Davon sollte Frau Alsfelder möglichst nichts erfahren, hatte ich ihm eingeschärft.

Nachdem wir zwei Wochen lang in Frieden und wachsendem Wohlbehagen leben konnten, erschien Christian eines Tages völlig unangekündigt. Gleich an der Haustür begegnete er Ruben mit Europa.

»Du bist ja immer noch hier!«, herrschte er ihn an. »Suchst du überhaupt eine neue Bleibe? So geht das auf Dauer nicht weiter …«

Ruben murmelte, er habe demnächst ein Zimmer in Aussicht, und zog schleunigst Leine. Er kam erst zurück, als Christians Auto nicht mehr auf der Straße stand. Ich dagegen bekam die volle Breitseite ab. Nachdem Christian eine Stunde lang bei seiner Tante antichambriert hatte, polterte er wütend die Treppe hinunter, warf sich auf die Küchenbank und stieß dabei meine Kaffeetasse so heftig um, dass sie zu Bruch ging.

»Tand, Tand sind die Gebilde von Menschenhand«, sagte ich automatisch, weil ich Rubens Balladen bereits verinnerlicht hatte. Mein Zitat beeindruckte Christian aber überhaupt nicht.

»Das muss ich erst mal verdauen«, stöhnte er. »Tante Vicki ist zwar schon immer ein bisschen schrullig gewesen, aber das habe ich bisher noch für liebenswerte Marotten gehalten. Aber nun ist sie offenbar völlig durchgeknallt, das böse Wort ›Demenz‹ trifft jetzt leider zu. Ich werde eher heute als morgen mit Onkel Rudi besprechen, was man wegen ihrer absurden Hirngespinste unternehmen muss!«

»Ich bin gelernte Altenpflegerin«, sagte ich. »Mit Demenz kenne ich mich bestens aus, bei ihr kann überhaupt nicht die Rede davon sein. Wie kommst du überhaupt darauf? Was hat sie denn deiner Meinung nach für einen Blödsinn verzapft?«

Christian schnaufte hörbar, er war sichtlich aufgebracht. »Tante Vicki möchte diesen Schmarotzer adoptieren! Sie hat mich ernsthaft gefragt, welche Schritte man dafür in die Wege leiten muss! Es ist wirklich kaum zu fassen! Ich möchte gern wissen, mit welchen hinterhältigen Methoden sich dieser Nichtsnutz bei ihr eingeschleimt hat.«

»Du hast ein völlig falsches Bild von Ruben. Er mag ein wenig naiv sein, aber berechnend ist er bestimmt nicht. Und was heißt hier Adoption – er ist doch kein Waisenkind, sondern längst volljährig und hat schließlich einen Vater, der ihn finanziell unterstützt. Du brauchst dir wirklich keine Sorgen zu machen, es war sicherlich nur ein Gedankenspiel deiner Tante, oder sie wollte dich vielleicht ein bisschen ärgern.«

»Das ist ihr gelungen«, schimpfte Christian, schnappte sich seinen Kaschmirmantel und ging zur Tür. Dort schnauzte er mich schon wieder an: »Ich verstehe überhaupt nicht, dass du diesen Mistkerl auch noch verteidigst! Am Ende steckt ihr alle beide unter einer Decke!«

Er ahnte zum Glück nicht, dass das tatsächlich der Fall war. Christians übertriebener Zorn machte mich allerdings etwas nachdenklich. Wahrscheinlich hatte Nadine von Anfang an recht gehabt: Wir hatten es mit einem Erbschleicher zu tun, der sich um den zu erwartenden Nachlass sorgte. Sollte ich Ruben von der absurden Idee einer Adoption etwas verraten? Besser nicht, beschloss ich, er war auf seine Art ein liebenswerter Unschuldsengel und sollte das auch bleiben.

Unsere Spaziergänge wurden von Mal zu Mal fröhlicher, das kalte, aber sonnige Winterwetter und die Bewegung an frischer Luft taten uns allen gut. Gelegentlich fuhren wir sogar ein Stück mit dem Wagen, damit Europa zwischen Hundewiesen und Feldern von der Leine befreit werden konnte. Auf den Äckern hatte sich manchmal ein Schwarm Saatkrähen niedergelassen, und Ruben machte es großen Spaß, wenn unser Pudel wie ein Berserker auf die schwarzen Vögel zuraste. Mit lautem Krächzen stoben sie in die Höhe, und Ropi war stolz, wenn sie von Ruben für ihre

Heldentat gelobt wurde. Ich wäre ganz gern mal wieder auf den Friedhof gegangen, aber dort durfte man keine Hunde ausführen.

Es machte mir Freude, gelegentlich einen winterlichen Strauß mit nach Hause zu bringen, deshalb trug ich stets eine kleine Rosenschere in der Manteltasche. Die Dornen der Hagebutten hatten mir allerdings schon ein paar böse Kratzer zugefügt. Frau Alsfelder war glücklich, die Anstifterin unserer Expeditionen zu sein, genoss das gemeinsame Kaffeetrinken und die damit verbundene Balladenstunde. Es war inzwischen zum Ritual geworden, dass Ruben zum Abschluss das düstere Gedicht von Nietzsche vortrug: *Die Krähen schrei'n und ziehen schwirren Flugs zur Stadt …* Anscheinend liebte Frau Alsfelder diese tristen Verse, und auch Ruben schien sich trotz seiner Ornitophobie vor den schwarzen Rabenvögeln nicht zu fürchten, während ich immer wieder an jene Saatkrähe erinnert wurde, die mich vor dem treulosen Boris gewarnt hatte. Würde es mir mit Ruben genauso ergehen? Ich war älter als er und nicht gerade eine Traumfrau …

Von Christian hörte ich eine Weile nichts und war froh darüber. Anscheinend hatte er sich beruhigt. Nadine, die ein wenig neidisch wurde, wenn sie von unseren traulichen Kaffeestündchen hörte, bekam Ruben nur noch selten zu sehen. Neuerdings radelte er fast jeden Vormittag zur Haltestelle und fuhr mit der Straßenbahn zur Mannheimer Uni, wo er eine Vorlesung über die Kindsmörderin Medea und ein Proseminar über Minnesang besuchte. Meistens kam er gegen zwei Uhr zurück, wurde von Ropi so stürmisch begrüßt, als sei er jahrelang fort gewesen, stopfte schnell etwas

Essbares in sich hinein und war Punkt halb drei bereit für unseren Spaziergang samt Rollstuhl und Hund. Einmal bekamen wir schon unterwegs ein mittelhochdeutsches Gedicht zu hören: *Dû bist mîn, ich bin dîn: des solt dû gewis sîn. dû bist beslozzen in mînem herzen; verloren ist das slüzzelîn: dû muost immer drinne sîn.* Doch Frau Alsfelder protestierte, denn sie mochte keine schwer verständliche Sprache, während ich annahm, dass Ruben diese Verse nur für mich aufsagte.

Eines Vormittags, als Nadine uns gerade verlassen hatte und Frau Alsfelder ihre Siesta hielt, klingelte das Telefon. Ich nahm schleunigst ab, obwohl der Anruf wahrscheinlich meiner Arbeitgeberin galt. Sie wollte nämlich ungern während ihres Mittagschlafes geweckt werden. Ich meldete mich wie immer mit *Lorina Miesebach bei Alsfelder.*

»Mein Name ist Jochen Crauth, ich bin der Vater von Ruben«, sagte der Anrufer. »Entschuldigen Sie vielmals meine Frage, aber ich bin in Sorge! Seit Tagen versuche ich vergeblich, meinen Sohn zu erreichen. Stimmt es, dass er immer noch bei Ihnen wohnen darf? Sind Sie die Pflegerin, von der er so geschwärmt hat?«

Das hörte ich gern. Ich informierte den besorgten Papa, dass sein Sohn jetzt wieder häufig die Uni besuchte und während der Vorlesungen sicherlich sein Handy ausgeschaltet hätte.

»Immer noch Archäologie?«, fragte Herr Crauth skeptisch.

»Über seinen genauen Stundenplan bin ich leider nicht informiert«, sagte ich ausweichend. »Aber heute hört er zum Beispiel eine zweistündige Vorlesung über Medea – sicherlich sehr interessant.«

»Medina? Hat das was mit Ausgrabungen zu tun?«

»Soviel ich weiß, ist Medea eine Gestalt aus der griechischen Mythologie. Viele Schriftsteller haben sich mit ihr beschäftigt, denn es ist eine durch und durch tragische Figur …«

»Schriftsteller? Das hört sich doch wieder nach Germanistik an«, seufzte der Kummer gewohnte Vater. »Welche traurigen Schicksalsschläge hat diese Medusa denn überstanden?«

»Ihr Mann Jason hat sie betrogen, und aus Kummer und Rache hat sie die gemeinsamen Kinder getötet.«

Herr Crauth verstummte, schließlich hörte ich ihn seufzen. Dann setzte er wieder an: »Das ist ja eine furchtbare Geschichte! Warum hat sich der sensible Junge ausgerechnet so etwas ausgesucht! Konnten Sie ihm das nicht ausreden? Ich habe nämlich den Eindruck, dass Ruben in Ihnen eine mütterliche Freundin gefunden hat. Wir müssten vielleicht mal unter vier Augen über ihn sprechen, in Ihrem Beruf ist Schweigepflicht ja garantiert.«

Stimmt nicht ganz, dachte ich, schweigen muss ich nur in Bezug auf meine Patienten. Wenn ich es dagegen für angebracht halte, werde ich Ruben über jedes Wort seines Vaters in Kenntnis setzen. Einerseits wollte ich zwar auf keinen Fall ausgehorcht und instrumentalisiert werden, andererseits war ich natürlich sehr gespannt, den Vater meines Liebhabers persönlich kennenzulernen und vielleicht sogar Familiengeheimnisse zu erfahren. Also willigte ich in ein baldiges Treffen ein.

16
Die Beichte

Es war nicht ganz leicht, einen passenden Termin für unser konspiratives Treffen zu finden, denn ich wollte Ruben vorerst nichts davon sagen. Tagsüber hatte sein Vater keine Zeit, es kam also nur ein Abend oder Wochenende in Frage. Wir verabredeten uns für den kommenden Samstag um zehn in einem kleinen Café. Um diese Zeit war Frau Alsfelder mit der Morgentoilette fertig und saß beim Frühstück. Bis sie wieder zur Siesta ins Bett gebracht werden musste, würde ich längst wieder zurück sein. Zu Ruben sagte ich bloß, ich müsse ein paar persönliche Besorgungen machen, was ihn sowieso nicht sonderlich interessierte.

Jochen Crauth sah gut aus, jünger als erwartet. Eine besondere Ähnlichkeit mit seinem Sohn fiel mir zwar nicht auf, aber seine treuherzigen himmelblauen Augen hatte Ruben vom Papa.

Nach der Bestellung und ein paar freundlichen Floskeln ging es gleich zur Sache.

»Ich bin glücklich und dankbar, dass der Junge wenigstens eine kurze Ausbildung absolviert hat, dass er jetzt sogar wieder studiert und eine vorübergehende Unterkunft bei Ihnen gefunden hat«, begann Herr Crauth. »Ruben war immer ein Sorgenkind, den frühen Verlust seiner Mutter hat er wohl nie ganz verkraftet. Wie schön, dass er in Ihnen einen Ersatz gefunden hat, einer so vernünftigen und erfahrenen Frau! Aber erzählen Sie doch ein bisschen, was er für einen Eindruck auf Sie macht?«

So ganz gefiel es mir nicht, dass Herr Crauth so etwas wie eine Tagesmutter in mir sah und anscheinend gar nicht auf die Idee kam, dass Liebe und Leidenschaft im Spiel sein könnten.

»Nun«, sagte ich vorsichtig, »er hat das Herz unserer Patientin im Sturm erobert, und zwar durch seine besondere Begabung. Mehr als eine ausgiebige Massage schätzt Frau Alsfelder nämlich ellenlange Balladen, und da hat Ruben ja ein unerschöpfliches Repertoire.«

»Freut mich, freut mich«, sagte Herr Crauth. »Auf diesen Erfolg kann ich auch ein bisschen stolz sein. Als Ruben nach jenem Schicksalsschlag zu stottern begann, habe ich ihn immer wieder kurze Kindergedichte aufsagen lassen, das hat geholfen und sich irgendwann ausgezahlt – wie man sieht.«

»Wann ist Ihre Frau denn gestorben?«, fragte ich mit unschuldigem Augenaufschlag.

»Ist schon lange her«, wich er aus. »Meine verwitwete Mutter zog damals zu uns und hat sich um den Jungen gekümmert. Aber leider entwickelte sich Ruben völlig anders, als wir erwartet hatten. In der Schule hatte er große Schwierigkeiten, weil er extrem schüchtern war, den Mund nicht aufmachte, von Mitschülern gemobbt wurde und trotz guter schriftlicher Leistungen fast nicht versetzt wurde. Die Privatschule war zwar eine teure Lösung, doch dort erlaubte man ihm, seine Referate nicht vor der ganzen Klasse, sondern nur in Gegenwart eines Lehrers zu halten. Er konnte es einfach nicht ertragen, wenn sich alle Augen auf ihn richteten. Aber anscheinend ist dieses Problem immer noch nicht vom Tisch, sonst würde er nicht jedes neue Studienfach nach einem halben Jahr wieder abbrechen.«

»Manchmal habe ich das Gefühl«, sagte ich nachdenklich, »es gäbe noch etwas anderes in Ihrer Familie, wovon er traumatisiert sein könnte. Vielleicht müsste er wegen seiner Angststörungen mal eine Psychotherapie ...«

»Haben wir alles schon versucht«, unterbrach mich Herr Crauth. »Hat nichts gebracht.«

Ich legte meine Hand behutsam auf seinen Unterarm und versuchte, so sanft wie ein Frauenarzt auf ihn einzureden. »Eine Freundin meiner Schwester hat erst mit dreißig Jahren erfahren, dass sie ein Adoptivkind ist. Das war zwar ein Schock, aber es hat sie schließlich spürbar entlastet, weil sie sich nun viele Ungereimtheiten erklären konnte. Es heißt ja so schön: Besser ein Ende mit Schrecken als ein Schrecken ohne Ende!«

Herr Crauth hatte auf einmal Tränen in den Augen. »Wahrscheinlich haben Sie recht. Aber der Junge ist so sensibel, wie soll er die Wahrheit verkraften! Leider habe ich immer wieder den vagen Verdacht, dass er sich doch an jene schreckliche Nacht erinnert.«

»Was ist denn passiert?«, fragte ich und griff nach der Hand des unglücklichen Vaters. Doch er antwortete nicht direkt, sondern wechselte lieber das Thema.

»Ich habe nachgelesen, was es mit dieser Medea auf sich hat! Warum interessiert er sich ausgerechnet für so eine schreckliche Geschichte? Das kann eigentlich kein Zufall sein!«, klagte Herr Crauth. »Ist es möglich, dass unterbewusstes Wissen jahrelang verschüttet ist und irgendwann doch an die Oberfläche drängt?«

»Sie deuten eine Katastrophe an! Es wäre sicher besser, wenn Sie mir die Wahrheit sagten. Wir könnten gemeinsam entscheiden, was man Ruben zumuten kann oder ob man ihn besser nicht damit belastet. Auf meine Verschwiegenheit können Sie sich verlassen!«, log ich.

Er blieb minutenlang stumm und schien zu überlegen. Schließlich fragte er: »Sie sind doch vom Fach, kennen Sie sich mit Schwangerschaftspsychosen aus?«

»Nicht wirklich«, sagte ich. »Als Altenpflegerin hat man selten mit Schwangeren zu tun …«

»Jedenfalls hatte man diese Diagnose gestellt, als meine Frau im achten Monat und in depressiver Stimmung war. Sie schien sich überhaupt nicht auf unseren zweiten Sohn zu freuen, sondern mit irrationalen Ängsten zu kämpfen. Es war aber viel schlimmer als eine vorübergehende Depression! In jener Nacht kam es zu einem schrecklichen Unglück. Sie wollte sich das Leben nehmen und den kleinen Ruben nicht allein zurücklassen. Psychologen nennen es erweiterten Suizid.«

»Das ist ja furchtbar! Was hat sie getan? Wie wurde Ihr Sohn gerettet?«

»Sie hat dem Kind Schlaftabletten in den Kakao getan und selbst den gesamten Rest der Packung eingenommen. Sie war sich aber nicht sicher, ob die Dosis ausreichte, um für beide einen friedlichen Tod im Schlaf zu garantieren. Bevor sie sich mit dem Kind ins Ehebett legte, zündete sie also einige Kerzen an und verteilte sie neben Gardinen, Kissen und einem gefüllten Papierkorb. Zuvor hatte sie aber den Hund in den Garten gelassen, denn sie wollte nicht, dass er im geplanten Inferno ebenfalls umkäme. Unser braver Balu hat für die Rettung gesorgt!«

»Wie konnte er das, wenn er doch ausgesperrt war?«

»Es war in einer kalten Nacht, der Hund wollte schon bald wieder rein. Nachdem er wohl eine Weile vergeblich an der Haustür gekratzt hatte, begann er, leise zu winseln, zu bellen und schließlich wie ein Wolf zu heulen. Als die Nachbarn das Gekläffe nicht mehr aushalten konnten, versuchten sie, den Hund zu beruhigen oder zu sich ins Warme zu holen. Vergeblich, Balu ließ niemanden an sich heran, blieb vor der Schwelle sitzen und jaulte. Daraufhin wollte man die Hausbewohner durch Klingeln und Rufen wecken, aber auch das führte zu keinem Erfolg. Schließlich sahen sie einen bedrohlichen Lichtschein im ersten Stock und riefen die Feuerwehr. Nun, um es kurz zu machen, Ruben und seine Mutter wurden mit einer Rauchvergiftung ins Krankenhaus gebracht und bekamen dort auch den Magen ausgepumpt; der Brandschaden hielt sich in Grenzen. Aber meine Frau verlor das ungeborene Kind. Es war eine schreckliche Zeit …«

»Wo waren Sie denn, als das Unglück geschah?«, fragte ich.

»Leider nicht zu Hause«, sagte er. »Vielleicht konnte sie mir das nicht verzeihen …«

Medea lässt grüßen, dachte ich, und eine Gänsehaut lief mir den Rücken hinunter. Aber die Geschichte ging noch weiter. Natürlich kam es sowohl zu einer polizeilichen als auch einer psychiatrischen Untersuchung mit einem tragischen Ergebnis: Rubens Mutter litt unter paranoider Schizophrenie. Da sie als suizidgefährdet und fremdgefährdend galt, wurde sie in die geschlossene Abteilung einer psychiatrischen Klinik eingewiesen.

»Lebt sie noch?«, fragte ich.

»Vor drei Jahren ist Milena gestorben«, sagte Herr Crauth. »Ich habe sie nur selten besucht. Es bleiben viele offene Fragen, mit denen ich mich herumquäle. Finden Sie, man kann meinem Sohn jetzt die Wahrheit zumuten? Dass ihn seine eigene Mutter umbringen wollte? Er hing sehr an ihr, und sie war ja auch eine liebevolle Mama gewesen. Sollte ich mit Ruben gemeinsam ihr Grab besuchen? Hat mein Junge vielleicht selbst eine ähnliche Veranlagung, also die genetische Disposition für eine psychische Erkrankung? Er ist ja einerseits recht begabt und intelligent, andererseits aber ziemlich labil!«

»Darüber muss ich erst einmal nachdenken«, sagte ich und meinte es ehrlich. Wir beschlossen, in Kontakt zu bleiben und Rubens weitere Entwicklung genau zu beobachten. Ich sollte beiläufig nachfragen, wieso sich mein Schützling ausgerechnet für Medea interessierte.

Hinterher kam es mir so vor, als ob Herr Crauth mich unwiderruflich zur Mutter seines Sohnes gemacht hatte, was ich überhaupt nicht lustig fand. Wir hatten fast wie die Eltern eines schwierigen Sohnes geredet, der doch insgeheim mein Lover war.

Später fragte ich Ruben erst einmal etwas ganz anderes, weil es mir harmloser vorkam. »Unser Pudel – ich meine unser Harlekin-Pudel – hat dich von Anfang an heiß geliebt, es kommt mir so vor, als hättest du Erfahrung im Umgang mit

Hunden. Oder riechst du einfach nur unwiderstehlich für seine Spürnase?«

»Als ich klein war, hatten wir einen Mischling, der hieß Balu. Er sah auch ein bisschen aus wie ein Zottelbär. Deswegen war Hündisch meine erste Fremdsprache.«

»Was ist aus Balu geworden?«

»Er musste irgendwann eingeschläfert werden, aber da war er schon alt und sehr krank. Trotzdem war es schlimm für mich, aber mein Vater wollte keinen Hund mehr anschaffen, weil meine Oma in ein Pflegeheim musste und er es mir nicht zutraute, für einen neuen Balu zu sorgen.«

Mutter weg, Oma weg, Balu tot, dachte ich erschüttert. Armer kleiner Ruben! Doch eh ich mich's versah, kam er ganz von sich aus auf das heikle Thema zu sprechen.

»Du kannst doch gut spanisch«, fragte er. »Ist es möglich, dass Medea spanisch ist und ›meine Göttin‹ bedeutet?«

»Nein«, sagte ich. »In Spanien würde man *mi diosa* sagen. Medea ist Griechin, da kann es etwas völlig anderes bedeuten, aber davon habe ich keine Ahnung. Wie kommst du plötzlich darauf?«

»Nun, Mütter werden doch immer vergöttert. Dabei ist diese Medea eigentlich eine schreckliche Frau. Würdest du deine unschuldigen Kinder umbringen, nur um dich an deinem Mann zu rächen?«

»Nie und nimmer! Ganz im Gegenteil, ich würde den treulosen Jason zur Strecke bringen, gnadenlos, darauf kannst du dich verlassen«, sagte ich. »Doch so genau kenne ich dieses antike Schauermärchen eigentlich nicht, da bist du schließlich der Experte. Ich habe keinen blassen Schimmer, was aus Jason geworden ist.«

»Ach, das ist doch völlig egal. Die Medea ist es, die mich bis in den Schlaf verfolgt. Meine Mutter hieß Milena, das klingt ja ein bisschen ähnlich. Ich habe geträumt, sie hätte meinen treulosen Papa umgebracht und sei deswegen hingerichtet worden.«

»Hat dein Vater sie denn tatsächlich betrogen?«

»Das weiß ich natürlich nicht, aber es ist anzunehmen. Er hat dauernd eine andere. Kann es sein, dass meine Mama deswegen wahnsinnig geworden ist – oder spinne ich?«

Jetzt wäre der Augenblick gekommen, um den armen Jungen aufzuklären, aber ich brachte es nicht fertig. Außerdem sollte sein Vater endlich den Mut dafür aufbringen, es war seine Aufgabe. Gerade als ich noch zögerte, ob ich nicht doch eine Andeutung machen sollte, meldete sich Europa und nicht Medea zu Wort.

»Ropi will dringend raus, sie sitzt schon winselnd an der Haustür und erwartet mich im *Ern*«, sagte Ruben und schnappte sich die Hundeleine. Ich musste grinsen. Das Kreuzworträtselwort für *fränkischer Hausflur* hatte es ihm angetan, er benutzte es zur allgemeinen Verwunderung oft und gern. Auch den *Ukas* wollte er nicht aussterben lassen und verwendete den Zarenerlass sogar für die höflichen Anordnungen unserer Arbeitgeberin.

So vergingen die Tage, ohne dass Herr Crauth oder ich unserem Schützling die Wahrheit über seine Medea-Mutter schonend beigebracht hatten. Aber auch ohne unsere Enthüllungen schien sich Ruben weiterhin zu stabilisieren, nicht nur, dass er viel optimistischer und selbstsicherer auftrat, anscheinend fand er auch Anschluss an andere Studenten. Immer häufiger aß er mittags in der Mensa oder blieb länger in Mannheim, als es für seine wenigen Vorlesungen nötig war. Teils freute ich mich darüber, teils befürchtete ich eine Entfremdung, denn er erzählte mir wahrscheinlich nicht alles über seine neuen Kontakte. Hauptsächlich war ich aber stolz auf die positive Entwicklung meines Lovers, denn ich hielt sein wachsendes Selbstbewusstsein für das erfolgreiche Ergebnis meiner Sexualtherapie. Von seinen zahlreichen Phobien hatte er in letzter Zeit überhaupt nicht mehr gesprochen.

Eines Sonntags verblüffte er mich sogar mit einer außergewöhnlichen Bitte. Frau Alsfelder hielt Siesta, wir hatten gerade einen kleinen Imbiss in der Küche eingenommen und gönnten uns noch einen Espresso.

»Lori«, begann er und sah mir ebenso verlegen wie entschlossen in die Augen. »Hast du in der nächsten Stunde etwas Besonderes vor? Ich würde dich nämlich bitten, mit mir zum Fabrikparkplatz zu fahren. An Feiertagen sind dort mit Sicherheit weder Menschen noch Autos anzutreffen. Ich würde spaßeshalber gern mal versuchen, ein paar Runden zu drehen …«

»Willst du etwa doch noch den Führerschein machen? Woher kommt dieser plötzliche Sinneswandel?«

»Mein Gott, ich bin schließlich kein Teenager mehr, ich habe mir fest vorgenommen, nicht vor jeder Herausforderung zu kneifen …«

»Das glaube ich sofort und höre es gern. Aber wie steht es mit deiner Prüfungsangst?«

»Ach, weißt du, es war schon erniedrigend, als fast alle in meiner Klasse gelegentlich mit den Autos ihrer Mütter in die Schule bretterten. In einer Privatschule haben ja viele einen reichen Papa, und manche besaßen sogar schon einen eigenen Wagen, den sie trotz aller Verbote auf den Parkplätzen der Lehrer abstellten. Gegen solche Typen konnte ich sowieso nicht anstinken. Im Gegensatz zu diesen Kotzbrocken verdiene ich aber jetzt mein eigenes Geld und liege meinem Papa nicht mehr auf der Tasche …«

Na schön, dachte ich, das ist kein Kunststück, wenn man umsonst hier wohnen und essen darf! Aber ich sagte nichts, sondern fuhr mit Ruben auf den leeren Parkplatz, auch wenn ich vermutete, dass meine Tätigkeit als Fahrlehrerin nicht legal war.

Er machte seine Sache ganz gut, obwohl es ja schon lange her war, dass er den ersten Anlauf genommen hatte. Ich lobte ihn.

»Ein paar Stunden bei einem Profi und ein bisschen Theorie, und schon könntest du dich zur Prüfung anmelden. Aber meinst du wirklich, du kannst deine Angst in den Griff kriegen?«

»Es tut sich gerade was«, sagte Ruben. »Meine Kumpel haben mich am Freitag in ein Proseminar mitgeschleift, und ich habe es tatsächlich gewagt, den Mund aufzumachen – und zwar vor zweiunddreißig Zuhörern!«

»Worum ging es denn?«, fragte ich staunend.

»Um mittelhochdeutsche Märendichtungen. Das sind kurze weltliche Erzählungen, die in Versen verfasst sind.«

»Und was hast du Kluges gesagt?«

»Meine Kumpel haben mich als belesenen Gast vorgestellt. Wahrscheinlich wollte mich der Prof auf die Probe stellen oder vielleicht sogar lächerlich machen. Ich sollte die erste Hälfte einer Mär vom begrabenen Ehemann vorlesen, natürlich auf Mittelhochdeutsch. Ich hatte mir den Text kurz vorher ein paarmal angeschaut und konnte ihn daher auswendig aufsagen. Da war selbst der Prof ziemlich platt!«

Natürlich war ich es auch. Allerdings hatte Ruben im Germanistischen Seminar keinen eigenen Beitrag geliefert, sondern nur mit seiner außergewöhnlichen Fähigkeit ein bisschen angegeben, immerhin aber vor Publikum. Er hatte seinen *Kumpeln* – wer immer sie sein mochten – bewiesen, dass er etwas auf dem Kasten hatte.

Im Übrigen kannte ich außer Ruben und Christian keinen einzigen Studenten, das heißt, meine Schwester hatte vor Jahren mal einen Freund mitgebracht, der aber nur kurze Zeit mit uns am Tisch gesessen hatte. Ich wusste nicht, ob Mobbing auch in akademischen Kreisen vorkam oder ob das nur in Schulen der Fall war. Was für neue Freunde mochte sich Ruben an Land ziehen, welchen Einflüssen war mein Lover jetzt ausgesetzt? Gab es attraktive junge Frauen, die ihn anhimmelten? Ich beschloss, ihm bei nächster Gelegenheit ein bisschen auf den Zahn zu fühlen. Außerdem hatte ihm ja niemand verboten, ein paar Kommilitonen einzuladen, mit ihnen in seiner Mansarde zu lernen oder zu diskutieren und sich schließlich bei mir in der Küche zum Abendessen zu versammeln. Ich freute mich auf frischen Wind durch junge Gäste, und Frau Alsfelder hatte sicher nichts dagegen.

17
Schwesterherz

Mit dem Besuch meiner Schwester hätte ich niemals gerechnet. Seit jenem fatalen Gänseessen hatte ich immerhin ein paarmal mit meiner Mutter telefoniert, denn sie ließ mit ihren Versöhnungsversuchen nicht locker, und ich wollte ja auch keinen endgültigen Bruch mit meiner Familie. Mein Vater hatte es gar nicht erst versucht, und wenn meine Schwester Carola sich meldete, drückte ich sie weg. Kein Bedarf an ihren ewigen Vorwürfen.

Eines Tages stand sie mit einem Koffer vor der Tür. »Wenn der Prophet nicht zum Berg kommt …«, sagte sie und fiel mir um den Hals. Tatsächlich drückte sich ein massiger Berg an meinen Leib, und da realisierte ich erst richtig, dass mein Schwesterherz ja kugelrund geworden war. Als Erstes warf sie ihren bodenlangen Teddymantel in die Ecke und strebte aufs Klo.

Erst als wir in der warmen Küche saßen, erklärte Caro ihre unerwartete Invasion: Ihr Mutterschaftsurlaub habe nun begonnen, und sie sei endlich mal frei und zeitlich ungebunden. Das kann ja heiter werden, dachte ich erschrocken, wenn sie nur auf der Durchreise ist, warum hat sie dann ihren Koffer nicht im Auto gelassen? Will sie am Ende hier übernachten?

Ich betrachtete meine unförmige Schwester teils sorgenvoll, teils neugierig. Sie trug ein zu enges geblümtes Hängerchen, das bereits hoch über dem Knie endete, klobige Halbstiefel und grasgrüne Strumpfhosen. Ums Handgelenk hatte sie mehrere rote Haargummis gewickelt. Ihr Teint war rosig, die schwarz umrandeten Augen glänzten fast fiebrig. In ihrem jetzigen Zustand war sie mir ein bisschen fremd und unheimlich, aber hübscher als ich war sie allemal. Manche Leute fanden sogar die kleine Delle auf ihrer Nase charmant. Nachdem sie die schweren Treter ausgezogen und weggekickt hatte, wurde sie etwas gesprächiger.

»Wir müssen über so vieles reden, Lori«, begann sie und gleich darauf: »Aber erst mal bin ich durstig und habe einen Bärenhunger. Hast du eigentlich viel zu tun? Wohnt außer dir und der gelähmten Frau sonst noch jemand im Haus? Wem gehören die komischen Filzlatschen im Flur? Hat dieser Köter etwa Flöhe?«

Ich warf einen Blick auf Europa, die in ihrem Körbchen lag und sich tatsächlich ausdauernd kratzte. Flöhe? Unmöglich. Es war wohl eine Übersprunghandlung, weil der Hund nicht genau wusste, wie er sich verhalten sollte – knurren oder wedeln? Im Allgemeinen hatte Ropi keine Vorurteile Besuchern gegenüber, aber sie schien immer genau zu wissen, wer mir lieb und willkommen war. In diesem Fall hatte sie sowohl eine Umarmung beobachtet als auch meine zurückhaltende Art, mit der ich auf den Überfall meiner Schwester reagiert hatte, und war verunsichert. Sei vorsichtig, dachte ich, ein Tier hat oft feinere Sinnesorgane als wir Menschen. Was wollte meine Schwester wirklich von mir?

Nachdem ich Caro wunschgemäß mit Tee, Apfelsaft, Toast, Orangenmarmelade, Käse und Weintrauben versorgt hatte, begann ich meinerseits, sie auszufragen.

»Wann ist eigentlich der Termin?«, wollte ich wissen, denn ich hatte keine Ahnung, ob man in ihrem Zustand überhaupt Auto fahren und herumreisen sollte.

»Wir haben noch vier gemütliche Wochen vor uns«, sagte Caro und tätschelte ihren Bauch. »Mir geht es jetzt ausgezeichnet, aber nach der Geburt habe ich sicherlich kaum Zeit für Familienbesuche. Weil du ja am Handy nicht zu erreichen bist, kann ich dich jetzt endlich fragen, ob du Quinns Patentante werden möchtest.«

»Okay, aber dann musst du ihn auch Quinn-Carl-Lorenz, kurz Quicalo nennen«, scherzte ich, fühlte mich aber durchaus geschmeichelt. »Unser Papa würde sich bestimmt riesig freuen!«

Meine Schwester nickte und grinste. »Das klingt ja fast so lustig wie Queequeg aus Moby Dick!«

Da sie anscheinend guter Laune war, traute ich mich sogar, eine viel wichtigere Frage zu stellen: »Was ist eigentlich mit dem Kindsvater? Wollt ihr zusammenziehen und vielleicht heiraten? Willst du mir nicht endlich ein Foto von ihm zeigen?«

Carola schüttelte den Kopf. »Es war nur eine ganz kurze Beziehung und ist längst vorbei. Der Typ weiß gar nicht, dass ich schwanger bin, und das ist auch gut so.«

Aha, dachte ich, also ein One-Night-Stand, das hätte ich meiner Schwester eigentlich nicht zugetraut. Wahrscheinlich war es auch kein Wunschkind, sondern eine Panne. Aber warum hatte sie dann nicht abgetrieben? Wollte sie unserem verbohrten Vater eine Freude machen? Aber es hätte ja auch ebenso gut ein Mädchen werden können …

Nachdenklich sah ich meine Schwester an. »Du wirst also eine alleinerziehende Mutter«, sagte ich. »Hast du dir das auch gut überlegt?«

»Die Ehe unserer Eltern war für mich immer ein abschreckendes Beispiel«, sagte Caro, hielt inne und lauschte auf ein ungestümes Klopfen, das aus Europas Ecke kam. Unsere Hündin trommelte mit dem Schwanz, denn sie hatte das Öffnen der Garagentür gehört und wusste, dass ihr Freund jetzt sein Fahrrad abstellte und im Anmarsch war. Ein paar Sekunden später sprang sie auf, um Ruben im sogenannten Ern begrüßen zu können. Ich schaute auf die Uhr. Mein Gott, es war höchste Zeit, um Frau Alsfelder aus dem Bett zu holen und für den fälligen Spaziergang warm anzukleiden. Als Ruben zur Tür hereinkam, konnte ich ihn nur kurz als Masseur unserer gemeinsamen Patientin vorstellen, dann musste ich mich schleunigst meinen Pflichten widmen. Ruben und Caro blieben in der Küche zurück. Hinterher erfuhr ich, dass sie angeregt über den Klimawandel geplaudert hatten.

»Meine Schwester Carola ist völlig überraschend aufgetaucht«, sagte ich zu Frau Alsfelder. »Hätten Sie etwas dagegen, dass sie hier übernachtet? Natürlich bei mir im Zimmer, Sie würden sicherlich in keiner Weise dadurch gestört …«

»Aber Lorina, was denken Sie von mir! Schließlich wohnen Sie hier, und es ist Ihr gutes Recht, Besuch zu empfangen. Ich freue mich wirklich, Ihre Schwester kennenzulernen. Vielleicht hat sie sogar Lust, uns auf unserem

Spaziergang zu begleiten? Falls nicht, werde ich nur mit Ruben und Ropi eine Runde drehen, und Sie bleiben hier und widmen sich Ihrem lieben Gast!«

»Sie ist übrigens hochschwanger«, sagte ich und überlegte, ob ich Caro deswegen mein eigenes breites Bett anbieten musste. Wo sollte ich dann aber selbst schlafen? Das zweisitzige Sofa war viel zu klein für mich, und ich konnte mich ja nicht gut bei meinem Lover einquartieren. Erstens war es dort auch sehr eng, zweitens sollte niemand etwas von unseren nächtlichen Begegnungen mitbekommen. Zum Glück fiel mir ein, dass Ruben seine ehemaligen Möbel im Keller eingelagert hatte – nach unserem kleinen Ausflug sollte er sich mal nützlich machen und seine alte Matratze in mein Zimmer transportieren.

Caro wollte sehr gern mit uns an die frische Luft gehen. »Weißt du, wenn man stundenlang hinterm Steuer gesessen hat, ist ein bisschen Bewegung dringend nötig. Meine Ärztin hat mir tägliche Spaziergänge ans Herz gelegt, umso leichter sei dann auch die Geburt!«

Kurz darauf zeigte sich, dass sie nur sehr schwerfällig vorankam und immer mal zum Verschnaufen stehen blieb, so dass wir mit Ruben, Rollstuhl und Ropi nicht mehr Schritt halten konnten. Ich nutzte die Gelegenheit, um vorsichtig nach der geplanten Dauer ihres Aufenthalts zu fragen. Inzwischen wusste ich immerhin, dass Caro im Anschluss noch eine Freundin besuchen wollte.

»Natürlich schläfst du heute in meinem schönen Bett«, sagte ich zuckersüß. »Falls du morgen schon weiterfahren wirst, genügt mir das kleine Sofa. Aber du kannst natürlich auch noch etwas länger bleiben, dann müssten wir allerdings eine schwere Matratze zwei Treppen hinaufschleppen …«

»Es ist so gemütlich bei euch! Wenn du nichts dagegen hast, würde ich gern noch ein paar Tage mit dir verbringen«, sagte sie. »Dem jungen Mann macht es sicherlich nichts aus, wenn er mal anpacken muss. Du scheinst ihn ja sehr zu mögen!«

Beim anschließenden Kaffeestündchen zeigte sich Carola von ihrer liebenswürdigsten Seite, machte Frau Alsfelder Komplimente, strahlte Ruben an, lobte meinen Zitronenkuchen und erzählte drollige Geschichten aus unserer Kindheit. Mit Europa freundete sie sich allerdings nicht an, was durchaus gegenseitig war. Als ich Frau Alsfelder wieder in ihre Gemächer gebracht und vor dem Fernseher positioniert hatte, war meine Schwester erschöpft und wollte sich vor dem Abendessen noch ein Stündchen aufs Ohr legen.

»Warte ein paar Minuten«, sagte ich. »Ruben und ich bringen erst noch die Matratze in mein Zimmer, danach hast du deine Ruhe.«

Kaum waren wir allein, als ich meinen Bettgenossen fragte: »Und – wie findest du mein Schwesterherz?«

Ein paar Sekunden lang starrten Rubens wasserblaue Augen wie geistesabwesend in weite Fernen. »Sie erinnert mich irgendwie an meine Mama!«

Das hatte ich am allerwenigsten erwartet, aber zum Glück war es ja nicht ich, die mit seiner irren Mutter verglichen wurde.

»Wie kommst du denn darauf?«

»Meine Mama hatte auch so einen dicken Bauch. Jetzt

fällt mir nämlich etwas ein, was ich völlig vergessen hatte: Sie hat behauptet, dass ein Baby darin wohnt!«

Er blieb abrupt stehen, ließ sein Matratzenende einfach fallen und platzte heraus: »Vielleicht habe ich ja noch einen Bruder oder eine Schwester!«

»Nein«, sagte ich, ohne lange zu überlegen. »Du hast keine Geschwister, es war eine Totgeburt.« Kaum gesagt, hätte ich mir auf die Zunge beißen können.

Wie vom Blitz getroffen zuckte mein armer Ruben zusammen, packte mich unsanft am Oberarm und hätte mich samt Matratze beinahe zu Fall gebracht.

»Woher willst du das wissen?«, stieß er hervor. »Hast du etwa hinter meinem Rücken mit meinem Vater gesprochen?«

»Aua, du tust mir weh!«, sagte ich ungehalten. Aber er reagierte nur umso heftiger: »Du gehst jetzt keinen Schritt weiter, bevor du nicht mit der Wahrheit herausrückst!«

Und dabei ließ er zwar meinen Arm wieder los, verstellte mir aber den Weg nach oben. Ich versuchte mühsam, die Fassung zu bewahren und möglichst ruhig zu bleiben.

»Ja«, sagte ich, »vor kurzem hat mich dein Vater ins Vertrauen gezogen. Auf meinen Rat hin wird er dir auch endlich erzählen, was aus deiner Mutter geworden ist. Du musst dir nur ein Herz fassen und ihn fragen.«

Doch Ruben ließ mich weiterhin nicht vorbei, sondern bestand darauf, Näheres zu erfahren.

»Deine Mutter war nervenkrank und wurde zur Gefahr für sich selbst und ihre Familie. Genaueres weiß ich leider auch nicht«, sagte ich leicht verzweifelt. »Doch nun wollen wir erst mal die Matratze hinauftragen, meine Schwester wartet, dass ich mein Bett abziehe und für sie herrichte. Sie ist anscheinend todmüde.«

Zum Glück zeigte sich Ruben einsichtig, hakte nicht weiter nach, packte endlich wieder mit an und half mir wortlos bei der mühseligen Schlepperei. Doch als wir unsere Last endlich an Ort und Stelle abgeworfen hatten, schnappte er sich sofort seinen Mantel und wollte das Haus verlassen. Europa war zwar gleich zur Stelle, aber er achtete nicht auf den erwartungsvollen Hund. Auf mein Drängen erfuhr ich bloß, dass Ruben unverzüglich seinen Vater aufsuchen wollte. Und weg war er, während ich seufzend in die Küche ging, um das Abendessen vorzubereiten.

Wie schon so oft hätte ich jetzt eine gute Freundin gebraucht, um meine Probleme besprechen zu können. Es wäre natürlich naheliegend gewesen, mit der eigenen Schwester zu reden, aber sie kam für mich auf keinen Fall in Frage. Ebenso wenig wie Frau Alsfelder, die zwar eine verständnisvolle alte Dame, doch in erster Linie meine Arbeitgeberin und Patientin war. Nadine kam erst am nächsten Morgen wieder her und war sowieso eine Klatschbase, bei der Geheimnisse bestimmt nicht gut aufgehoben waren. Ich musste also ohne Beraterin überlegen, wie ich Ruben trösten, besänftigen und sein Vertrauen zurückgewinnen konnte.

Nachdem ich Frau Alsfelder Omelett mit Schinken und Feldsalat serviert hatte, wartete ich vergeblich auf meine eigenen Tischgenossen. Mit Ruben war wohl vorerst nicht zu rechnen, meine Schwester schlief immer noch. Nach einer Stunde aß ich schließlich allein und mit wenig Appetit, brachte dann die Kranke ins Bett und beschloss irgendwann, meine Schwester zu wecken. Es war bereits neun, schließlich sollte sie nicht schon jetzt, sondern lieber heute Nacht schlafen. Und irgendwann brauchte ich auch selbst meine Ruhe.

»Gut, dass du mich aus dem Bett schmeißt«, sagte Caro. »Ich wäre am Ende erst um Mitternacht wach geworden. Kannst du mir einen Bademantel leihen? Was gibt es denn zu essen? Und wo ist der nette Typ geblieben? Ist das übrigens sein Handy, das dort auf der Anrichte liegt? Gehört fast schon ins Museum, dieser Dinosaurier, die Jungs besitzen doch sonst eher das Neueste vom Neuen!«

»Ruben besucht seinen Vater«, sagte ich. Insgeheim schielte ich aber dauernd auf die Uhr und fühlte mich wie eine besorgte Mutter, deren Teenager mal wieder nicht pünktlich heimkommt. Gleichzeitig starrte ich wie gebannt auf meine Schwester, die alles aufaß, was eigentlich für zwei Personen vorgesehen war. Falls Ruben gleich hungrig zur Tür hereinkäme, müsste er sich mit einem Butterbrot begnügen.

Um halb zwölf war Zapfenstreich für mich. Ich war noch mal mit dem Hund vor die Tür gegangen und hatte bei dieser Gelegenheit nachgeschaut, ob Rubens Fahrrad vielleicht schon längst in der Garage stand und er sich leise in die Mansarde geschlichen hatte. Fehlanzeige, am Ende hatte er vor, bei seinem Papa zu übernachten. Ich seufzte tief auf und verzichtete ausnahmsweise darauf, die Haustür von innen zu verriegeln. Der verstörte Ruben sollte nicht ausgesperrt werden.

Obwohl ich todmüde war, konnte ich nicht gleich einschlafen. Die fremde Matratze lag direkt auf dem Boden, roch muffig, hatte eine ungewohnte Kuhle und war zu weich. Meine Schwester produzierte seltsame Atemgeräusche, und vor allem waren keine leisen Schritte auf der Treppe zu hören. Irgendwann fiel ich aber doch in einen leichten, unruhigen Schlaf, bis ich gegen vier in der Frühe bereits wieder geweckt wurde. Caro schnarchte nicht, sondern stöhnte. Ich knipste das Licht an, erhob mich etwas steif von meinem schlechten Lager und setzte mich an ihr Bett.

»Was ist los? Hast du Schmerzen?«, fragte ich.

»Ich weiß auch nicht, vielleicht sind es Wehen«, klagte sie. »Aber es ist noch längst nicht an der Zeit! Du bist doch von der medizinischen Zunft und kennst dich aus: Könnten es vielleicht Vorwehen sein?«

Hatte nicht bereits Rubens Vater erwartet, dass sich eine Altenpflegerin mit Schwangerschaften auskennen müsse?

»Ich habe es meistens mit hochbetagten Frauen zu tun, nur im Alten Testament gibt es einen Fall, wo eine Neunzigjährige noch schwanger wurde. Bei meiner Klientel ist das bisher nie vorgekommen, obwohl die Medizin inzwischen Wunder vollbringt.«

»Ach ja, das war die steinalte Sarah, die Frau von Abraham, die den Isaak geboren hat«, erinnerte sich Caro. »Dann schau doch bitte mal im Netz, was du über Vorwehen findest.«

Gehorsam las ich vor: *»… Vorwehen machen sich durch ein Ziehen im Unterleib oder im unteren Rücken und einen harten Bauch bemerkbar. Sie treten in unregelmäßigen Abständen auf und sind – im Gegensatz zu Geburtswehen – noch unrhythmisch …«*

Der letzte Satz schien Caro zu beruhigen. »Entschuldige, dass ich dich geweckt habe. Die Schmerzen sind zum Glück überhaupt nicht rhythmisch, also leg dich wieder aufs Ohr, alles halb so wild. Ich versuche zur Abwechslung mal, keinen Mucks von mir zu geben!«

Erst gegen Morgen schlief ich ein, stand trotzdem schon bald wieder auf und lief noch im Schlafanzug in die Garage, um nachzuschauen, ob das Fahrrad wieder da war. Doch anscheinend war Ruben die ganze Nacht über weggeblieben, schließlich war er mir auch keine Rechenschaft schuldig. Wie wohl das Gespräch mit seinem Vater verlaufen war?

Fast hätte ich über diesem Problem mein wehleidiges Schwesterherz vergessen, als Nadine hereinkam und verwundert nach dem fremden Mantel in der Garderobe fragte. Doch erst nachdem Frau Alsfelder versorgt war, konnte ich in Ruhe mit Nadine frühstücken.

»So, so, also deine Schwester!«, meinte sie und sah vorwurfsvoll auf die Uhr. »Dann sollten wir mal ein Brötchen für sie übriglassen.«

»Meine Schwester wird so bald nicht aufstehen, denn sie hat schlecht geschlafen«, sagte ich. »Aber irgendwann wird sie sich schon melden.«

Wir mussten allerdings nicht lange auf Caro warten. Plötzlich stand sie wie ein Gespenst vor uns – in meinem Bademantel, aber barfuß und leichenblass.

»Ich blute«, sagte sie.

18
Quicalo

Ich verschluckte mich vor Schreck am Kaffee und bekam einen furchtbaren Hustenanfall. Nadine blieb dagegen völlig gelassen, klopfte mir mit der Linken auf den Rücken und drückte meiner Schwester mit der Rechten kräftig die Hand. Obwohl sie ja im Gegensatz zu mir nicht der pflegenden Fraktion angehörte, reagierte sie viel vernünftiger als ich.

»Kein Grund zur Panik«, meinte Nadine, kniete sich nieder und zog mir meine Hausschuhe einfach aus. »Auf jeden Fall sollte sich eine Schwangere nicht auch noch erkälten!«

Und wie eine besorgte Mutter ermahnte sie die barfüßige Carola: »Jetzt schlüpfst du erst mal in Lorinas Schlappen, auch wenn sie dir bestimmt zu groß sind. Dann rufen wir bei deinem Arzt an und fragen, was man machen soll!«

Caro nickte kläglich. »Frau Doktor Melchior ist aber im Urlaub«, piepste sie.

»Und hat bestimmt eine Vertretung«, sagte Nadine.

Inzwischen hatte ich mich etwas gefangen, holte Rubens Filzpantoffeln aus dem Ern und zog sie meinerseits an. Sie waren mir eine Spur zu eng.

Nach den telefonischen Ratschlägen eines fremden Arztes und einer freiberuflichen Hebamme bestellte ich schließlich einen Krankenwagen, riet meiner aufgeregten Schwester, wenigstens ihre Waschsachen sowie das Handy mitzunehmen, und begleitete sie in die Klinik, wo die Hebamme zeitgleich mit uns eintraf. Bereits im Wartezimmer setzten die Wehen ebenso plötzlich wie heftig ein, so dass man Carolas Aufnahme beschleunigen musste. Mit einem Mal hatten es alle sehr eilig, meine Schwester in den Kreißsaal zu bringen; zwischen Tür und Angel erfuhr ich, dass die Geburt bereits voll im Gange war. Ob ich dabei sein wolle? Bei dieser Frage war ich zwar überfordert, aber ich nickte gottergeben. Zum Glück hatte Nadine versprochen, sich bis zu meiner Rückkehr um Frau Alsfelder zu kümmern.

Es ist mir noch im Nachhinein etwas peinlich. Ausgerechnet ich, die ich bereits in meiner Ausbildung gelernt hatte, mit menschlichen Ausscheidungen aller Art problemlos fertigzuwerden, wurde fast ohnmächtig. Wie das Klischee eines überempfindlichen Vaters, der keinen Tropfen Blut sehen kann, kippte ich aus den Latschen – die ich aus Versehen immer noch anhatte – und wurde von einer leicht arroganten Krankenschwester aus dem Kreißsaal geleitet. Sie brachte mir sogar ein Glas Wasser, schüttelte aber sicherlich den Kopf über eine derart zimperliche Altenpflegerin. Man holte mich erst nach einer Ewigkeit wieder herein, als das Neugeborene bereits abgenabelt, gebadet und versorgt auf der Brust meiner Schwester lag.

Carola sah völlig erschöpft aus, ich konnte nicht erkennen, ob sie glücklich war. Überdies schloss sie die Augen, als ich hereinkam.

»Sie dürfen jetzt ein Foto machen«, sagte die Hebamme, und erst jetzt warf ich einen Blick auf das Stückchen Baby, das aus einem großen weißen Moltontuch herausragte.

»Seltsam, dass Ihre Schwester keinen Mutterpass dabeihat. Anscheinend hat sie sich verrechnet und eine Einnistungsblutung mit der Menstruation verwechselt«, tuschelte die Hebamme. »Das kann nämlich gar kein Frühchen sein! Unser Wonneproppen wiegt ganze 3800 Gramm und ist 53 Zentimeter groß, ein süßer Fratz, dem es plötzlich zu eng wurde.«

Aber irgendetwas schien mir nicht zu stimmen. Vorsichtig zog ich den Stoff ein wenig auseinander, um etwas mehr Quicalo betrachten zu können. Ich hatte mal von Neugeborenengelbsucht gehört und nahm die Hebamme beiseite.

»Diese Verfärbung ist doch harmlos, nicht wahr?«, flüsterte ich.

»Stimmt«, sagte sie. »Aber es handelt sich in unserem Fall nicht um einen Ikterus, sondern um ein ... hm – genetisches Merkmal.«

Wie sollte ich das interpretieren? Ich näherte mich zum zweiten Mal meinem Neffen und betrachtete aufmerksam das kleine Gesicht. Zu meiner Überraschung öffnete der neugeborene Junge auf einmal die Augen, schien mich aber noch nicht anpeilen zu können. Doch schon wieder musste ich etwas Bedrohliches entdecken! Leider war es ein weiteres genetisches Merkmal – eine sogenannte Mongolenfalte. Ich wusste allerdings, dass man heutzutage nicht mehr von Mongolismus oder Down-Syndrom sprach, sondern von Trisomie 21. Auch hier handelte es sich um kein temporäres

Phänomen, sondern um ein lebenslanges. Die arme Carola! Wie sollte sie als alleinerziehende Mutter mit den bevorstehenden Problemen fertigwerden! Ich kämpfte mit den Tränen.

Als ich aufsah, winkte mich die Hebamme aus dem Zimmer.

»Kennen Sie den Vater des Kleinen? Ihre Schwester war bisher unfähig, uns Auskunft zu erteilen.«

Ich schüttelte den Kopf.

»Der Erzeuger muss zumindest asiatische Wurzeln haben«, sagte die erfahrene Frau. »Die Hautfarbe und die Oberlidfalte sprechen eine eindeutige Sprache.«

»Also keine Behinderung?«

»Soweit ich das im Augenblick beurteilen kann, ist der Junge kerngesund. In einer Stunde kommt der Arzt und sieht sich unseren kleinen Chinesen genauer an. Ich würde ihn auf der Stelle mitnehmen, so süß, wie er ist ...«

Dann tun Sie's doch, hätte ich beinahe gesagt – und schämte mich gleichzeitig für diesen ungehörigen Gedanken. Dann stellte ich mir mit großer Schadenfreude die herbe Enttäuschung meines Vaters vor, der vom gelblichen Teint des Stammhalters sicherlich nicht begeistert war. Sollte sich der frischgebackene Opa ruhig grämen, das hatte er nun davon, dass er ein Macho und Rassist war.

Um nach diesen Turbulenzen etwas zur Ruhe zu kommen, behauptete ich, im Augenblick keine Zeit zu haben, weil ich schleunigst wieder nach Hause zu meiner Schutzbefohlenen müsse.

»Meine Schwester wird ja bestens bei Ihnen versorgt, aber meine gelähmte Patientin ist zurzeit ganz allein und weitgehend hilflos ohne mich«, log ich, tätschelte Caro noch schnell die Wange und machte mich aus dem Staub. Da ich im Krankenwagen mitgefahren war, musste ich jetzt in Pantoffeln den Bus nehmen. Ob Ruben endlich zu Hause war?

Inzwischen war es drei Uhr nachmittags. Nadine beachtete mich kaum, sondern schaute sich seelenruhig eine schwachsinnige Soap an. Als ich mich laut räusperte, sah sie nur kurz auf.

»Sie küssen sich endlich«, kommentierte sie das Geschehen auf dem Bildschirm, dann meldete sie pflichtgemäß: »Frau Alsfelder trinkt gerade Kaffee, der Hund war zweimal im Garten, Ruben ist wortlos nach oben verschwunden, und ich mach jetzt auch die Flatter! – Da fällt mir ein, war da nicht was mit deiner Schwester?«

»Sie hat in Windeseile, sozusagen Hals über Kopf, einen Sohn geboren«, sagte ich. »Wir kamen keine Sekunde zu früh ins Krankenhaus. Allerdings bin ich total erschossen und würde jetzt gern freihaben so wie du. Übrigens vielen Dank, dass du so lange hiergeblieben bist.«

»Du vergisst völlig, dass ich noch längst keinen Feierabend habe, sondern für die Abendschule lernen muss«, sagte Nadine leicht beleidigt.

Kaum war sie fort, schaute ich zuerst nach Frau Alsfelder. Sie nahm regen Anteil an meinem Bericht über die flotte Geburt eines gesunden Jungen, von dessen asiatischen Genen ich vorerst aber nichts verriet. Ich hatte auch wenig Lust, über meine unrühmliche Rolle zu berichten, sondern machte mich mit einer Ausrede wieder davon, um schleunigst in die Mansarde hinaufzuflitzen. Mein Schatz schlief tief und fest und knurrte nur abweisend, ja fast böse, als ich ihn mit leidenschaftlichen Küssen wecken wollte. Ich registrierte einen ungewohnten Geruch nach Bier und Knoblauch. Nun gut, ich nahm an, dass er in der vergangenen Nacht fast gar nicht zur Ruhe gekommen und einfach nur todmüde war. Wie ich später herausbekam, allerdings anders, als ich es mir vorstellte.

Nachdem ich mit Europa einmal um den Block spaziert war und endlich Zeit für eine kurze Erholungspause fand, klingelte mein Handy. Oje, dachte ich, es wird mein Schwesterherz sein! Bestimmt soll ich jetzt alles Mögliche ins Krankenhaus bringen, vielleicht auch Babysachen für Quinn besorgen. Zu meinem Erstaunen vernahm ich aber die tiefe Stimme von Herrn Crauth, der leise fragte: »Sind Sie allein? Kann mein Sohn zuhören?«

Der besorgte Vater berichtete, was ich mir ja schon gedacht hatte: Gestern Abend war Ruben unangemeldet und sehr erregt bei ihm hereingestürmt und hatte verlangt, endlich die Wahrheit über das Schicksal seiner Mutter zu erfahren.

»Natürlich hätte ich es schon längst tun sollen, aber nun habe ich die Karten auf den Tisch legen müssen«, sagte Herr Crauth, »Ruben hat immer wieder nachgehakt, es war mir nicht möglich, ihm noch auszuweichen. Nun weiß er fast alles. Aber er war ziemlich durch den Wind, deswegen wüsste ich gern von Ihnen, was er für einen Eindruck macht … Ich bin in Sorge …«

»Keine Ahnung, er kam wohl erst gegen Mittag zurück und schläft seitdem«, sagte ich. »Hat er denn nicht bei Ihnen übernachtet?«

»Nein, er hat gegen elf Uhr völlig aufgelöst das Schlachtfeld geräumt. Keine Ahnung, wo er hinwollte …«

»Vielleicht in eine Bar?«, schlug ich vor. Ja, so musste es wohl gewesen sein – Ruben trank sonst kaum Alkohol, hatte sich gestern aber aus lauter Frust und Zorn mal so richtig volllaufen lassen. Allerdings fehlten da noch viele Stunden, denn meinem Wissen nach schlossen die meisten Kneipen gegen zwei Uhr. Hatte er vielleicht die letzte Straßenbahn verpasst? Ein unschöner Gedanke an Sodom und Gomorrha schoss mir durch den Kopf, aber ich beruhigte erst einmal Herrn Crauth und versprach ihm sofortige Rückmeldung, falls sich Ruben auffällig oder gar besorgniserregend verhalten würde. Kaum hatte ich aufgelegt, als es schon wieder klingelte. Caro hauchte kaum hörbar: »Es wäre sehr nett, wenn du unsere Eltern benachrichtigen könntest. Ich bin einfach noch zu schwach …«

Dann beendete sie das Gespräch mit einem abgrundtiefen Seufzer, ohne dass ich nach der Nationalität des Kindesvaters fragen konnte. Hatte sie nicht damals unserem Papa beteuert, er habe einen deutschen Pass wie wir auch? Doch eine andere Hautfarbe schloss das ja keineswegs aus.

Meine Mutter zeigte sich überrascht, ja bestürzt.

»Aber der Geburtstermin ist doch erst in vier Wochen! Hoffentlich ist das Baby überhaupt schon lebensfähig! Liegt es im Brutkasten? Und warum kriegt sie das Kind bei dir und nicht zu Hause?«

»Sie hat sich wohl verrechnet«, sagte ich, aber mir kamen plötzlich Zweifel an Caros Behauptung. »Dein Enkelkind ist kerngesund und drängte nach Auskunft der Hebamme in ungewöhnlich rasantem Tempo ans Licht der Welt. Carola ist jetzt vor allem hundemüde, aber sie wird sich bestimmt bald bei euch melden.«

»Wem sieht er ähnlich?«, fragte meine Mutter.

»Das kann man jetzt noch nicht beurteilen, aber du kannst dich schon mal freuen – meine kugelrunden Augen hat der Junge nicht geerbt«, sagte ich etwas gehässig, mehr wollte ich auf keinen Fall verraten. Sollte Caro doch gefälligst selbst Rede und Antwort stehen.

»Papa wird sich riesig freuen! Am besten wir setzen uns gleich ins Auto …«, begann meine Mutter. Als ich sie endlich nicht nur gebremst, sondern auch abgehängt hatte, fiel mir ein, dass ich heute Morgen eigentlich einkaufen wollte, doch jetzt hatte ich weder Lust noch Kraft dafür. Aber irgendetwas musste ich schließlich zum Abendessen auf den Tisch bringen. Ob Ruben sein Lager demnächst verlassen und mir Gesellschaft leisten würde? Der Junge musste allmählich Hunger haben!

In der Tiefkühltruhe fand ich noch ein Fertiggericht, das ich Frau Alsfelder mit einer halben Tomate servieren konnte, sie hatte sicher Verständnis für die heutige Ausnahmesituation. Ich selbst hatte sowieso keinen Appetit, ein Käsebrot würde mir genügen. Gerade als ich die Lasagne in die Mikrowelle schieben wollte, schlich sich Ruben herein. Ich registrierte immer noch eine unappetitliche Ausdünstung und eine halb schuldbewusste, halb trotzige Miene.

»Wo sind meine Schlappen?«, fragte er.

»Auf der Heizung. Na, du siehst ja nicht gerade froh und munter aus!«, sagte ich. »Hat dich dein Papa endlich aufgeklärt?«

Er nickte bloß und griff nach einer Flasche Mineralwasser.

»War es schlimm?«

»Ich brauche wahrscheinlich viel Zeit, um das alles zu verdauen. Meine Mutter hätte mich beinahe umgebracht, und mein ungeborenes Geschwisterchen hat sie auch auf dem Gewissen! Was würdest du denn bei solchen Enthüllungen empfinden?«

Europa hatte aufmerksam zugehört. Sie zögerte jetzt keine Sekunde, sich vor ihrem Freund aufzubauen und ihre Schnauze tröstend auf sein Knie zu legen.

Ich legte mir gerade eine passende Antwort zurecht, da fing er an zu deklamieren:

O Mutter, Mutter! Hin ist hin!
Verloren ist verloren!
Der Tod, der Tod ist mein Gewinn!
O wär' ich nie geboren!

»Deine Mutter war sehr krank«, sagte ich. »Sie wollte dich nicht allein zurücklassen, das ist ein Sonderfall, der bei Gericht meistens zu einem Freispruch führt. – Im Anschluss an die neuen Erkenntnisse hast du mit deinem Vater wohl noch ein völlig anderes Fass aufgemacht und bist schließlich auf seinem Sofa eingeschlafen, oder?«

»O nein, ich wollte nur noch allein sein. Aber dann traf ich zufällig ein paar Kumpel aus dem Medea-Seminar, die haben mich in eine Kneipe mitgeschleppt. Irgendwie bin ich das überhaupt nicht gewohnt, jetzt sollte ich wohl erst mal unter die Dusche gehen.«

»Allerdings!«, meinte ich. »Habt ihr denn die ganze Nacht durchgezecht?«

»Na ja, man hat uns irgendwann rausgeschmissen. Meine Freunde haben mich schließlich in ihrer WG einquartiert.«

»Ich wusste gar nicht, dass du Freunde in der Uni hast. – Übrigens hast du die allerneuesten Nachrichten verpasst«, sagte ich. »Ich bin heute Tante geworden!«

Ruben musterte mich ratlos und verstand anscheinend nur Bahnhof. Ich wusste, dass sich Männer mit den unterschiedlichen Verwandtschaftsbezeichnungen schwertun, und machte es noch spannender:

»Außerdem ist mein Vater heute Opa geworden!«

»Wie geht das denn?«

»Weil meine Schwester einen Jungen geboren hat.«

»Echt? Hier? Etwa in deinem Bett?«

»Beinahe, aber zum Glück nicht, denn ich würde heute ungern wieder auf deiner alten Matratze schlafen! Caro hat es gerade noch ins hiesige Krankenhaus geschafft, denn ihr Sohn Quinn hatte es plötzlich sehr eilig. Ich bin wie gerädert von der ganzen Aufregung.«

»Gibt es trotzdem heute noch so was wie ein Abendessen?«

Ich nickte, er verschwand im Bad, das Handy klingelte schon wieder. Zu meiner Erleichterung war es bloß Nadine. Sie hatte bereits ganz praktische Überlegungen angestellt. Da Carola bestimmt keine Babysachen mitgebracht habe, wollte Nadine die nötigste Erstausstattung von einer Kusine ausleihen, damit der Kleine nach dem Krankenhausaufenthalt nicht frieren müsse. Daran hatte ich überhaupt noch nicht gedacht. Wie lange blieb man heutzutage nach der Entbindung in der Klinik? Konnte sich Caro nach ihrer Entlassung auf der Stelle ins Auto setzen und wieder nach Hause fahren? Mit Sicherheit würde sie zuerst wieder bei uns landen, und zwar nicht allein! Müsste ich dann mein hübsches Zimmer nicht nur mit meiner Schwester, sondern auch mit einem schreienden Baby teilen? Und was würde Frau Alsfelder dazu sagen? Wo sollte man Quicalo hineinlegen? Etwa in unseren Wäschekorb wie weiland Moses in ein Binsenkörbchen? Fragen über Fragen, die ich nicht beantworten konnte, überdies musste ich Frau Alsfelder eine Mahlzeit servieren und auch den hungrigen Ruben satt bekommen.

Plötzlich wusste ich nicht mehr, wo mir der Kopf stand. So wie unser Hund sich grundlos zu kratzen anfing, so kam es auch bei mir zu einer merkwürdigen Übersprunghandlung. Um nicht entscheiden zu müssen, was ich als Erstes tun sollte, begann ich mit einer völlig nebensächlichen Beschäftigung. Ein welker Blumenstrauß, den ich gestern aus Frau Alsfelders Salon entfernt hatte, stand immer noch auf dem Küchentisch. Anstatt ihn aber kurzentschlossen im Abfall zu entsorgen, untersuchte ich akribisch jeden einzelnen Stängel, um noch ein paar kleinere Blüten und Knospen vor der endgültigen Vernichtung zu retten. Fünf abgeschnittene rosa Röschen und etwas Schleierkraut ergaben einen niedlichen Miniaturstrauß, den ich in ein silbernes Milchkännchen mit gräflichem Monogramm steckte. Schon etwas entspannter und durchaus zufrieden betrachtete ich mein anmutiges Werk und vergaß dabei ganz, die Mikrowelle einzuschalten oder nach einer Dose Baked Beans für ein ebenso schnelles wie sättigendes Mahl zu suchen. Erst als der frisch geduschte Ruben wieder die Szene betrat, sah ich hoch und starrte ihn an wie ein Gespenst. An seiner rechten Halsseite entdeckte ich einen violetten Knutschfleck, der diesmal nicht von mir stammen konnte.

»Die Lasagne ist für Frau Alsfelder. Für dich gibt es heute nichts zu essen. Und meinen Rollkragenpullover kriegst du auch nicht!«, sagte ich.

19
Alles in Rosa

Merkte Ruben denn nicht, wie sauer ich war?

»Der heutige Tag hat dich wohl arg geschlaucht«, meinte er scheinheilig. »Du sollst für mich nicht auch noch kochen müssen – ich bin schließlich nicht zu blöd, um mir ein Leberwurstbrot zu schmieren. Soll ich dir auch eines machen?«

Ich schüttelte nur den Kopf, stellte die Mikrowelle auf 600 Watt und richtete das Tablett für Frau Alsfelder.

»Ich kann aber auch zu McDonald's gehen, wenn du deine Ruhe haben willst«, setzte Ruben wieder an, ich blieb weiterhin stumm. Daraufhin zuckte er ratlos mit den Schultern, wollte die Küche verlassen und blieb noch einmal stehen.

»Morgen werde ich Frau Alsfelder zur Abwechslung mal mit Heinrich Heine bekannt machen«, sagte er. »Es geht um *Die Wallfahrt von Kevlaar.* Da gibt es eine Zeile, die mir nicht aus dem Kopf will:

Die Mutter schaut alles im Traume
Und hat noch mehr geschaut;
Sie erwachte aus dem Schlummer.
Die Hunde bellten so laut.

Da lag dahingestrecket
Ihr Sohn, und der war tot.
Es spielt auf bleichen Wangen
Das lichte Morgenrot.«

Und nach diesen kryptischen Versen machte er endgültig eine Kehrtwendung. Am liebsten hätte ich ihm eine Tomate als *lichtes Morgenrot* an den Kopf geworfen, doch zum Glück vernahm ich das Freudengebell von Europa und registrierte mit großer Erleichterung, dass Ruben den Hund mitnehmen wollte. Demnach fuhr er nicht mit dem Fahrrad zur Haltestelle, sondern wollte wahrscheinlich nur einen kleinen Spaziergang im Nieselregen machen. Wahrscheinlich hatte mein Schatz nicht richtig in den Spiegel geschaut und den Knutschfleck noch gar nicht entdeckt. Also konnte er auch nicht ahnen, welche finsteren Spekulationen dieses verräterische Zeichen in mir ausgelöst hatte. Ich war schon einmal schändlich betrogen worden, und Boris hatte seine Untreue letzten Endes mit dem Leben bezahlt.

Nachdem Frau Alsfelder ihre Lasagne halb aufgegessen hatte und ich abräumen sollte, meinte sie: »Heute habe ich unseren jungen Freund noch gar nicht gesehen. Ist er krank? Ich hoffe doch sehr, dass morgen wieder eine Balladen-Massage auf unserem Programm stehen wird.«

Natürlich beruhigte ich sie und war froh, als ich sie schließlich samt Fernbedienung und ihrem noch feuchten Hund im Bett hatte. Im Grunde wollte ich nichts anderes, als es ihr gleichtun. Ruben war nach kurzer Zeit wieder zurückgekommen, hatte sich aber nicht mehr bei mir gemeldet. Ich hatte mich zwar hingelegt, lauerte aber insgeheim darauf, ihn in der Küche zu hören. Im Grunde war ich mir sicher, dass er sich irgendwann schon noch seine Stullen schmieren würde. Und ich dachte natürlich auch voller Sorge an meine Schwester, die ich am nächsten Tag unbedingt besuchen sollte. Als Patentante war ich wohl zu einem großzügigen Geschenk verpflichtet, wobei ich keine Ahnung hatte, ob ein silberner Becher oder eher ein Bausparvertrag angebracht war. Zum Glück schlief ich irgendwann ein.

Nadine hatte am nächsten Morgen nicht nur die üblichen Brötchen mitgebracht, sondern einen ganzen Rucksack voll gebrauchter Babysachen.

»Das wurde zwar alles schon von zwei Mädels getragen, aber das wird eurem Quaquak auf seiner ersten Reise bestimmt egal sein.«

Stolz packte sie aus und legte einen Schlafsack, ein Mützchen, mehrere Strampler und eine Strickjacke auf den Küchentisch. Alles in Rosa.

»Baden kann man ihn im Waschbecken, aber wir sollten ein Paket Windeln, Feuchttücher und Wundcreme besorgen, vielleicht auch ein Fläschchen. Auf jeden Fall braucht deine Schwester eine Babyschale für die Rückreise …«

Nadine war richtig in Fahrt geraten. Ich hatte mich bisher noch nie für das Equipment eines Säuglings interessiert und stellte verwundert fest, dass Nadine anscheinend genau wusste, wovon sie sprach.

»Was meinst du«, fragte ich die Expertin, »wann wird Carola aus dem Krankenhaus entlassen? Wird sie sich dann bei uns einnisten? Und wann ist sie fit genug, um wieder abreisen zu können?«

Das wisse sie auch nicht, meinte Nadine. Es komme schließlich darauf an, ob das Kind gesund und kräftig sei, ob es bei der Geburt Komplikationen gegeben habe, ob es mit dem Stillen klappe und so weiter. Mit ein paar Tagen hier bei uns müsse man schon rechnen.

»Ich will auf keinen Fall mit meiner Schwester und ihrem Schreihals im selben Zimmer schlafen«, stellte ich fest.

»Was ist überhaupt mit Quakquaks Papa? Es ist doch eigentlich selbstverständlich, dass er seinen Sohn bald sehen will, Mutter und Kind abholt und die beiden nach Hause fährt. Oder stimmt da was nicht?«

»So ist es wohl«, seufzte ich. »Außerdem hat der Junge …«, beinahe hätte ich *Schlitzaugen* gesagt. Ich bin auch nicht besser als mein Vater, fuhr es mir durch den Kopf, und ich schämte mich. Nadine sah mich erwartungsvoll an.

»Quinn hat asiatische Gene«, klang schon viel besser, so hatte sich auch die Hebamme ausgedrückt.

In diesem Moment kam Ruben die Treppe heruntergepoltert, winkte uns nur kurz zu und rief: »Ich bin spät dran, muss mich beeilen!«

»Frühstücken sollte er eigentlich schon«, fand Nadine. »Aber die Uni scheint ihm auf einmal sehr wichtig zu sein. Was meinst du denn mit asiatisch? Laos, Thailand, Japan, Vietnam, oder was?«

»Ich werde es heute noch herauskriegen«, versprach ich. »Nachher muss ich dringend zum Supermarkt. Im Anschluss werde ich meinem Schwesterherz einen Besuch abstatten und keine Ruhe geben, bis die Sünderin gebeichtet hat!«

Ein paar Stunden später setzte ich meinen Plan in die Tat um. Carola machte einen depressiven Eindruck und glich mitnichten einer glücklichen jungen Mama. Anfangs plauderte ich unverfänglich über die Reaktion unserer Mutter, die am liebsten auf der Stelle herkommen wollte – was ich nur mit ganz viel Diplomatie verhindert hätte. Aber dann fing ich so lange an zu bohren, bis Caro weinte und einknickte. Unter Tränen erzählte sie, wie sehr sie gehofft habe, dass Quinns Vater nicht jener Chinese gewesen sei, mit dem sie nur ein einziges Mal geschlafen habe. Sondern ein anderer. Sie habe doch danach noch ihre Periode gehabt!

»Was heißt hier *danach*? Und wer war der andere?«

»Nach der Nacht mit dem Chinesen hatte ich etwa zwei Wochen später meine Tage, allerdings nicht ganz so wie … Mein Gott, und der andere war ein Berliner Abiturient, der mit seinen Freunden auf der Durchreise nach Dänemark war. Sozusagen eine blonde, blauäugige Eintagsfliege! Papa wäre mit so einem Enkelkind glücklich geworden!«

Ich war erschüttert. Bisher hatte ich ein völlig falsches Bild von meiner Schwester gehabt: Eine Bankerin, die sich zwar aus Spaß in ihrer Freizeit wie ein verspätetes Blumenkind verkleidete, aber sich im Übrigen höchstens mit einem gutsituierten Akademiker einließ. Stattdessen hatte sie wohl ein recht verlottertes Sexualleben vorzuweisen. Leider musste ich nun mit der Inquisition fortfahren.

»Weißt du überhaupt, wie und wo dein Chinese zu erreichen ist? Mit Alimenten ist wohl kaum zu rechnen! Warum hast du denn nicht verhütet? Hat dir deine Ärztin nicht gesagt, dass du schon einen Monat weiter bist? Und überhaupt, warum hast du nicht abgetrieben?«

Caro heulte wieder los. »Vorwürfe sind das Letzte, was ich jetzt brauchen kann!«, schniefte sie.

Die Hebamme trat ein, sah die aufgelöste Wöchnerin und meinte begütigend: »Aber, aber! Das sind bloß die Hormone, das gibt sich wieder! Sie haben den süßesten Jungen auf der ganzen Station, Sie sollten sich ein bisschen freuen!«

Ich hielt die Gelegenheit für gekommen, mich nach der Dauer des Klinikaufenthaltes zu erkundigen.

»Kinderkriegen ist keine Krankheit! Wenn eine Geburt so unproblematisch und flott verläuft wie in diesem Fall«, sagte die Hebamme, »dann kann man nach zwei Tagen getrost wieder nach Hause gehen. Es wäre allerdings ganz gut, wenn dort jemand der frischgebackenen Mama ein wenig zur Seite steht. Und natürlich schaue ich in der ersten Zeit auch mal nach dem Rechten.«

Das bedeutete, dass man Caro samt Quinn schon morgen entlassen würde. Mir wurde fast schlecht bei diesem Gedanken.

»Vielleicht sollten Sie etwas Warmes für unseren Goldjungen mitbringen. Er soll auf der Heimfahrt ja nicht frieren«, riet mir die Hebamme und eilte davon.

»Hast du denn zu Hause schon das Wichtigste für deinen Quinn vorbereitet?«, fragte ich, aber Carola verneinte. Das habe sie in den kommenden vier Wochen in aller Ruhe erledigen wollen.

Nadine hatte auf mich gewartet, obwohl sie längst mit

ihrer Arbeit fertig war. Sie wollte unbedingt noch die neuesten Nachrichten aus dem Krankenhaus erfahren, obwohl ein Anruf ja auch genügt hätte. Mit roten Ohren lauschte sie meinem Bericht und fand es unerhört, dass der Chinese wohl gar nicht ahnte, dass er Vater geworden war.

Erst einmal musste ich Frau Alsfelder schonend beibringen, dass demnächst eine Wöchnerin samt Neugeborenem in ihrem Haus untergebracht werden sollte. Sie riss zwar verwundert die Augen auf, fragte natürlich auch nach dem Kindsvater, zeigte sich nach kurzer Bedenkzeit aber durchaus kooperativ.

»Klar, dass sich Ihre Schwester jetzt nicht sofort ins Auto setzen und bis nach Flensburg fahren oder gar in einem Hotel einchecken kann! Und schade, dass Herr Crauth keinen Führerschein hat, so ein Fahrdienst wäre doch ein idealer Job für einen Studenten. Aber kommen Sie bitte nicht auf die Idee, dass Sie Ihre Schwester chauffieren und mich im Stich lassen, Lorina! Jetzt müssen wir halt ein bisschen improvisieren, Sie sind doch eine durch und durch praktische Frau. Mutter und Kind brauchen Ruhe, das geht vor. Schließlich wird das ehemalige Wohnzimmer im Erdgeschoss kaum benutzt, da könnte Ihre Schwester doch für ein paar Tage ihre Zelte aufschlagen. Ich habe nichts dagegen, wenn sie samt Kind auf diesem riesigen Ledersofa schläft. Rudi, mein Exmann, hat es vor vielen Jahren gekauft, jetzt steht es unnütz herum. Ich fand es schon immer viel zu pompös.«

Da war ich ganz ihrer Meinung. Frau Alsfelder hielt sich sowieso am liebsten im sogenannten kleinen Salon neben ihrem Schlafzimmer auf. Das repräsentative Wohnzimmer mit integriertem Essplatz war im Grunde überflüssig, schon aus praktischen Gründen aßen wir, also das Personal, lieber in der Küche. Als Behinderte wäre Frau Alsfelder zwar in einem modernen ebenerdigen Bungalow weitaus besser untergebracht gewesen, aber sie hing an diesem schönen Haus und dem von Hecken umgebenen Garten. Die stattliche Villa war wohl für eine Familie mit Kindern gebaut worden, und für mich war es natürlich auch recht angenehm, ein großes helles Zimmer mit Balkon bewohnen zu können.

Ruben kam zwar pünktlich aus der Uni zurück, aber für einen gemeinsamen Spaziergang war das Wetter zu schlecht. Trotzdem erbarmte er sich und lief mit unserem Harlekin-Pudel einmal um den Block, danach strebte er schnurstracks zu unserer Herrin, um sie mit Heinrich Heines frommer Ballade und seinen etwas nachlässigen Massagen zu erfreuen. Im Anschluss wollte Frau Alsfelder allerdings nicht mit uns Kaffee trinken, sondern eine Sendung über einen Hundeflüsterer anschauen.

Zum ersten Mal nach seiner aushäusigen Nacht saß ich mit Ruben wieder in der Küche und rührte in meinem Espresso herum. Irgendwann sollten wir Tacheles reden, fand ich.

»Wir müssen deine olle Matratze wieder in den Keller schleppen«, begann ich. »Meine Schwester wird morgen entlassen und muss mit ihrem Baby ein paar Tage bei uns bleiben, bevor sie die weite Reise nach Flensburg antritt. Allerdings soll sie sich dann mit dem Ledersofa im Wohnzimmer begnügen.«

»Meinst du den großen Raum gleich neben dem Ern?

Schade, dass der kaum betreten wird; eigentlich würde ich dort selbst gern residieren. *Dort oben, in dem Königssaal, Belsatzar hielt sein Königsmahl,* auch von Heine. – Na gut, dann woll'n wir mal!«

Seufzend begab er sich mit mir nach oben, um die Matratze aus meinem Zimmer zu holen und wieder hinunter in den Keller zu schleifen. Allerdings machten wir uns die Plackerei jetzt etwas leichter und ließen den durchgelegenen Kaventsmann immer wieder plumpsen, damit er wenigstens einige Stufen selbständig abwärtsrutschte.

Noch bevor wir wieder nach oben gingen, konnte ich nicht mehr an mich halten.

»Warst du gestern in Sodom oder in Gomorrha?«

»Hä? Wie kommst du jetzt darauf?«

»Woher hast du diesen Fleck am Hals?«, insistierte ich.

»Wo?«

Er stellte sich tatsächlich dumm und unschuldig. Zornig tippte ich mit dem Zeigefinger auf das Kainsmal.

»Ach so! Das müssen die Mädels gewesen sein.«

»Wie bitte? Welche Mädels? Hast du etwa mit ihnen geschlafen?«, fragte ich fassungslos.

»Du hast es mir schließlich beigebracht«, sagte Ruben und grinste wie ein aufsässiger Teenager. Das war zu viel. Ohne auch nur eine Sekunde zu überlegen, verpasste ich ihm eine gesalzene Ohrfeige.

Offensichtlich konnte er es kaum fassen, rieb sich die Backe und glotzte mich an wie ein Mondkalb. Schon tat mir meine unbedachte Bestrafungsaktion etwas leid, aber ich war selbst so über mich überrascht, dass ich vorerst keine Entschuldigung hervorbrachte.

Nach einer Schrecksekunde fragte Ruben maßlos verwundert: »Bist du etwa eifersüchtig?«

Nun kamen mir die Tränen. »Ich dachte, du hättest mich ein bisschen lieb …«, stotterte ich. Keine Antwort.

Ganz langsam schlichen wir wieder hinauf in die Küche und überlegten wohl beide, wie man sich jetzt am besten verhalten sollte. Ruben machte zuerst den Mund auf.

»Als ich von meinem Vater die ganze schreckliche Wahrheit erfahren habe, stand ich unter Schock. Meine Freunde haben mich abgefüllt und schließlich in ihre WG mitgenommen, das weißt du ja bereits. Und dort, na ja, es ist mir etwas peinlich, musste ich auf einmal losheulen wie ein Schlosshund. Die beiden Mädels konnten das kaum ertragen, sie zerrten mich auf ein Bett, wollten mich trösten und schmatzten mich ab …«

»Und dann hast du gleich mit beiden gevögelt?«

»Nein, natürlich nicht! Wir waren alle viel zu besoffen. Egal, was passiert ist, es ist überhaupt nicht wichtig …« Er hielt inne, fixierte mich mit finsterem Blick und polterte los wie ein trotziges Kind: »… Und ich bin dir auch keine Rechenschaft schuldig, ich bin doch kein Baby mehr! Was ich in meiner Freizeit mache, geht keinen etwas an.«

Er ist in die Pubertät gekommen und will sich abnabeln, dachte ich. Wahrscheinlich waren wir beide in hohem Maß verletzt und starrten traurig ins Leere, waidwund nannte man wohl diesen Blick. Ruben sah auf die Uhr.

»Ich muss noch ein Referat vorbereiten«, sagte er und stand auf. Referat? Wollte er wirklich in der Öffentlichkeit seinen Mund aufmachen? Das waren ja ganz neue Töne.

Um mich abzulenken, knöpfte ich mir die silbernen Löffel vor, die einen stark ergrauten Eindruck machten. Während ich hingebungsvoll putzte und polierte, grübelte ich weiter. Meine Beziehung zu Ruben zeichnete sich vor allem durch ebenso häufigen wie ungestümen Sex aus; vielleicht hatte der sensible Junge etwas vermisst: Zärtlichkeit, Romantik, Wärme, liebevolle Zuneigung – ohne immer gleich übereinander herzufallen. Mein Lehrmeister war Boris gewesen, ich hatte meinen Wissensstand eins zu eins an Ruben weitergegeben.

Als Europa heftig bellte, weil es ebenso ungeduldig klingelte, fuhr ich hoch wie aus einem Traum und öffnete der Fußpflegerin die Tür. Den Termin für Frau Alsfelders fällige Pediküre hatte ich völlig vergessen, denn eigentlich hätte ich meine Arbeitgeberin durch ein ausgiebiges Fußbad vorbereiten müssen. »Fünfzehn Minuten im warmen Wasser, das ist die halbe Miete«, pflegte Frau Knorr zu sagen. Sie mochte mich nicht, weil ich das R in ihrem Namen gern rollte.

»Frau Miesebach, Sie sind ja völlig durch den Wind«, sagte sie uncharmant. »Soll ich lieber ein andermal wiederkommen?«

Wir einigten uns darauf, während des Einweichens gemeinsam einen Espresso zu trinken; die Wartezeit bis zu ihrem Einsatz wollte sich Frau Knorr aber trotzdem bezahlen lassen.

»Wie seid ihr eigentlich mit dem neuen Masseur zufrieden?«, fragte sie, nahm ungefragt eine zweite Stange von meinem selbstgebackenen Lavender-Shortbread und verfütterte die Köstlichkeit an den bettelnden Hund. Mühsam unterdrückte ich meine tadelnden Worte.

»Frau Alsfelder ist glücklich, weil Ruben Gedichte aufsagen kann …«

»Na, so was! Und Boris konnte singen! Der Nächste ist wahrscheinlich ein Balletttänzer, trägt Strumpfhosen und macht meterhohe Sprünge!«

Ich konnte über solche Scherze nicht lachen und war froh, als ich die Wasserschüssel endlich ausleeren und Frau Knorr mit ihrer Arbeit beginnen konnte.

20
Das erste Foto

Am nächsten Tag war Ruben wie verwandelt, fast wie Samt und Seide, fand ich. Gemeinsam kauften wir eine Babyschale fürs Auto. Mein Lover stand mir aber nicht nur bei dieser Aktion zur Seite, sondern zeigte sich plötzlich sehr interessiert an den Vorbereitungen für die Gäste, schwänzte sogar das Medea-Seminar und half Nadine, das Ledersofa an eine Innenwand zu rücken und in ein bequemes Lager umzubauen. Ja, er griff sogar zum Staubsauger, um das große Zimmer, das von ihm jetzt »Königssaal« genannt wurde, gründlich zu putzen. Und es faszinierte ihn offenbar, wie geschickt Nadine einen altmodischen Weidenkorb auspolsterte, um ein provisorisches Bettchen für Quinn herzurichten.

Ich wurde vom Eifer der beiden ein bisschen angesteckt und steuerte auch etwas zur Verschönerung bei: Ich schleppte den nostalgischen Loom Chair, den ich meiner Schwester ja eigentlich an Weihnachten geschenkt hatte, aus meinem Zimmer herunter und stellte Quinns Korb darauf. Der kleine rosa Schlafsack nahm sich zum Schilfgrün des Armlehnstuhls ausgesprochen hübsch und irgendwie chinesisch aus, fand ich.

Am frühen Nachmittag war es schließlich so weit, dass Ruben und ich zum Krankenhaus fahren konnten. Nadine wäre beinahe noch bis zu unserer Rückkehr im Haus geblieben, so neugierig war sie auf das Baby.

Während Carola im Stationszimmer auf ihre Entlassungspapiere wartete, wurde ich von der Hebamme instruiert.

»Depressionen nach einer Entbindung sind gar nicht so selten«, sagte sie. »Das geht meistens rasch vorüber. Sorgen macht mir allerdings, dass sich Ihre Schwester überhaupt nicht kooperativ zeigt, was das Stillen betrifft. Sie sagt es zwar nicht direkt, aber ich glaube, sie lehnt ihr Baby vorerst noch ab. Die Gründe dafür hat sie mir nicht mitgeteilt, ich nehme an, es ist kein Wunschkind. Die Geburtsurkunde wurde bereits beim Standesamt beantragt, leider konnte oder wollte Frau Miesebach den Namen des Kindesvaters nicht preisgeben!«

»Ich weiß nur, dass er Chinese ist«, sagte ich.

»Irgendwo habe ich mal gelesen«, erzählte die Hebamme, »dass asiatische Säuglinge weniger weinen und viel ausgeglichener sind als unsere. Das scheint hier zuzutreffen, der kleine Quinn ist ein besonders friedliches und entspanntes Baby, da hat Ihre Schwester wirklich großes Glück gehabt. Andererseits sind Neugeborene aus anderen Kulturen vielleicht nur deshalb keine Schreibabys, weil ihre Mütter nie auf die Idee kämen, das Kind in ein eigenes Bettchen zu legen – ständiger Körperkontakt beruhigt ungemein. Vielleicht können Sie Ihre Schwester ein wenig motivieren, den kleinen Kerl nach einem vergeblichen Stillversuch nicht gleich wieder wegzulegen …«

Sie nahm mein Patenkind auf den Arm, um sich von ihm zu verabschieden.

»Mach's gut, Quinn Carl Lorenz«, sagte sie und küsste den Kleinen auf die Stirn. »So ein hübscher Junge wie du wird im Handumdrehen alle Herzen erobern!«

Dann begleitete sie uns bis zum Wagen und zeigte uns Laien, wie man die Babyschale korrekt anbringen musste. Caro stand desinteressiert daneben, stieg ein und setzte sich mürrisch auf den Beifahrersitz. Die beiden Jungs, Ruben und Quinn, durften auf der Rückbank miteinander spielen. Der Kleine umklammerte fest den rechten Zeigefinger des Großen, als wollte er sagen: Wir zwei müssen jetzt zusammenhalten.

Ruben hatte sich auch theoretisch auf den Neuankömmling vorbereitet und belehrte uns in seiner etwas besserwisserischen Art: »Man kennt den Handgreifreflex von jungen Primaten, beim Menschen stammt dieses Verhalten noch von unseren gemeinsamen Vorfahren ab.«

»Willst du jetzt lieber Zoologie studieren?«, fragte ich etwas spitz, während meine Schwester gar nicht hingehört hatte.

»Na klar, Schwerpunkt Primatologie«, antwortete er. Ruben war fast ein bisschen frech geworden, schien mir.

Als wir zu Hause ankamen, erwies sich Europa als ebenso neugierig wie Nadine und wollte unbedingt den Neuankömmling beschnüffeln.

»Igitt!«, rief Caro hysterisch. »Könnt ihr nicht gefälligst diesen Köter wegsperren?«

»Bring Ropi bitte zu Frau Alsfelder«, sagte ich zu Ruben. »Hygiene ist jetzt angesagt! Hund und Baby sind wahrscheinlich nicht kompatibel!«

»Doch«, widersprach Ruben. »Europa ist bestimmt beleidigt, wenn sie nicht zum Empfangskomitee gehören darf, und lässt ihren Ärger am Ende noch an Quinn aus. Sie soll ihn doch für ein Familienmitglied halten und beschützen!«

»Und vollspeicheln!«, sagte Caro angeekelt. »Was redest du nur für einen Quatsch! Zisch endlich ab, ich muss mich jetzt ein bisschen hinlegen.«

In diesem Moment rief mich Frau Alsfelder an. Ob das Baby schon hier sei? In diesem Fall wollte sie unbedingt aus ihrem Zimmer geholt werden, um das Kindlein – so sagte sie tatsächlich – zu bewundern. Während Ruben, ich und Hund nach oben eilten, um den Wunsch unserer Herrin zu erfüllen, zog sich Carola aus und legte sich unverzüglich in ihr ledernes Bett. Quinn schlief wohl immer noch und ruhte sich von den Strapazen des Umzugs aus.

Schließlich saß Frau Alsfelder in ihrem Rollstuhl und betrachtete den Säugling im Waschkorb. »Darf ich ihn mal halten?«, fragte sie fast schüchtern. Carola antwortete nicht, drehte sich zur Wand und stellte sich tot. Ich hob Quinn vorsichtig hoch und legte ihn fast ängstlich auf den Schoß meiner Patientin, denn dieses zerbrechliche Wesen durfte ich nicht aus Ungeschicklichkeit fallen lassen. Zum Glück spürte der Kleine meine Unsicherheit nicht und schlief seelenruhig weiter. Behutsam berührte Frau Alsfelder die weichen Bäckchen des Babys, und Ruben konnte nicht umhin, ihr den Greifreflex zu demonstrieren. Sie war begeistert. »Er will mich begrüßen, nein, wie süß!«, rief sie. »Was für ein liebes Kind, so sanftmütig und freundlich! Und was für dichtes schwarzes Haar er jetzt schon hat, ich dachte immer, Säuglinge seien glatzköpfig!«

Kaum gesagt, als die Turbulenzen begannen. Es klingelte

draußen, Europa kläffte los, Ruben lief in den Ern, die Tür fiel mit lautem Krachen hinter ihm zu, und Quinn brüllte plötzlich aus vollem Hals. Bisher hatte ich sein Organ noch kaum vernommen, jetzt war ich fassungslos über die Lautstärke und Kraft, mit der dieses winzige Bündel seine Missbilligung herausquakte. Nadine hatte es ja geahnt, als sie Quinn in weiser Voraussicht Quakquak getauft hatte.

Wir hörten Christians zornige Stimme im Flur, anscheinend schnauzte er Ruben schon an, bevor er überhaupt sah, was bei uns geboten wurde. Aber als er gleich darauf den Königssaal betrat und das schreiende Baby im Arm seiner Tante erblickte, wetterte er richtig los: »Ich fass es nicht! Was ist denn das für ein Saustall hier! Welches Pack habt ihr um Gottes willen ins Haus hereingelassen! Könnt ihr mir das bitte mal erklären!«

Tatsächlich sah es hier ziemlich liederlich aus, die Sitzgruppe stand nicht mehr ordentlich beisammen und die Babyschale mitten auf dem Tisch, Carola hatte ihre Kleider einfach auf den Boden fallen lassen, die geliehenen Babysachen hatte Nadine auf drei Sesseln ausgebreitet, damit sie auch gut zur Geltung kamen.

Frau Alsfelder und ich begannen gleichzeitig zu reden, Europa nutzte die Gelegenheit, um am Rollstuhl hochzuspringen und dem schreienden Säugling begütigend übers Gesicht zu lecken, Ruben grinste wie ein verlegener Schuljunge, der seinem Lehrer einen Streich gespielt hat und erwischt wurde.

Nachdem Christian begriffen hatte, dass es sich nicht um Obdachlose, sondern um meine Schwester und ihr Kind handelte, wurde er trotzdem nicht barmherziger.

»Wenn morgen dieser Spuk nicht zu Ende ist«, geiferte er, »dann werde ich einen Rechtsanwalt einschalten. Lorina, ich bin zutiefst enttäuscht, gerade bei deiner Vertrauensstellung hätte ich mehr Verantwortungsbewusstsein von dir erwartet! Wir haben doch hier keine Wochenbettstation! Es geht auf keinen Fall, dass die Gutmütigkeit meiner wehrlosen Tante so schamlos ausgenutzt wird!«

»Hör mal gut zu, Christian«, sagte Frau Alsfelder, die sich über ihren Neffen wohl richtig ärgerte. »Du hast überhaupt nichts kapiert! Es ist mir doch eine reine Freude, wenn etwas Leben in meine Bude kommt. Ich hatte noch nie ein so kleines Baby im Arm und einen Masseur, der Balladen zitieren kann – und für den Hund hast du schließlich selbst gesorgt. Es geht mir besser denn je, und es wäre an der Zeit, dass du meine Entscheidungen akzeptierst. Schließlich bin ich noch bei Verstand und weiß selbst am besten, was mir guttut!«

In ihrer Erregung drückte sie Quinn so heftig an ihren Busen, dass er tatsächlich mit dem Quaken aufhörte. Ruben grinste noch breiter, und ich schluckte ein wenig. Der Erbschleicher stampfte zwar trotzig mit dem Fuß auf, wandte sich aber endlich zur Tür. »Ihr werdet noch von mir hören«, sagte er drohend, und zu Ruben gewandt: »Wenn ich das nächste Mal komme, hast du dir eine andere Bleibe gesucht, du Schmarotzer! Verstanden?«

Eine Weile waren wir alle still, dann musste Frau Alsfelder als Erste lachen. »Er meint es ja bloß gut mit mir, aber er ist leider so ein Ignorant! Und vor lauter Entrüstung hat er ganz vergessen, was er eigentlich hier wollte. Nämlich meine Finanzen mal wieder in Ordnung bringen. Na, er wird sich bald besinnen, und beim nächsten Besuch ist er sicher zahm wie ein …«, ihr fiel kein passender Vergleich ein.

»… wie ein Zirkuselefant im Porzellanladen«, ergänzte ich.

Von Carola hörte man kein Wort, vielleicht schlief sie ja. Wir sollten sie jetzt vielleicht in Ruhe lassen, beschloss ich. Aber musste ich ihr den Kleinen nicht bald mal an die Brust legen? Im Augenblick war Quinn ganz zufrieden, aber irgendwann würde er sich lauthals melden. Ich befreite Frau Alsfelder von ihrer leichten Last, legte Quinn zurück in seinen Korb und schob den Rollstuhl zur Tür hinaus. Ruben half mir, unsere Patientin auf den Treppenlift zu hieven. Sie war guter Laune und fragte sogar, was ich heute für das Abendessen geplant habe. Dabei fiel mir ein, dass ich mich allmählich auch darum kümmern sollte.

Ruben half mir beim Kochen, schälte Kartoffeln und verhielt sich wie ein zuverlässiger guter Freund. Nebenbei verriet er, dass er sich bei einer Fahrschule angemeldet habe, sein Vater wolle die Kosten übernehmen.

»Und deine Testophobie?«, fragte ich erstaunt.

»Nun, meine Freunde haben mir klargemacht, dass viel größere Idioten als ich die Führerscheinprüfung bestanden haben. Wahrscheinlich werde ich das ganz locker schaffen!«

Ich musste mich immer wieder über meinen Lover wundern. Auch dass er sich für Babys interessierte, fand ich ungewöhnlich. Ob ein junger Student vielleicht schon väterliche Gefühle oder gar Wünsche hegte?

Bevor ich aber weiter über diesen Punkt nachdenken konnte, kam Ruben von sich aus darauf zu sprechen.

»Du weißt ja, dass ich bestimmt kein Esoteriker bin. Aber als wir im Auto saßen und der Kleine meinen Finger umklammerte, da kam es mir vor, als hätte ich endlich ein Brüderchen bekommen und meine Mutter hätte mir aus einer anderen Welt diesen Wunsch erfüllt, sozusagen als späte Wiedergutmachung. Seltsam – nicht wahr?«

Zu einer derart absurden Idee fiel mir nichts ein, aber ich grabschte nach seiner Hand und drückte sie. Ich wollte ihm ja meine Zuneigung nicht immer nur mit leidenschaftlichen Attacken beweisen.

»Aua«, sagte Ruben, denn durch meine etwas ungeschickte Geste hatte er sich mit dem Küchenmesser gepikst.

Als ich das Essen fertig hatte und das Tablett für Frau Alsfelder nach oben tragen wollte, schickte ich Ruben in den Königssaal.

»Frag mal meine Schwester, ob sie mit uns essen will oder ob ich ihr lieber etwas bringen soll. Auf jeden Fall müsste sie mehr trinken, denke ich!«

Wir trafen fast gleichzeitig wieder in der Küche ein.

»Sie will nichts essen, aber Quinn brüllt und hat Hunger. Deine Schwester sagt, sie könne nicht stillen.«

Natürlich begab ich mich unverzüglich zu Caro, um sie umzustimmen.

»Lass mich bloß in Frieden, die Hebamme hat mich schon genug gequält. Ich bin nun mal keine Kuh, ich kann und will nicht stillen! Aber man hat mir ja für alle Fälle eine Flasche und ein paar Beutel mit Pulver mitgegeben, sogenannte Anfangsmilch. Wenn du willst, kannst du es damit mal versuchen.«

Mir blieb nichts anderes übrig, als Ruben erneut um Verstärkung zu bitten. Er nahm Quinn auf den Arm und tat so, als hätte er schon immer gewusst, wie man einem Säugling das Köpfchen stützt, ich suchte unterdessen in Caros Gepäck nach Fläschchen, Sauger und Milchpulver. In der Küche studierte ich stirnrunzelnd die Gebrauchsanweisung für Quinns Mahlzeit, während Ruben das Kindlein wiegte. Mir kam das alles vor wie ein seltsamer Traum.

Es war ja verständlich, dass meine Mutter immer wieder anrief, um sich nach meiner Schwester und dem Baby zu erkundigen. Doch im Augenblick hatte ich weder Lust noch Zeit und schon gar keine Geduld, um sie abzuwimmeln und zu vertrösten. Sie ließ aber nicht locker. Wenn sie schon nicht kommen dürfe, dann bitte sie doch inständig darum, wenigstens ein Foto zu mailen. Leicht genervt versprach ich, noch heute ein Enkelbild zu versenden, denn zuerst mussten wir den Kleinen satt bekommen. Und eine neue Windel war dann wohl auch fällig.

Immerhin waren wir ein gutes, wenn auch ziemlich ahnungsloses Team und konnten irgendwann mit berechtigtem Stolz feststellen, dass die Milchflasche leer und Quinn satt und frisch gewindelt eingeschlafen war. Jetzt war es an der Zeit, den kleinen Prinzen zu fotografieren und das Ergebnis an meine Eltern zu schicken. Erst nach vollendeter Tat brachte Ruben ihn zurück zu Caro und legte ihn wieder in sein Nest.

»Das haben wir ganz toll gemacht«, sagte ich stolz. Irgendwie hatte sich unser Chinese schon ein bisschen bei mir eingeschleimt, und ich war richtig glücklich, dass der Kleine nicht mehr weinte. Meine Bratkartoffeln waren inzwischen kalt geworden, ich wärmte sie samt Frikadellen in der Mikrowelle wieder auf, und wir aßen mit bestem Appetit. Wie ein altes Ehepaar schauten wir uns einen ebenso alten Film im Fernsehen an, um dann in mein breites Bett zu schlüpfen. Als wir eng aneinandergeschmiegt dalagen, kam mir die originelle Idee: Jetzt soll mein Schatz mal die Initiative ergreifen, ich stelle mich probeweise schlafend.

Doch als mein Handy klingelte, das irgendwo auf der Kommode lag, musste ich wohl oder übel unser Lager wieder verlassen, es konnte ja sein, dass Frau Alsfelder mich brauchte.

Leider war es meine äußerst aufgebrachte Mutter. »Es ist also doch ein Mädchen!«, schimpfte sie. »Ich habe ja gleich geahnt, dass bei euch etwas faul ist! Jetzt, wo ich mir die Kleine in ihrem rosa Jäckchen endlich anschauen kann, werden mir deine dummen Ausreden erst klar. Und Carola ist zu feige, um mit der Wahrheit herauszurücken, vielleicht hat sie es an Weihnachten bereits gewusst und hat uns absichtlich angelogen, um sich wichtigzumachen. Ich weiß gar nicht, wie ich es Papa beibringen soll, er hat sich doch so gefreut! Unter diesen Umständen werden wir natürlich nicht kommen!« Sie legte auf, bevor ich ihr das Missverständnis erklären konnte.

Ich verstand meine Mutter nicht. Warum hielt sie immer noch zu meinem Vater, der nur Söhne beziehungsweise männliche Nachkommen für wünschenswert hielt? Wir lebten doch nicht im Mittelalter! Bestimmt war seine frauenfeindliche Haltung schuld daran, dass Carola und ich irgendwie verkorkst waren. Aber dann musste ich doch wieder grinsen, weil ich mir die Überraschung meiner Mutter beim Anblick des nackten Babys vorstellte. Und die Miene meines rassistischen Vaters, wenn er Quinns asiatisches Aussehen entdeckte! Ich musste kichern, so dass Ruben neugierig wurde. Natürlich gab er gleich seinen Senf dazu.

»In einem ethnologischen Artikel habe ich mal gelesen, dass man in anderen Kulturen kleine Jungs häufig als Mädchen verkleidet hat, damit die bösen Geister sie in Ruhe lassen. Dämonen sind nämlich nur an den wertvolleren Knaben interessiert!«

»Dann ist mein Vater wohl auch ein Dämon. Zum Glück ist unser kleiner Chinese in Rosa jetzt gut geschützt vor blöden Geistern«, sagte ich und kroch wieder zurück unter die Daunendecke. Wir lagen ganz ruhig nebeneinander, jeder hing seinen eigenen Gedanken nach. Seltsamerweise waren Ruben und ich in eine Elternrolle gerutscht, als wir uns vor wenigen Stunden zwar unfreiwillig, aber liebevoll um den kleinen Quinn gekümmert hatten. Dabei fiel mir ein, dass Neugeborene wahrscheinlich nicht acht Stunden am Stück schlafen, ich hatte schon oft gehört, dass junge Eltern über kurze Nächte klagen. Was war eigentlich, wenn Quinn in ein paar Stunden wieder wach und hungrig wurde? Wir würden sein Geschrei nicht hören. Ob sich Caro dann erbarmte und endlich ihre Pflicht erfüllte?

21
Noch eine Flucht

In jener Nacht hatten wir leider keinen Sex. Viel zu früh wurde ich von einer Taube geweckt, immerhin nicht von einem Unglücksraben. Sie hockte auf der kahlen Birke direkt neben meinem Balkon und gurrte so obszön und aufdringlich, dass ich am liebsten einen Schuh nach ihr geschmissen hätte. Wenn der Platz neben mir nicht verwaist gewesen wäre, hätte ich es gern noch ein Stündchen im Bett ausgehalten. Wie gewohnt hatte sich Ruben aber irgendwann davongeschlichen, denn wir wollten es immer noch tunlichst vermeiden, dass Nadine oder gar Frau Alsfelder von unserer Beziehung etwas mitbekamen. Obwohl es beide wahrscheinlich längst ahnten.

Warum war Ruben seinerseits nicht auch mal aktiv geworden? War es richtig gewesen, immer nur als die Fordernde aufzutreten, als Domina? Hatte ich ihn allzu sehr in die Rolle des gehorsamen Sklaven gedrängt, so dass er gar nicht wusste, wie gestandene Männer zur Sache kamen? Sicher hatte ich wieder mal alles falsch gemacht.

Schlecht gelaunt schlüpfte ich in Pantoffeln und Bademantel, verließ mein Reich und öffnete leise die Tür zu Frau Alsfelders Schlafzimmer, um den Hund rauszulassen. Es war stets meine erste Tat, Europa in den Garten zu scheuchen. Bei schlechtem Wetter wollte der Pudel meistens rasch wieder ins Warme, weil er sich auf ein Leckerli in der Küche freute. Diesmal trödelte und schnüffelte Ropi allerdings etwas länger herum, so dass ich inzwischen zur Frontseite unseres Hauses lief, um die Zeitung aus dem Briefkasten zu holen. So früh am Tag war es noch ganz ruhig auf der Straße, aber irgendetwas sah anders aus als gestern – ich rieb mir verwundert die müden Augen. Es dauerte ein paar Schrecksekunden, bis ich es begriff: Carolas Auto stand nicht mehr an seinem Platz, es musste in der Nacht geklaut worden sein. Vielleicht hatte die Taube den Dieb beobachtet und wollte mich warnen, und ich hatte es leider nicht verstanden. Quatsch, sagte ich mir, ich bin doch nicht Aschenputtel, und die Tauben sind nicht meine Freunde. Doch was nun? Erst mal sollte ich mich waschen und anziehen, dann wohl die Polizei benachrichtigen.

Gerade als ich den Hund hereingerufen hatte und wieder zurück ins obere Stockwerk wollte, vernahm ich ein verhaltenes Wimmern, kein lautstarkes Quakquak. Nasse Windeln sind heutzutage dank enorm saugfähiger Pampers kein Problem mehr, aber auf jeden Fall ein leeres Bäuchlein, mutmaßte ich. Da ich meine erschöpfte Schwester nicht gleich mit einer Schreckensnachricht überfallen wollte, betrat ich auf Zehenspitzen den Königssaal, um nach dem Rechten zu sehen.

Caros Bett war leer, wahrscheinlich hatte sie inzwischen mein Badezimmer besetzt. Schon etwas routinierter als gestern nahm ich den verzweifelten Kleinen hoch. »Mama kommt gleich wieder«, sagte ich tröstend.

Ich wusste zwar nicht, ob Carola ihr Kind heute Nacht vielleicht doch gestillt hatte, aber ich hielt es für unwahrscheinlich. Es gab ja auch die Möglichkeit, die Milch abzupumpen, wenn das Stillen aus irgendeinem Grund nicht klappte, aber auch das würde meine seltsame Schwester wohl ablehnen. Es war bestimmt am besten, gleich eine Mahlzeit vorzubereiten.

Auf alle Fälle wollte ich aber noch eine Weile auf Caro warten, abgesehen davon, dass sie ihrem Kind auch mal selbst die Flasche geben sollte. Beim nachdenklichen Auf-und-ab-Gehen mit dem unzufriedenen Baby fiel mir plötzlich auf, dass Carolas Koffer nicht mehr am Fußende des Ledersofas stand. Ohne das Baby abzusetzen, suchte ich hektisch nach ihren anderen Siebensachen und musste feststellen, dass es außer einer einzelnen grünen Socke keine Hinterlassenschaften meiner Schwester gab. Mit Quinn auf dem Arm hastete ich die Treppe hoch, um sicherheitshalber auch im Badezimmer nachzuschauen, doch Caros Kulturbeutel war ebenfalls verschwunden.

Ich musste tief aufseufzen und gleich danach heftig fluchen, denn dann gab es nur eine plausible Erklärung: Das Auto war keineswegs gestohlen worden, meine Schwester hatte sich selbst ans Steuer gesetzt und mit Sack und Pack, aber ohne ihr Kind, die Flucht ergriffen! Angesichts des fehlenden Gepäcks entfielen harmlose Gründe. Man nimmt keinen Koffer mit, wenn man vielleicht nur mal eben zur Drogerie fährt oder Croissants holen will, ganz abgesehen davon, dass um diese Zeit noch keine Geschäfte geöffnet waren. Meine spontane Wut mischte sich mit großer Sorge, denn die Hebamme hatte ja schließlich von einer postnatalen Depression gesprochen. Aber packt man seinen Koffer und nimmt alle Sachen mit, wenn man sich umbringen will? Vielleicht schon, wenn man einen Unfall vortäuschen möchte, um den Suizid irgendwie zu vertuschen. Natürlich versuchte ich als Erstes, Carola übers Handy zu erreichen, doch sie hatte es offenbar ausgeschaltet. Es lag auch kein erklärender Zettel auf dem Tisch.

Armer kleiner Quinn, dachte ich, was soll denn nun aus dir werden? Noch bestand die Hoffnung, dass meine verwirrte Schwester nach einem kurzen Ausflug zur Besinnung kam und reumütig zurückkehrte. Überhaupt, wo wollte sie denn hin? Bestimmt nicht zu unseren Eltern! Zurück nach Flensburg? Oder zu irgendeinem ihrer zahlreichen Lover? Natürlich hatte mir Caro schon deswegen nichts von ihrer geplanten Flucht verraten, weil ich das auf jeden Fall verhindert hätte.

Sollte ich nicht gleich eine Vermisstenanzeige aufgeben? Ich erinnerte mich jedoch an Kriminalfilme, wo Angehörige von der Polizei vertröstet oder abgewiesen wurden, wenn die Gesuchten keine minderjährigen oder hilflosen Personen waren und auch kein Verdacht auf ein Verbrechen vorlag. Aber war es nicht ein Sonderfall, wenn eine Mutter ihr Neugeborenes zurücklässt und einfach abtaucht? Doch noch bestand ja die Hoffnung auf ein baldiges Happy End.

Quinn gab sich auf die Dauer nicht zufrieden, sein Gequake wurde lauter. Also schlurfte ich wieder in die Küche. Wie machten das denn erfahrene Mütter, die mit einem Baby auf dem Arm das Fläschchen vorbereiten mussten? Kurzerhand zog ich meinen Bademantel aus und legte ihn zusammengefaltet als Matratze für Quinn auf die Sitzbank.

»Pass gut auf, dass unser Kind nicht runterfällt«, sagte

ich zu Europa, Ruben hatte mir schließlich empfohlen, unser Haustier als Babysitter einzusetzen. Wie so oft verstand der Hund jedes Wort und hüpfte ebenfalls auf die Frottee-Unterlage. Ein hübsches Bild, ich hätte am liebsten ein Foto gemacht. Gut, dass die Hebamme die unhygienische Idylle nicht sehen konnte. Ich musste sie möglichst bald anrufen und um Rat und Hilfe bitten.

Irgendwie gelang es mir schließlich, den hungrigen Quinn satt, zufrieden und müde zu bekommen. Als ich geduscht hatte und angezogen war, tauchte Nadine mit frischen Brötchen auf und staunte nicht schlecht über die Neuigkeiten. Allerdings war sie so versessen auf das Baby, dass sie es aus dem Korb herausnahm und fast wieder wach gemacht hätte.

»Deine Schwester kommt bestimmt bald zurück«, sagte sie tröstend. »So ein süßes Baby lässt keine Mama freiwillig im Stich, das gibt es überhaupt nicht! Der Mutterinstinkt ist bei allen Lebewesen angeboren! Aber lass uns erst mal Kaffee trinken. Gibt uns der Herr Masseur heute auch mal wieder die Ehre?«

Tatsächlich gesellte sich Ruben bald darauf zu uns und konnte es ebenfalls kaum glauben, dass Caro einfach abgetaucht war.

»Sie wirkte gestern ziemlich bedrückt. Aber wenn sie sich das Leben nehmen wollte«, überlegte er, »dann hätte sie ihr Kind nicht allein gelassen, sondern mit in den Tod genommen. Also scheidet eine Katastrophe mit Sicherheit aus. Mach dir also keine übertriebenen Sorgen, alles wird gut.«

Hm, dachte ich, er schließt von seiner depressiven Mutter auf andere. Aber Ruben hatte im Augenblick eigene Pläne im Kopf. »Wenn du mich nicht brauchst, werde ich jetzt in die Uni fahren«, sagte er. »Du hast ja Nadine zur Unterstützung. Am Nachmittag stehe ich wieder zur Verfügung.«

Er stand auf, blieb aber vor dem Weidenkorb stehen und betrachtete den Kleinen aufmerksam. Wie immer lag das Baby auf dem Rücken, die angewinkelten Arme in Schulterhöhe erhoben, die kleinen Fäuste locker geballt. Unverhofft öffnete Quinn die Äuglein und blinzelte ein wenig ins Licht.

»Ich dachte immer, Neugeborene seien hässlich«, meinte Ruben. »Aber Quinn ist eine Ausnahme. Er ist einfach perfekt. Die Augen hat er allerdings nicht von Tante Lori …«

Das stimmte zum Glück, meine kugelrunden Augen hatte er nicht geerbt, aber ob er mit den seinen später mal zufrieden war, konnte man jetzt noch nicht beurteilen.

Als mein Freund auf und davon war, bemerkte Nadine, dass sowohl sein Handy als auch seine Brieftasche noch auf dem Küchentisch lagen.

»Schlamper«, sagte sie und wandte sich wieder dem Baby zu. »Quakquak, wir behalten dich einfach«, meinte sie scherzhaft. »Und wenn du groß bist, wirst du mal Masseur oder so ein chinesischer Nadelarzt!«

»Akupunktur ist gerade sehr gefragt«, stimmte ich zu.

Beim Aufstehen fragte Frau Alsfelder als Erstes: »Na, wie geht es Mutter und Kind? Ich freue mich schon, den Kleinen wieder eine Weile im Arm halten zu dürfen!«

Schonend musste ich ihr die Wahrheit beibringen.

»Das ist ja entsetzlich! Was gedenken Sie zu unternehmen, Lorina?«, fragte sie sichtlich bestürzt.

»Natürlich werde ich immer wieder versuchen, meine Schwester zu erreichen. Ich hoffe sehr, dass sie ihr Kind so bald wie möglich zu sich holt. Bis dahin würde ich den Kleinen allerdings gern hier bei mir lassen, wenn Sie nichts dagegen haben. Als Nächstes werde ich die Hebamme anrufen und um Hilfe bitten …«

Sie nickte zwar verständnisvoll, aber offensichtlich konnte sie sich die praktische Seite nicht richtig vorstellen.

»Haben Sie dann überhaupt noch Zeit für mich? So ein Säugling muss doch rund um die Uhr betreut werden«, fragte sie ein wenig ängstlich.

Ich versprach ihr in die Hand, dass sie nicht unter der neuen Situation leiden müsse, sondern im Gegenteil vielleicht sogar ein Plus an Lebensfreude hinzukomme. Und Neugeborene würden sowieso die meiste Zeit schlafen.

»Das kann doch wohl nicht wahr sein! Das gefällt mir ganz und gar nicht«, rief die Hebamme entrüstet. »So etwas habe ich in meiner langjährigen Praxis noch nie erlebt! Ich werde heute Nachmittag bei Ihnen vorbeikommen und Ihnen bei den ungewohnten neuen Pflichten zur Seite stehen.«

Dann diktierte sie mir noch, was ich alles aus der Drogerie besorgen sollte, da sich Carola offenbar überhaupt nicht auf die kommenden Aufgaben vorbereitet hatte.

»Am besten wäre es, Frau Miesebach würde ihren Sohn zur Adoption freigeben! Wir können noch froh sein, dass sie ihn nicht in der Babyklappe der Mannheimer Hedwigsklinik entsorgt hat«, schimpfte sie. Sie brachte offensichtlich wenig Sympathie für meine verantwortungslose und völlig überforderte Schwester auf. Als sie wenige Stunden später leibhaftig erschien, hielt sie mir einen Vortrag über *Bonding*, einen Begriff, von dem ich bisher noch nie gehört hatte. Es ging dabei um die überaus wichtige Bindung eines Babys an seine Bezugsperson. Die Bonding-Phase sei für das ganze spätere Leben prägend. Wollte sie mich auf die Verantwortung für Quinns künftige Entwicklung vorbereiten?

Als die Fortbildung in puncto Säuglingspflege beendet war und die Hebamme zum nächsten Termin düste, meldete sich Quinn mit erneutem Protest und musste verpflegt werden. Natürlich konnte ich meinen Neffen nicht allein im Königssaal schlafen lassen, wo ihn keiner hörte. Der Korb wanderte mit mir von einem Raum zum anderen. Mit Schrecken kam mir in den Sinn, dass ich ihn heute und vielleicht noch so manche Nacht bei mir im Schlafzimmer einquartieren musste. Wie oft würde er mich dann mit Gequake aus dem Bett scheuchen? Ein wenig graute mir vor diesen Aussichten, auch wenn mir die Hebamme empfohlen hatte, ein fertiges Fläschchen in einem Warmhalter griffbereit auf den Nachttisch zu stellen.

Bis jetzt hatte ich kaum Zeit gehabt, Frau Alsfelders Nachmittagskaffee zu servieren, auch Ruben war noch nicht wieder hier. Vage fiel mir ein, dass er heute möglicherweise die erste Fahrstunde absolvierte.

Als ich endlich mal kurz verschnaufen konnte, goss ich mir einen Espresso ein, zog die Schuhe aus und ließ mich auf die Sitzbank fallen. Neben mir stand der Babykorb samt Inhalt, vor mir saß Europa und legte auffordernd die Pfote auf mein Knie, um an den überfälligen Spaziergang zu erinnern. Das sollte aber heute Ruben übernehmen, wenn er denn endlich käme! Ärgerlich griff ich nach seiner Brieftasche und öffnete sie ohne besondere Skrupel. Eigentlich wollte ich gar nicht wissen, wie viel Bargeld er besaß und was auf seinem Personalausweis stand, ich nahm nur die drei Fotos heraus, die ich bisher noch nie gesehen hatte. Auf einem zerknitterten, leicht verblassten Bild war eine schöne Frau mit Kleinkind zu erkennen, sicherlich seine Mutter. Ich betrachtete sie neugierig – mit einem Gemisch aus Eifersucht, Zorn und Mitleid. Auf dem nächsten Foto entdeckte ich bloß einen Hund, wahrscheinlich war es der berühmte Lebensretter Balu. Das einzige aktuelle Bild war zweifellos interessanter, denn hier posierten wohl die Kommilitonen, die Ruben als »Freunde« bezeichnet hatte. Zwei Frauen und zwei Männer, alle wirkten etwas jünger als mein sensibler Problemstudent. Und alle vier trugen Jeans, die Jungs je einen grauen und einen dunkelblauen Pullover, weder modisch noch teuer. Das blonde Mädchen war auch nicht viel schicker gekleidet, immerhin hatte sie einen rosagepunkteten Schal malerisch umgelegt und einen Lippenstift im gleichen Farbton aufgetragen. Die langen strähnigen Haare hatte sie nach hinten geworfen, das Auffälligste waren baumelnde Ohrringe aus Silber und Koralle. Ihr Grinsen war ebenso breit wie künstlich, weswegen sie mir auf Anhieb unsympathisch war. Aber die andere Studentin hatte es in sich, sie mochte die Jüngste der Gruppe sein, vielleicht gerade zwanzig. Als Einzige strahlte sie Lebensfreude, ja sogar eine Spur Übermut aus. Eine auffallende Schönheit war sie zwar nicht, und geschminkt hatte sie sich anscheinend gar nicht. Sie hatte ein etwas lässigeres Oberteil gewählt mit blauweißen Streifen, ein sogenanntes Bretagne-Shirt. Ihre randlose Brille trug sie mit einer gewissen Anmut. Intuitiv war mir sofort klar: Die würde meinem Ruben gefallen! Doch es gab wohl keinen Grund zur Eifersucht, denn offensichtlich handelte es sich um zwei Pärchen, die gemeinsam in einer Studenten-WG lebten. Welches von den beiden Mädels mochte wohl für den Knutschfleck gesorgt haben? Und wo blieb er eigentlich, mein Schatz? Anrufen konnte ich ihn auch nicht, sein Handy lag immer noch neben der Brieftasche auf dem Küchentisch. Der Säugling schlief zwar völlig entspannt, dafür nervte mich Europa. Über kurz oder lang musste ich mir wieder Schuhe anziehen, Gassi gehen und Quinn im Stich lassen. Eigentlich brauchen wir einen Kinderwagen, dachte ich, aber wer soll das bezahlen? Bin ich als Patin verpflichtet, die gesamte fehlende Erstausstattung anzuschaffen?

»Tut mir leid«, sagte ich zu Europa, »ich bin jetzt viel zu erledigt, um noch einen Spaziergang zu machen. Wenn es dringend ist, musst du mit dem Garten vorliebnehmen.«

Bald darauf hatten wir allerdings beide Glück, denn Ruben erschien gutgelaunt, schnappte sich sofort die Leine und den hocherfreuten Hund und verließ mich beziehungsweise uns. Hinterher begab er sich ebenso eifrig zu seiner Arbeitgeberin, um sie mit Massage und Balladen zu erheitern. Als er endlich Zeit für mich gehabt hätte, widmete er sich dem Baby, das schon wieder Hunger hatte, wiegte es in seinen Armen und lief dabei mit großen Schritten auf und ab durch die Diele. Noch nie zuvor hatte ich Rubens Singstimme gehört. Ich war fassungslos, wie falsch man ein so einfaches Liedchen wie *Alle meine Entchen* intonieren konnte, aber ich wollte Ruben auf keinen Fall mit Boris vergleichen.

22

Haushaltsgeld

Die erste Nacht mit Quinn war kurz gewesen. Statt mit einem jugendlichen Lover teilte ich das Schlafzimmer jetzt mit einem wesentlich jüngeren Knaben, der mir alle paar Stunden unmissverständlich seine Bedürfnisse kundtat. Fast hätte ich zur gewohnten Zeit das Aufstehen verschlafen, denn gerade da gab mein Patenkind ausnahmsweise keinen Mucks von sich.

Die erfahrene Hebamme hatte im Übrigen recht: Quinn war im Grunde pflegeleicht, er trank zügig und plärrte nur los, wenn er Hunger hatte – doch das geschah leider recht häufig. Selbst laute Geräusche konnten ihn meistens nicht wecken, nur auf das Zufallen einer Tür reagierte er ungehalten.

Es war natürlich wichtig, dass sich Frau Alsfelder mit dem Baby anfreundete. Als Quinn nach einer seiner zahlreichen Mahlzeiten wieder mal selig eingeschlummert war, trug ich ihn zu meiner Arbeitgeberin und legte ihn in ihren Schoß. Es dauerte auch nicht lange, da lächelte sie glücklich. Ebenso wie einfühlsame Hunde können wohl auch schlafende Säuglinge als Therapeuten eingesetzt werden, um für eine entspannte Atmosphäre zu sorgen. Trotzdem fragte Frau Alsfelder: »Haben Sie Ihre Schwester schon erreicht?«

Doch als ich den Kopf schüttelte, stimmte sie kein lautes Lamento an, sondern meinte nur: »Es hat ja keine Eile, und ich werde Ihnen mit meinem Nachfragen nicht mehr dauernd auf die Nerven fallen. Sie würden es mir ja sowieso mitteilen, wenn es Neuigkeiten gäbe. – Was sagt eigentlich Europa zu unserem neuen Mitbewohner?«

»Ropi ist begeistert.« Da war ich mir ganz sicher.

Schon am Nachmittag gab es tatsächlich eine Sensation. Zur Abwechslung wählte ich mal nicht Carolas Handynummer, sondern ihr Festnetz in Flensburg. Fassungslos vernahm ich eine vertraute Stimme, die bloß ein gedehntes *Jaaa?* herausbrachte.

»Caro, wo bist du? Was ist passiert? Warum bist du einfach abgehauen …?«, stotterte ich.

Eine kleine Pause.

»Wo soll ich schon sein? Dumme Frage! Zu Hause natürlich. Du hättest diese Nummer ja nicht gewählt, wenn du mich woanders vermuten würdest …«

»Aber warum? Du hast gerade ein Kind zur Welt gebracht, das dich dringend braucht! Wieso hast du es einfach im Stich gelassen?«

Wieder schwieg sie viel zu lange.

»Es war die schrecklichste Nacht meines Lebens. Quinn hat nur geschrien. Ich wäre fast wahnsinnig geworden und hätte ihm aus purer Verzweiflung beinahe ein Kissen aufs Gesicht gedrückt. Da wurde mir auf einmal klar, dass ich es einfach nicht schaffe und nie im Leben eine gute Mutter sein könnte.«

»Und was soll aus deinem Sohn werden?«

»Du kannst ihn haben! Ich schenke ihn dir!« Und damit legte sie auf.

Ihre Gleichgültigkeit und Härte verstörten mich. Was war los mit dem berühmten Mutterinstinkt? Gab es etwas Vergleichbares in der Natur? Nur der Kuckuck legt seine Eier in fremde Nester und überlässt unbekannten Eltern die mühsame Aufzucht. Oder gab es schon in biblischen Zeiten einen ähnlichen Fall – vielleicht Moses im Binsenkörbchen? Die Pointe dieser biblischen Geschichte war mir leider entfallen. Ich musste unbedingt Ruben danach fragen, der ja ein Kenner alttestamentarischer Ammenmärchen war. Leicht belustigt erinnerte ich mich an sein nie in Angriff genommenes Projekt »Sodom sucht Gomorrha«.

Eine andere Frage quälte mich jedoch sehr: War Carolas schmeichelhafte Idee, mich als Patentante auszuwählen, nichts als eiskaltes Kalkül gewesen, weil sie ihren Coup von vornherein geplant hatte? Sollte ich vielleicht doch unsere Eltern anrufen und ihnen verraten, dass Quinn kein Mädchen, sondern ein halber Chinese war und die gute Caro ihre Leibesfrucht wie überflüssigen Ballast über Bord werfen wollte? Müsste man nicht einen Psychiater einschalten, weil mein Schwesterherz nicht richtig tickte? Es gab durchaus eine Parallele zur psychotischen Mutter meines früh verwaisten Lovers.

Nach dem belastenden Gespräch mit meiner Schwester hatte ich natürlich das große Bedürfnis, meine Probleme mit Ruben oder Nadine zu besprechen, aber außer Frau Alsfelder war nur der Hund im Haus. Europa hörte sich meine Sorgen auch aufmerksam an, legte den Kopf auf meine Knie und bat anschließend um einen Spaziergang.

»Nadine will versuchen, einen Kinderwagen zu organisieren«, sagte ich zu Ropi. »Und wenn das Wetter nicht so eklig ist wie heute, wandern wir demnächst in großer Besetzung durch Wald und Wiesen: Ruben mit deinem Frauchen im Rollstuhl und ich mit Quinn im Kinderwagen. Du darfst dann die Herde zusammenhalten, einverstanden?«

»Wuff!«

In der nächsten Woche spielte sich der Tagesablauf etwas besser ein. Ich nutzte jede Gelegenheit, mich zuerst mit Ruben, dann auch mit Nadine abzusprechen und beide an den neuen Aufgaben zu beteiligen. In abgemilderter Form hatte Frau Alsfelder erfahren, dass meine Schwester vorerst in Flensburg bleiben würde: Ich erklärte ihr, dass Caro im Augenblick überfordert und depressiv sei und ein bisschen Zeit brauche, um wieder ins Lot zu kommen.

Frau Alsfelder seufzte. »Was hätte ich früher dafür gegeben, ein Kind zu bekommen! Vielleicht wäre dann mein ganzes Leben anders verlaufen. Aber wie man sieht, gibt es auch Frauen, die mit der neuen Verantwortung nicht klarkommen. Von mir aus kann unser Goldschatz ruhig noch ein Weilchen hierbleiben. Es kommt eher auf Sie an, Lorina, Sie haben jetzt einen Mühlstein am Hals und dürfen sich auf keinen Fall übernehmen!«

Tatsächlich war ich chronisch müde, obwohl mir Ruben durchaus zur Seite stand. Er folgte mir allerdings nie mehr ins Schlafzimmer, doch nach Sex war mir im Augenblick sowieso nicht zumute. Nadine vernachlässigte sogar ihre anderen Arbeiten, um Quinn am Vormittag zu baden, zu wickeln, zu füttern und herumzuschleppen. Sie war völlig vernarrt in den Kleinen, und – ehrlich gesagt – wir waren es über kurz oder lang alle. Inzwischen hatte ich ein zusammenfaltbares Reisebettchen und einen gebrauchten Kinderwagen gekauft, Nadine brachte immer wieder Leihgaben ihrer Kusinen und Freundinnen mit. Frau Alsfelder wiederum fühlte sich fast wie eine Großmutter, die ihr Enkelkind gern und oft im Arm hält und ihm mit brüchiger Stimme etwas vorträllert. Ja, in unserem Haus wurde plötzlich viel gesungen. Nur gut, dass es der musikalische Boris nicht mehr hören konnte.

Selbst ein abgebrühter Profi wie die Hebamme brummte mit tiefer Stimme: *Summ, summ, summ!* Sie gab offen zu, dass Quinn ihr erklärter Liebling sei und sie absolut kein Verständnis für meine Schwester aufbringe.

»Das Jugendamt muss jetzt eingeschaltet werden. Je schneller man einen Säugling zur Adoption freigibt, desto besser sind die Chancen für das Baby und die neuen Eltern. Es gibt eine lange Warteliste für ein Wunschkind. Soll ich mal Tacheles mit Frau Miesebach reden?«

Es sei zu früh für eine endgültige Entscheidung, fand ich. Noch hegte ich die Hoffnung, dass sich meine Schwester besinnen würde.

Auch Europa darf nicht unerwähnt bleiben, sie hatte schnell begriffen, dass der Neuankömmling zum Rudel gehörte und beschützt werden musste. Obwohl sie Christian im Grunde mochte und im Allgemeinen freundlich begrüßte, so zeigte sie bei seinem nächsten Besuch doch deutlich, dass er unwillkommen war, ja sie knurrte ihn sogar an. Frau Alsfelders Neffe hatte bereits mehrmals angerufen, wobei ich nicht hören konnte, was er mit seiner Tante besprach. Aber an ihren Zornesfalten oder auch an ihrem verschmitzten Lächeln konnte ich meistens ablesen, ob sie sich geärgert hatte oder auch ein wenig triumphierte. Als wir uns eines Nachmittags nach einem Spaziergang gemütlich in der Küche ausgebreitet hatten, stürmte Christian unangemeldet herein und stolperte sofort über den Eimer mit gebrauchten Windeln. Vor Schreck erstarrten wir wie Lots Frau im Alten Testament.

Doch auch der forsche Erbschleicher war über das unerwartete Szenario völlig überrascht, denn zwischen Ruben und mir saß seine Tante und gab Quinn eigenhändig die Flasche. Ihren lila Kaschmirpullover hatte sie mit einem fleckigen Geschirrtuch provisorisch abgedeckt. Ich war noch nicht dazu gekommen, die angebrochene Packung Pampers vom Küchentisch zu räumen, eine Dose Penatencreme stand direkt neben meiner Kaffeetasse. Ruben hatte seinerseits eine Tüte mit Europas Kaustangen und ein halbverzehrtes Stück Schwarzwälder Kirschtorte vor sich aufgebaut und die Backen noch voll. Dieses pralle Stillleben verschlug wiederum Christian die Sprache, außer Europas feindseligem Knurren und dem leisen Schmatzen des Babys herrschte angespanntes Schweigen.

Nach einem sekundenlangen Moment der Fassungslosigkeit riss jedoch Christians Geduldsfaden.

»Raus hier, du Fresssack und Parasit!«, brüllte er Ruben an. »Und nimm den Bastard gleich mit! Da kommt man her, um seine Tante zu besuchen und bei Büroarbeiten zu unterstützen, und was findet man vor? Chaos und Dreck statt Ordnung und Hygiene! Dabei sitzt hier eine Schwerkranke im Rollstuhl, für deren Pflege viel Geld ausgegeben wird!«

Bei seinen letzten Worten sah er mich mit einem so hasserfüllten Blick an, dass es mir kalt den Rücken hinunterlief. War das noch derselbe Christian, der mich so galant zum indischen Essen eingeladen hatte? Ropi knurrte jetzt unüberhörbar, Quinn fing abrupt an zu weinen. Frau Alsfelder behielt jedoch die Contenance, übergab mir das Baby und sagte ebenso leise wie unterkühlt: »Christian, bitte nicht in diesem Ton! Es ist wohl am besten, du bringst mich nach oben, damit wir in Ruhe abrechnen können. Ich habe nämlich fast kein Bargeld mehr im Haus.«

Sie wird ihm ordentlich die Leviten lesen, dachte ich, verkniff mir ein zufriedenes Grinsen, reichte Quinn an Ruben weiter und schob Frau Alsfelder in den Ern. Erst nachdem ich sie auf den Treppenlift gehievt hatte, übernahm Christian das Procedere. Als ich in die Küche zurückkam, verzog Ruben wehleidig die Mundwinkel. Jetzt jammert der mir auch noch die Ohren voll, dachte ich, und schon ging es los.

»Allmählich hasse ich diesen Blender und Heuchler! Der schmeißt mich allen Ernstes heute noch raus! Dabei habe ich vielleicht ein WG-Zimmer in Aussicht, aber eben nicht sofort. Komm, Lori, wir sollten nicht hier hocken bleiben, sonst macht er uns wieder zur Schnecke, wenn er herunterkommt!«

Bis dahin hatte ich noch nichts von einer WG gehört, es gefiel mir gar nicht, dass Ruben ernsthaft an Auszug dachte. Nachdenklich betrachtete ich Quinn, der inzwischen wieder im Kinderwagen lag und von Europa bewacht wurde. Wenn Ruben nicht mehr hier wohnte und bloß noch zur Massage aufkreuzte, musste ich nicht nur auf einen Lover, sondern auch auf einen gehorsamen Gehilfen verzichten. Doch ich ließ mir meine Ängste nicht anmerken – schließlich waren Rubens Pläne wie immer ziemlich wolkig, und last not least litt er ja unter der Decidophobie, der Angst vor Entscheidungen.

Um Christian nicht erneut begegnen zu müssen, verließen wir die Küche und setzten uns in den Königssaal. Nach einer halben Stunde hörten wir unseren Feind die Treppe heruntertrapsen.

»Er wird mich suchen«, flüsterte ich. »Bestimmt soll ich ihm jetzt die gesammelten Quittungen vorlegen, er hätte mir längst neues Haushaltsgeld auszahlen müssen!«

Es dauerte allerdings noch eine ganze Weile, in der Christian sich wahrscheinlich auf der Toilette aufhielt, bis ich ihn rufen hörte.

»Bleib, wo du bist, und rühr dich nicht«, sagte ich zu Ruben und verließ ihn mit klopfendem Herzen. Niemand freut sich auf eine Standpauke.

Christian thronte am Küchentisch wie ein Hauptkommissar beim Verhör, blickte kurz hoch, als ich hereinkam, und fragte mit strenger Stimme: »Hast du die Belege beisammen?«

Gehorsam zog ich einen ganzen Packen Supermarkt-Bons aus einer Küchenschublade. Anstatt aber wie sonst die zahlreichen Papierstreifen ungelesen einzustecken, überflog er einen nach dem anderen mit gerunzelter Stirn.

»Hier stoße ich gerade auf einen Posten Pampers Mini und Feuchttücher. Hast du den Babykram etwa vom Haushaltsgeld bezahlt?«

Ich errötete, obwohl ich überhaupt kein schlechtes Gewissen haben musste.

»Das kam so: Ich hatte mein privates Geld versehentlich nicht bei mir, sondern nur das Portemonnaie mit der Haushaltskasse, aber später habe ich diesen Betrag natürlich zurückerstattet.«

»Wer's glaubt, wird selig«, sagte Christian. »Ich werde penibel überprüfen, ob du die Wahrheit gesagt hast. Falls nicht, gnade dir Gott! Dann kannst du gemeinsam mit eurem Schmarotzer deine Koffer packen!«

Er stand auf und ging. Eingeschüchtert, wie ich war, hatte ich völlig verschwitzt, ihn an das Haushaltsgeld für den laufenden Monat zu erinnern.

Kaum war die Tür zugefallen, traute sich Ruben wieder in die Küche.

»War es schlimm?«

»Allerdings! Christian hält mich für eine Betrügerin! Übrigens hat er unseren monatlichen Etat völlig vergessen, ich leider auch. Jetzt bin ich gespannt, was Frau Alsfelder dazu sagen wird. Aber ich denke, es wäre nicht die feine englische Art, wenn wir ihren Liebling anschwärzen …«

»Er ist längst nicht mehr ihr Liebling«, meinte Ruben. »Sie hat bloß keinen anderen, dem sie ihre Finanzen anvertrauen kann. Christian hat nur deshalb eine Bankvollmacht, weil sie mit ihrem geschiedenen Mann nicht mehr viel zu tun haben möchte. Das hat sie mir bei der Massage selbst erzählt, offenbar bin ich jetzt ihr Liebling!«

»Spinner!«, sagte ich. »Bilde dir bloß nicht zu viel ein!«

Später, als ich meiner Chefin das Abendessen brachte, konnte ich mir eine Bemerkung nicht verkneifen.

»Hat sich Christian wieder beruhigt? Leider hat er vergessen, mir das monatliche Haushaltsgeld auszuzahlen.«

Frau Alsfelder betrachtete mich nachdenklich und versprach, ihren Neffen anzurufen.

»Irgendwie war Christian ziemlich durcheinander«, meinte sie. »Er hat mir ebenfalls kein Geld mitgebracht, ich kann Ihnen im Moment leider auch nichts vorschießen. Ist es zu viel verlangt, wenn Sie bis morgen warten müssen?«

»Kein Problem!«

»Und, Lorina, sagen Sie Ruben bitte, er soll die Worte meines Neffen nicht auf die Goldwaage legen. Selbstverständlich darf Ruben so lange hier wohnen, wie er möchte. Und unser kleines Schätzchen natürlich auch. In diesem Haus habe schließlich ich das Sagen und nicht Christian! Basta!«

Nach ihren großmütigen Worten konnte ich mich abends etwas erleichtert zur Ruhe begeben. Es war ganz still im Haus. Neben mir lag Quinn in seinem neuen Bettchen, Ruben war oben in der Mansarde, Ropi schlief wahrscheinlich nicht in ihrem eigenen Nest, sondern zu Frau Alsfelders Füßen.

Inzwischen hatte ich mich an die Töne gewöhnt, die Babys zuweilen von sich geben. Ganz abgesehen vom unmissverständlichen Hungergebrüll schien der Kleine selbst im Traum noch zu schmatzen, zu grunzen oder zu quietschen; es störte mich kaum noch, ja ich empfand es sogar als behaglich und antwortete oft im Halbschlaf mit einem freundlichen Brummen. Konrad Lorenz und seine Entenküken hatten wohl ähnlich miteinander kommuniziert.

Als ich nach zu wenig Schlaf aufgestanden war und das Frühstück für Frau Alsfelder vorbereiten wollte, war es auch an der Zeit, das Tablettenkästchen aufzufüllen. Für jeden Wochentag gab es eine kleine Schublade, die wiederum in vier Fächer für morgens, mittags, abends und nachts aufgeteilt war. Wenn der Vorrat zu Ende ging, gehörte es zu meinen Pflichten, ein neues Rezept vom Arzt abzuholen und in der Apotheke einzulösen. Deswegen war es mir ein Rätsel, dass die Schlaftabletten gerade noch für die restliche Woche reichten, wo ich mir doch sicher gewesen war, weitere zehn Tage damit auszukommen. Die Erinnerung an meinen eigenen Missbrauch kam mir plötzlich mit Schrecken in den Sinn: Im vergangenen Jahr hatte ich für Boris ein Leberwurstbrot geschmiert, das ich mit pulverisierten Pillen kräftig gewürzt hatte. In der Arztpraxis war es damals nicht weiter aufgefallen, als ich ein neues Rezept schon früher als nötig verlangte. Die Helferin hatte sicherlich anderes zu tun, als den Verbrauch jedes einzelnen Patienten akribisch nachzurechnen.

Da ich die Medikamente beim Einsortieren immer gewissenhaft abzählte, war ich mir sicher, dass jetzt ein kompletter Durchdrückstreifen mit zehn Tabletten fehlte. Immerhin war es möglich, dass ich in letzter Zeit mit den Gedanken woanders gewesen war. Vielleicht war die Folie zu Boden gefallen, und Nadine hatte sie versehentlich weggeworfen. Viel plausibler erschien mir aber eine andere Erklärung, denn Christian war eine Weile allein in der Küche gewesen. Entweder er dealte mit Tranquilizern oder er hatte finstere Pläne, wie sie mir auch selbst nicht ganz fremd waren.

23
Das zweite Foto

»Vielleicht hat Nadine von Anfang an recht gehabt«, sagte ich zu Ruben. »Christian ist ein falscher Hund und nur hinter dem Erbe seiner Tante her. Ob er Schulden hat, weil er von seinem Vater kurzgehalten wird? Ob er Frau Alsfelder ständig hintergeht? Ich habe da einen schrecklichen Verdacht …«

Wie oft antwortete Ruben mit einem Zitat: *»Arm am Beutel, krank am Herzen, schleppt' ich meine langen Tage. Armut ist die größte Plage, Reichtum ist das höchste Gut!«*

»Goethe?«, fragte ich, er nickte und wollte mehr über meine Befürchtungen wissen. Ich berichtete von den fehlenden Schlaftabletten.

»Dann will er mich wahrscheinlich umbringen, er hasst mich!«, jammerte Ruben.

»Zu viel der Ehre«, meinte ich. »Du bist doch nur ein kleiner Fisch. Er will schließlich erben! Aber wenn er vorhat, seiner Tante unbemerkt zehn Tabletten in den Tee zu rühren, dann wäre sein Plan von vornherein zum Scheitern verurteilt. Ich würde es ja bald merken und sie sofort ins Krankenhaus bringen lassen.«

»Bei einer Vergiftung würde man aber eine Pflegerin als Erstes verdächtigen«, meinte Ruben. »Es könnte doch sein, er will dir die Schuld in die Schuhe schieben …«

»Aber es wäre doch völlig bescheuert, wenn ich meine großzügige Arbeitgeberin um die Ecke bringen wollte«, wandte ich ein. »Bloß Christian hätte ein plausibles Motiv. Andererseits sind wir vielleicht völlig auf dem Holzweg, und er hat die Tabletten nur für seinen persönlichen Gebrauch oder für andere Junkies geklaut. Zehn dieser Tabletten reichen außerdem kaum aus, um einen Menschen umzubringen, glaube ich jedenfalls. – Die Chefin will übrigens dafür sorgen, dass er umgehend das fehlende Haushaltsgeld abliefert.«

Als ich ihr etwas später die Haare bürstete, kam auch Frau Alsfelder auf das leidige Thema zu sprechen.

»Christian hat versprochen, dass er heute noch vorbeikommt und die Kasse endlich auffüllt. Ich habe ihm gestern einen ziemlichen Schrecken eingejagt, das hat gewirkt!«

»Wie haben Sie das denn angestellt?«, fragte ich.

»Mit einem kleinen Trick, um dem säumigen Schlawiner mal Beine zu machen – aber vielleicht ist es ja tatsächlich keine schlechte Idee! Ich habe behauptet, ich würde unser Baby zum Erben meiner Villa machen, da ich ja keine eigenen Nachkommen habe. Das hat gesessen! Es hätte nicht viel gefehlt, und er wäre demütig vor mir auf die Knie gesunken …«

»Sie sind ja eine ganz ausgekochte Strategin«, lobte ich und wunderte mich ein wenig, dass sie so unverblümt über ihren Neffen herzog. Gleichzeitig fand ich es aber gefährlich, Christian mit Enterbung zu drohen.

»Vielleicht tut man einem jungen Mann wirklich keinen Gefallen, wenn er sich immer auf das Geld seiner Verwandtschaft verlassen kann«, sagte Frau Alsfelder nachdenklich. »Sie könnten mir freundlicherweise die Nummer meines Rechtsanwalts heraussuchen. Ich möchte mein Testament überprüfen, bevor ich zum Notar gehe und solange ich noch klar im Oberstübchen bin.«

Einige Stunden später erschien Christian mit leicht beleidigter Miene, blieb eine Weile bei seiner Tante, kam anschließend in die Küche herunter und blätterte mir wortlos die Scheine hin. Beim Hinausgehen tippte er kurz an den Kinderwagen und fragte: »Wie lange bleibt der Chinese noch hier?«

»Das Baby meiner Schwester heißt Quinn«, verbesserte ich. »Vielleicht soll es adoptiert werden, aber so oder so ist das nicht dein Problem.«

»Ganz im Gegenteil, es ist meine Pflicht, mich um eine optimale Versorgung meiner Tante zu kümmern. Wenn du den ganzen Tag mit einem Säugling beschäftigt bist, bleibt ja wohl kaum Zeit für deine eigentlichen Aufgaben. Also sieh dich schon mal nach einer neuen Stelle um!«

Unser Hund hatte aufmerksam gelauscht und fing wieder an zu knurren – wir hielten eben zusammen. Es war dumm von mir, Christian als »falschen Hund« zu bezeichnen, denn unsere tierischen Freunde sind grundehrlich. Zu seinem Glück hatte es der Erbschleicher aber diesmal eilig, das Haus zu verlassen, denn Europa hätte ihn am Ende noch in die Wade gezwickt.

Als Nadine am nächsten Morgen ihren heißgeliebten Quakquak gebadet und splitterfasernackt auf ein angewärmtes hellblaues Frotteetuch gebettet hatte, wollte sie unbedingt noch vor dem Windeln eine Aufnahme machen.

»Schau doch mal, wie süß er gerade gegähnt hat! Ich möchte das Foto am liebsten deiner Schwester schicken!«, rief sie begeistert. »Und am besten auch deinen Eltern. Ganz ohne Kommentar!«

Natürlich war Nadine in die ganze Problematik eingeweiht und meinte es gut. Etwas unüberlegt überließ ich ihr beide Telefonnummern und machte mir erst später Gedanken: Meine Mutter hatte Quinns rosa Strampelanzug als typisch für ein Mädchen interpretiert, sein asiatisches Aussehen war ihr vor lauter Aufregung aber gar nicht weiter aufgefallen. Wenn sie jetzt den unbekleideten Knaben auf blauem Grund aufmerksamer betrachten würde, müsste sie zwar ihre Einschätzung sofort revidieren, andererseits aber auch das exotische Aussehen endlich bemerken. Wie würden meine Eltern reagieren?

Es kam anders als erwartet. Nicht meine Mutter, meine Schwester war es, die sofort anrief. Sie war fuchsteufelswild.

»Was hast du dir dabei wieder gedacht, Plumplori?«, fauchte sie mich an. »Soll ich etwa dauernd daran erinnert werden, dass dieses Kind von einem Taiwanesen stammt? Das war eine einmalige Entgleisung und ist mir immer noch peinlich, ich möchte die Sache ein für alle Mal vergessen. Lass mich zufrieden mit geschmacklosen Kitschfotos und überhaupt …! Ich muss mich erholen, um möglichst bald wieder arbeiten zu können.«

»Die Hebamme schlägt vor, Quinn adoptieren zu lassen.«

»Ist mir egal, was ihr mit ihm macht. Ich bin jedenfalls raus aus diesem Spiel.«

»Hör mal, Caro, so geht das nicht! Bist du etwa vergewaltigt worden, weil du dein Kind so vehement ablehnst?«

»Das zwar nicht, aber ich war total beschickert. Und blöd genug, einen anderen Typen für den Erzeuger zu halten. Als ich nämlich erfuhr, dass es ein Junge wird – und zwar ein blonder mit blauen Augen, wie ich hoffte –, da war ich geradezu besessen von der Idee, unser Vater wäre einmal im Leben zufrieden mit mir!«

»Hättest du ein Mädchen etwa abgetrieben? So wie unsere Mutter?«, fragte ich entsetzt.

»Was weiß ich«, brummte Carola missmutig. »Hast du immer noch nicht begriffen, dass ich Abstand und Ruhe brauche?«

Schon hatte sie wieder aufgelegt; so kamen wir anscheinend nicht weiter. Dabei war eher ich es, die Ruhe brauchte, denn jetzt meldete sich der hungrige Quinn schon wieder. Es wurde sowieso ein stressiger Nachmittag, denn niemand half mir. Nadine war längst über alle Berge. Ruben hatte sich abgemeldet: Er werde mit seinen Freunden in der Mensa essen, später noch eine Vorlesung besuchen und abends am theoretischen Unterricht der Fahrschule teilnehmen, ob das okay sei? Ich musste wohl oder übel meinen Segen dazu geben.

Dessen ungeachtet bestand Europa hartnäckig auf ihrem Recht, dem täglichen Spaziergang. Mit Rollstuhl plus Kinderwagen war das allerdings nicht möglich. Daraufhin entschied meine Chefin, dass man Quinn nicht allein lassen sollte, und verzichtete ihrerseits auf frische Luft. Also drehte ich nur eine kurze Runde mit Hund und Baby. Hinterher verlangte Frau Alsfelder allerdings ihren Espresso, das Kind die Flasche, der Hund sein Leckerli, und ich musste das Huhn fürs Abendessen beizeiten in die Röhre schieben. Wie machten das eigentlich Mütter, die ein krankes Elternteil und drei Kleinkinder versorgen mussten? Zwischendurch klingelte immer wieder mein Handy, es war die Nummer meiner Eltern. Es war mir jedoch absolut unmöglich, jetzt auch noch das Gezeter meiner Mutter zu ertragen.

Erst als sich Europa noch kurz im Garten erleichtert hatte, Frau Alsfelder im Bett lag und Quinn schlief, nahm ich ab. Es war mein Vater.

Seit ich ihm an Weihnachten den Gänseflügel in den Rachen gerammt hatte, hatte Funkstille zwischen uns geherrscht. Ich holte tief Luft vor Schreck, er schnaufte mehrmals bedrohlich. Dann setzte das Gewitter mit Blitz und Donner ein.

»Himmel, Arsch und Zwirn! Was ist eigentlich los mit euch? Deine Schwester kann man überhaupt nicht erreichen, du scheinst jeglichen Kontakt ebenfalls zu boykottieren. Eine gedruckte Geburtsanzeige ist wohl das mindeste, was man verlangen kann, die wurde uns aber bisher vorenthalten! Stattdessen schickt ihr völlig irre Fotos, die ihr wohl für witzig haltet. Was haben wir bloß für ein falsches Otterngezücht herangezogen! Geht man so mit den Gefühlen seiner alten Eltern um? Nun gut, von einem Plumplori ist wohl auch nichts anderes zu erwarten, aber bei Carola hätte ich mit etwas mehr Anstand gerechnet.«

»Danke für die Blumen«, sagte ich. »Aber du solltest dich

lieber bei deiner wunderbaren Ältesten beschweren, die sich einfach ohne ihr Baby nach Flensburg abgesetzt hat.«

Entsetztes Schweigen. Dann fragte er, schon wesentlich zahmer: »Hat deine Mutter etwa recht, dass es sich um ein behindertes Kind handelt? Down-Syndrom?«

»Ach was, der Junge ist kerngesund. Sein Vater ist Chinese, deswegen sieht er ein bisschen asiatisch aus.«

Es verschlug ihm erneut die Sprache. Schließlich setzte er zaghaft wieder an: »Will sie ihn denn heiraten? Wird das Kind am Ende *Wang, Liu* oder *Chen* heißen?«

»Der Erzeuger weiß gar nichts von seinem Glück, Caro will ihn nicht informieren. Von Heirat kann überhaupt keine Rede sein. Dein Enkel wird demnächst beim Standesamt als Quinn Carl Lorenz Miesebach eingetragen. Wahrscheinlich wird ihn Carola aber zur Adoption freigeben.«

»Das sind ja schreckliche Nachrichten!«, stammelte mein Vater. »Nein, nein, der Junge darf auf keinen Fall in einer fremden Familie aufwachsen, kommt überhaupt nicht in Frage!«

»Papa, er sieht nicht aus wie wir, er hat eine andere Hautfarbe und …«

»… und Schlitzaugen«, ergänzte er. »Na und? Hauptsache, es ist ein Junge! Deine Mutter hat mich leider ganz schön reingelegt, als sie von einem Mädchen sprach. Jetzt bin ich doch sehr erleichtert: Ende gut, alles gut!«

»Papa, jetzt bin ich allerdings ziemlich platt. Auch Carola glaubt, du wolltest auf jeden Fall einen blonden Germanen als Stammhalter!«

»Bin ich etwa ein Nazi oder ein Rassist? Was denkt ihr denn von mir! Komische Töchter habe ich da in die Welt gesetzt. Na, nun ist ja alles paletti, jetzt muss ich mir erst mal einen Cognac einschenken.«

Immerhin war die Reaktion meines Vaters positiver, als ich mir jemals hätte träumen lassen. Hauptsache, ein Junge! Und Hauptsache, ein Miesebach! Und schon war der alte Macho zufrieden. Außerdem hielt er es wohl für selbstverständlich, dass ich mich neben meiner schweren Arbeit als Altenpflegerin auch noch von früh bis spät um einen Säugling kümmerte. Am liebsten hätte ich jetzt Caro mit dieser überraschenden Nachricht konfrontiert, aber ich traute mich nicht, die Ruhebedürftige heute noch mal zu belästigen.

Todmüde legte ich mich schon früh ins Bett, denn es galt, wenigstens ein paar Stunden zu schlafen, bevor die Sirene neben mir wieder losging. Ruben war noch nicht zu Hause, obwohl der theoretische Fahrunterricht eigentlich nur bis halb neun dauerte. Zwar sagte ich mir hundertmal, dass er kein Teenager und ich nicht seine Mutter sei, aber ich lauerte trotzdem auf sein Heimkommen. Gerade als ich eingeschlummert war, weckten mich Schritte auf der Treppe. Es war sicherlich nicht klug von mir, sofort aus dem Bett zu springen und ihn wie eine Erziehungsberechtigte oder gar wie eine eifersüchtige Ehefrau zur Rede zu stellen. Doch ich konnte nicht anders.

Ruben war in bester Laune. Ja, es sei spät geworden, weil er noch bei seinen Freunden vorbeigeschaut habe. Dort habe man ihn nämlich dringend gebraucht. Wofür denn, mitten in der Nacht, wollte ich wissen und konnte meine Missbilligung nicht ganz verbergen.

»Ach, die hatten Zoff, und ich kam als Schiedsrichter wie gerufen. Meine Kumpel finden sogar, dass ich der geborene Mediator bin. – Und wie erging es dir heute, was gibt es Neues?«

»Erstens hat meine Schwester angerufen, zweitens will die Hebamme nur noch im Bedarfsfall kommen, denn Quinn hat schon ordentlich zugenommen …«, begann ich, wollte dann ausführlich von meinem Vater erzählen und wurde unterbrochen.

»Wie schön für dich, dann wird mein Brüderlein ja bald acht Stunden durchschlafen. Und du natürlich auch! Gute Nacht, Lori!«

Auch am anderen Morgen war Ruben schnell wieder auf und davon, versprach aber, pünktlich zum Nachmittagsspaziergang und natürlich auch zur Massage plus Balladenvortrag zurück zu sein. Ich konnte also Frau Alsfelder versichern, dass wir heute wieder alle gemeinsam frische Luft schnappen würden.

Sie freute sich und meinte: »Und es wird gerade Frühling, den will ich diesmal richtig genießen! Manchmal kommt mir mein jetziges Leben vor wie ein Märchen. Dann fühle ich mich wie eine Goldmarie, oder ich denke an den Kleinen und meinen Hund und frage: *Was macht mein Kind, was macht mein Reh?*«

Vage erinnerte ich mich an die Geschichte vom *Brüderchen und Schwesterchen* und fand es interessant, dass Frau Alsfelder jetzt auf einmal Kinderlieder sang und Märchen las. Einerseits wollte ich ihr das Glücksgefühl nicht nehmen, andererseits wollte sie ja über alle Neuigkeiten informiert werden. Deswegen erzählte ich in gekürzter Form von den Anrufen meiner Familie: »Meine Schwester möchte ihr Baby zur Adoption freigeben, mein Vater ist aber strikt dagegen …«

»Ihr Vater hat völlig recht!«, ereiferte sich Frau Alsfelder und drückte sich fast genauso aus wie er. »Kommt überhaupt nicht in Frage, dass unser Schätzchen in einer fremden Familie aufwächst! Nein, nein, das müssen Sie Ihrer Schwester ausreden!«

»Ich fürchte, daraus wird nichts. Sie ist stur, ich kenne sie zur Genüge.«

»Abwarten, Lorina. Wir behalten den Kleinen einfach so lange hier, bis sie zur Vernunft gekommen ist. Oder wird es Ihnen zu viel?«

Ich hätte beinahe »ja« gesagt, aber ich schüttelte nur den Kopf.

»Übrigens kommt mein Rechtsanwalt um halb zwölf«, fuhr sie fort. »Wenn jemand anrufen sollte, möchte ich nicht gestört werden.«

Eigentlich hielten sich die Anrufe für Frau Alsfelder in Grenzen. Wenn überhaupt, wurde sie am Handy verlangt und nicht übers Festnetz. Als das Telefon ausnahmsweise im Flur klingelte, nahm ich sofort ab.

Christian fragte etwas irritiert: »Ist meine Tante krank? Nun habe ich es schon mehrfach versucht, aber sie hat ihr Smartphone wohl ausgeschaltet. Was ist eigentlich los?«

»Sie möchte im Moment nicht gestört werden.«

»Um diese Zeit sitzt sie doch nicht etwa in der Badewanne? Oder hat sie Besuch?«

»Allerdings, ihr Rechtsanwalt ist bei ihr«, sagte ich mit einer gewissen Schadenfreude.

Pause. Dann wetterte er los: »Verarschen kann ich mich selbst! Wehe, wenn du mir einen Bären aufbinden willst!«

Nun machte ich es wie meine Schwester und legte einfach auf. Ich muss zugeben, dass ich sehr gern an der Tür gelauscht hätte, was Frau Alsfelder mit ihrem Rechtsberater zu besprechen hatte und ob es wirklich um das Testament ging. Falls ja, ob auch ich darin vorkam? Schließlich war ich eine zuverlässige und treusorgende Hilfe, mit der man durchaus zufrieden sein konnte. Leider ertappte ich mich bei habgierigen Gedanken, malte mir sogar aus, welche Objekte ich für begehrenswert hielt – natürlich nur als Erinnerung und nicht, um sie zu verkaufen. Es waren vor allem Dinge, die es in meinem Elternhaus nicht gegeben hatte und die von einer großbürgerlichen oder sogar adligen Vergangenheit erzählten. Dazu gehörte zum Beispiel das Silberbesteck mit Monogramm, das man häufig putzen musste und deswegen für viele moderne Haushalte nicht besonders attraktiv war. Natürlich auch die Meissener Tassen, einer der antiken Orientteppiche, der Biedermeier-Schreibsekretär und die hohe englische Standuhr. Gerade über die hatte Frau Alsfelder kürzlich gesprochen: Sie meinte, das kleinste der sieben Geißlein hätte sich nur auf zwei Beinen stehend darin verstecken können. Passte auf die schmale Grundfläche überhaupt etwas Größeres als ein Eichhörnchen hinein? Da ich gerade nichts anderes zu tun hatte und Nadine sich mit Quinn amüsierte, wollte ich wie ein Forscher die Glaubwürdigkeit des Märchens überprüfen und huschte neugierig in den Königssaal, um das Türchen der Standuhr zu öffnen. Als ich mit der flachen Hand über den hölzernen Boden strich, stieß ich unter toten Insekten und einer Staubschicht auf einen harten kleinen Gegenstand. Ich hatte diesen Ring bisher noch nie an Frau Alsfelder gesehen, denn der funkelnde blaue Saphir wäre mir bestimmt aufgefallen.

24
Der alte Ring

Als Nadine nach Hause gehen wollte, packte ich sie am Ärmel und drohte ihr scherzhaft: »Wahrscheinlich hast du noch nie den Uhrenkasten saubergemacht!«

Zum Beweis zeigte ich ihr triumphierend mein Fundstück.

»O mein Gott, nein, so was!«, rief sie. »Das war eine Aufregung damals – etwa ein halbes Jahr vor deiner Zeit! Der Ring war auf einmal verschwunden, und Frau Alsfelder verdächtigte den ambulanten Pflegedienst. Das hat natürlich die fünf Frauen, die abwechselnd herkamen, schwer getroffen und tief beleidigt. Da es keine Beweise gab, hat Frau Alsfelder auf eine Anzeige verzichtet. Zum Glück hat sie mich nie beschuldigt. Die Pflegerinnen meinten außerdem, dass alte Leute oft Geld oder Wertgegenstände an einem geheimen Ort aufbewahren und sich später nicht mehr daran erinnern können. In Altersheimen sei man bereits daran gewöhnt, dass dem Personal immer wieder Diebstahl vorgeworfen werde. Damals habe ich natürlich wie eine Verrückte alles abgesucht, aber auf dieses Versteck wäre ich nie gekommen. Doch welcher Idiot mag den Ring im Uhrenkasten versenkt haben?«

Wir rätselten herum, kamen aber zu keiner plausiblen Erklärung. Bevor sie endgültig ging, stürzte sich Nadine noch auf unseren wehrlosen Kleinen, küsste ihn auf sein rundes Bäuchlein und machte ihn leider wach. »Gleich gibt's nam-nam, dann heia-heia und später adda-adda mit Wau-Wau!«

Der Rechtsanwalt war wohl ein alter Freund der Familie, er blieb ungewöhnlich lange, erst nach zwei Stunden hörte ich ihn die Treppe herunterkommen. Als er mich sah, lächelte er freundlich.

»Sie sind ja anscheinend ein Glücksfall für Frau Alsfelder«, sagte er. »Auch ich bin erleichtert, dass man sich auf Sie verlassen kann.«

Natürlich waren seine Worte Balsam für meine zartbesaitete Seele. Im Übrigen war der Anwalt ein seriöser väterlicher Typ und kein Charmeur. Sein Kompliment war ehrlich gemeint. Gern hätte ich ihn ein wenig ausgehorcht, aber ich wusste, dass seine Schweigepflicht durch nichts zu erschüttern war.

Frau Alsfelder war nach der stundenlangen Beratung erschöpft, verzichtete auf einen Imbiss und wollte nur möglichst schnell in die Waagerechte gebracht werden. Trotzdem zog ich den Ring aus der Hosentasche und präsentierte ihn nicht ohne Stolz.

»Der Ring meiner Großmutter! Wo haben Sie den auf einmal her?«, fragte die Besitzerin und machte große Augen. Den merkwürdigen Fundort konnte sie sich ebenfalls nicht erklären.

»Ich bin doch nicht dement!«, rief sie so entrüstet, als hätte ich ihr geistigen Abbau unterstellt. »Niemals würde ich meinen Schmuck an einem so absurden Platz deponieren, warum auch! Leider habe ich damals eine Pflegerin verdächtigt, das war absolut unfair und tut mir im Nachhinein sehr leid.«

Sie steckte das Erbstück an ihren Mittelfinger und sank ermattet in die Kissen. »Heute müssen Sie ohne mich spazieren gehen, ich bin ein bisschen aus dem Takt geraten«, sagte sie. »Die Birne können Sie wieder mitnehmen, ich kann jetzt nichts essen. Aber eine Massage täte mir vielleicht ganz gut – sagen Sie Ruben, ich möchte außerdem *Herr von Ribbeck auf Ribbeck im Havelland* mal wieder hören.«

Der Herr Masseur kam pünktlich, wie er es versprochen hatte. Es war mir ganz recht, dass wir beim Spaziergang ausnahmsweise unter uns waren und ich von meinem Fundstück und dem Besuch des Rechtsanwalts berichten konnte. Ruben schob den Kinderwagen, ich führte Ropi an der Leine.

»Gut, dass wir beide noch nicht hier gewohnt haben, sonst hätte man uns auch verdächtigt«, sagte er. »Ich bin mir fast sicher, dass es Christian war, der den Ring versteckt hat. Wahrscheinlich wollte er, dass man Nadine bezichtigt. Die beiden sind sich noch nie grün gewesen.«

»Da hast du allerdings recht«, meinte ich. »Sie spricht ja nur vom Erbschleicher. Außerdem hat sie mal angedeutet, dass sie schon häufiger wegen einer Kleinigkeit aneinandergeraten sind. Nadine ist einerseits sehr gewissenhaft, andererseits aber empfindlich, wenn man sie kritisiert.«

»So war es bestimmt«, folgerte Ruben. »Sie nimmt manchmal kein Blatt vor den Mund. Christian fühlte sich durchschaut und hätte sie am liebsten auf den Mond geschossen. Bei einer ungerechten Beschuldigung hätte Nadine nämlich auf der Stelle gekündigt.«

Aber mir kam noch ein anderer Gedanke: »Vielleicht ist sein Plan aber viel raffinierter: Christian wollte gar nicht Nadine loswerden, sondern seine heißgeliebte Erbtante entmündigen lassen. Mit dem Verschwinden des Ringes bezweckte er, dass sie für unzurechnungsfähig erklärt würde. Es sollte so aussehen, als ob Frau Alsfelder ihren Ring eigenhändig an diesem Ort gebunkert hätte, weil sie unter wahnhaften Ängsten vor einer Einbrecherbande litt. Dann wollte er sich als Betreuer einsetzen lassen, ihr Vermögen verwalten und sich nach Belieben bereichern.«

»Mein lieber Sherlock, hier liegen Sie falsch«, korrigierte mich Watson. »So clever ist Christian ganz bestimmt nicht, sonst hätte er nämlich dafür gesorgt, dass nach und nach auch andere Gegenstände verschwinden. Im Grunde will er den Ring verkaufen, aber erst, wenn Gras über die Sache gewachsen ist.«

Wahrscheinlich war die einfachste Theorie am stimmigsten. Christian lebte auf großem Fuß und brauchte Geld, fuhr ein teures Auto, trug stets neue Markenkleidung und wirkte überhaupt nicht wie ein armer Student.

Wir sprachen auch über den bedeutsamen Besuch des Rechtsanwalts, und schließlich erinnerte ich Ruben daran, dass er heute Nachmittag noch massieren und deklamieren müsse. Die Ballade vom Herrn von Ribbeck war mir unbekannt, aber Ruben klärte mich auf.

»Es geht um einen großzügigen Gutsherrn, der seine reifen Birnen an die Dorfkinder verteilt. Als er sich dem Tode nahe fühlt, traut er seinem geizigen Sohn diese noble Geste aber nicht zu. Er bittet darum, eine Birne in sein Grab zu legen. Und siehe da: *Im dritten Jahr, aus dem stillen Haus, ein Birnbaumsprössling sprosst heraus!* Endlich bekamen die Kinder wieder Vitamine zu essen …«

»Hm«, sagte ich. »Ich ahne, warum ihr gerade dieses Gedicht in den Sinn gekommen ist. Es geht auch Frau Alsfelder um ein Vermächtnis, eine Erbschaft, also um die Sorge für die nächste Generation. Sie beschäftigt sich gerade mit ihrem Testament – vielleicht will sie ebenfalls einen Birnbaum sprießen lassen!«

»Gut, dass sie sich nicht den *König in Thule* zum Vorbild nimmt, denn der gönnt seinen goldenen Becher keinem Erben, sondern schmeißt ihn einfach ins Meer. – Aber schau mal, Quinn macht die Äuglein auf und gähnt! Und jetzt gibt er sogar piepsige Töne von sich wie ein Vögelchen, das könnte man als *quinquilieren* bezeichnen. Deine Schwester muss gehörig einen an der Klatsche haben, dass sie von ihrem hübschen Kind nichts wissen will!«

Als wir zu Hause ankamen, überließ ich es Ruben, Quinns Windeln zu wechseln, und eilte zu Frau Alsfelder. War sie überhaupt schon wach? Wollte sie jetzt einen Kaffee? Doch sie wirkte so frisch und munter, als hätte sie sich inzwischen gut erholt.

»Am liebsten würde ich jetzt meinen Espresso mit Ihnen in der Küche trinken«, meinte sie. »Und bei dieser Gelegenheit könnte ich doch Europa ein Leckerli und unserem Karlchen die Flasche geben.«

Sie hatte mir schon mehrfach mitgeteilt, dass sie Quinns

Vornamen für unpassend hielt und lieber seinen zweiten Namen *Carl* verwendete.

Kurz darauf saßen wir zu dritt am Küchentisch, wo Quinn lustvoll schmatzend seine Mahlzeit von einer halbseitig Gelähmten verabreicht bekam. Doch sie hatte sich den Kleinen fest in die linke Armbeuge geklemmt, während sie mit der rechten Hand das Fläschchen hielt. Das Erfolgserlebnis begeisterte sie zusehends, in diesen Minuten fühlte sie sich nützlich, ja unentbehrlich. Auch ich beobachtete meinen Patensohn voller Stolz, er trank wie immer gierig und nahm vorbildlich zu. Die ganze Prozedur ging schneller vonstatten, als es bei einem wenige Wochen alten Baby zu erwarten war.

Offensichtlich war Frau Alsfelder hochzufrieden, als das Karlchen satt und entspannt auf ihrem Schoß einschlief.

»Jetzt hätte ich gern einen Schnaps, haben wir so was da?«, fragte sie. Ruben beeilte sich, ihr einen Amaretto einzuschenken, den ich für meine berühmte Erdbeer-Mascarpone-Torte immer vorrätig habe. Frau Alsfelder trank das Gläschen in einem Zug aus und verlangte ein zweites. Man merkte ihr sofort an, dass sie keinen Alkohol gewöhnt war, und ich beobachtete besorgt die instabile Position des Babys. Als Quinn beinahe abgerutscht wäre, rettete ich mein Patenkind, indem ich den Rollstuhl direkt vor meine Beine und das leere Schnapsglas auf den Tisch stellte.

Frau Alsfelder hatte die Gefahr aber selbst erkannt, drückte den Säugling fest an sich und sprach leise auf ihn ein: »Dem haben wir's aber gegeben! Auf diese Idee hast du mich gebracht, du schlaues Karlchen!«

Verständnislos blickte ich sie an. War sie nach ihrem

großmütterlichen Einsatz und den beiden Likörchen bereits völlig durch den Wind? Sie grinste fast ein bisschen frech und setzte dann doch zu einer Erklärung an.

»Als ihr mit Hund und Kind das Haus verlassen habt, bin ich sofort eingeschlafen. Leider wurde ich schon bald durch ausgiebiges Telefongeklingel geweckt. Natürlich war es Christian, der anscheinend vom Besuch des Rechtsanwalts etwas mitgekriegt hat. Ich habe mich sehr geärgert, weil er leider nichts anderes im Kopf hat als mein Testament. Also habe ich behauptet, ich würde mein gesamtes Vermögen unserem Karlchen vermachen und hätte schon morgen einen Termin beim Notar – da hätten Sie ihn mal hören sollen! Er ist total ausgerastet, und ich wurde so wütend über sein schlechtes Benehmen, dass ich sofort aufgelegt habe.«

»Aber das war doch nicht Ihr Ernst?«, fragte ich verblüfft.

»Hauptsache, mein Neffe glaubt mir, aber Sie dürfen ihm auf keinen Fall meine wirklichen Pläne verraten! Karlchen soll sich nicht schon in jungen Jahren auf eine Erbschaft verlassen und ein Playboy werden wie Christian. Nein, es gibt so viele Kinder auf der Welt, denen es wirklich schlechtgeht. Den Erlös vom Verkauf meiner Villa habe ich für ein SOS-Kinderdorf vorgesehen.«

»Also kriegt Christian überhaupt nichts?«, fragte Ruben neugierig.

»Ein paar meiner persönlichen Gegenstände werde ich ihm und auch einigen anderen Leuten vermachen, sozusagen als Erinnerungsstücke. – Was hätten Sie denn gern?«

Von dieser völlig unerwarteten Frage fühlte sich Ruben

wahrscheinlich überrumpelt. Er riss Mund und Augen weit auf, antwortete aber überraschend schnell: »Das Auto!«

Jetzt musste Frau Alsfelder schmunzeln. »Ich weiß, dass Sie gerade Fahrunterricht nehmen. Aber wahrscheinlich werde ich länger leben als dieser Wagen. In diesem Fall bekommen Sie halt meinen Rollstuhl! – Lorina, jetzt sind Sie dran!«

»Das Silberbesteck mit dem Monogrrrramm«, sagte ich und rollte vor Erregung das R wie in meinen besten Zeiten.

»Abgemacht, und den Ring kriegen Sie noch als Zugabe!«

Der spätere Nachmittag verlief ruhig. Ruben massierte und deklamierte, ich bereitete das Abendessen vor; auf Frau Alsfelders Wunsch sollte es schon wieder Frikadellen und Kartoffelsalat geben. Quinn lag mit offenen Augen im Kinderwagen und lauschte wohl auf die vielfältigen Geräusche, die beim Kochen entstanden. Eigentlich hatte er etwas Besseres verdient als das monotone Klappern und Klirren, deswegen stimmte ich ein nostalgisches Wiegenlied an, das ich von meiner Großmutter kannte.

Aber heidschi bumbeidschi, schlaf lange,
es is ja dein Muatter ausgange,
sie is ja ausgange und kimmt nimma hoam
und lasst das kloan Biable ganz alloan.

Dabei ging mir durch den Kopf, dass meine Schwester, also Quinns Mama, ja wirklich *nimma hoam kimmt*. Ihr kleiner Bub würde aber auf keinen Fall mutterseelenallein bleiben, dafür wollte ich schon sorgen! Schließlich summte ich nur noch die Melodie, denn den Text der zweiten oder gar dritten Strophe hatte ich vergessen. Plötzlich stand Ruben vor mir.

»Das hat mir meine Mutter jeden Abend vorgesungen«, sagte er. »Aber sie wollte mich nicht alleinlassen wie in diesem Lied, sondern lieber mit in den Tod nehmen. Inzwischen bin ich aber drüber weg und habe ihr verziehen. Heidschi bumbeidschi bum bum!«

Er beugte sich über den Kinderwagen, so dass er dem Kleinen ganz nahe kam, und sagte noch mal laut und deutlich: »Bum, bum!«

Dann geschah das Wunder! Quinn schien sich zu amüsieren und lächelte zum ersten Mal in seinem Leben, dabei war er noch keine sieben Wochen alt! Ruben war geradezu überwältigt vor Stolz und Entzücken. Und auch meine Versuche mit dem anscheinend so witzigen *Bum, Bum* wurden ein voller Erfolg. Wir hatten es offensichtlich mit einem kleinen Genie zu tun, und ich fiel Ruben glückselig in die Arme. Allerdings hatte das zur Folge, dass mir der Sinn ganz plötzlich wieder nach Sex stand. Seit das Baby bei mir im Zimmer schlief, hatte ich abstinent gelebt und dank chronischer Müdigkeit eigentlich kaum etwas vermisst. Ruben anscheinend auch nicht. Doch für die spontane Erfüllung meiner Wünsche war dieser Moment – noch dazu neben einer Bratpfanne mit brutzelnden Frikadellen – völlig ungeeignet. Ich musste warten, bis wir gegessen hatten, bis der Hund im Garten gewesen war, bis Frau Alsfelder schließlich im Bett lag, bis Quinn eine späte Mahlzeit zu sich genommen hatte und so weiter. Trotzdem flüsterte ich

Ruben ein paar hitzige Worte ins Ohr, damit er überhaupt ahnte, was ich heute noch von ihm erwartete.

Wie er reagierte? Ich glaube, er grinste bloß etwas verlegen. Bisher hatten wir unsere Gefühle fast nie verbal ausgedrückt, wahrscheinlich hatten wir beide Hemmungen. Der Plan, einen pornographischen Roman mit dem Titel »Sodom sucht Gomorrha« zu schreiben, war nicht zuletzt deswegen gescheitert, weil Ruben in den Tiefen seiner Seele noch ein liebenswerter Unschuldsengel war.

Schließlich war das Essen fertig, und ich konnte mit der Abarbeitung aller abendlichen Pflichten beginnen. Ruben erbot sich, Europa um den Block zu führen. Um halb neun Uhr war fast alles erledigt, was ich mir vorgenommen hatte. Während ich Quinn auf dem Küchentisch pamperte, räumte mein Lover artig die Spülmaschine ein.

»Wenn du fertig bist, könntest du noch das Fläschchen für die Nacht vorbereiten«, sagte ich. »Ich stelle es immer im Wärmehalter auf den Nachttisch, damit ich gar nicht richtig aufstehen muss, sondern Quinn im Halbschlaf füttern kann. Das hat sich ganz gut eingespielt, außerdem schläft er jetzt oft sechs Stunden am Stück.«

»Zu Befehl«, sagte Ruben. »Aber dann muss ich schleunigst nach oben. Ich bin heute noch gar nicht dazu gekommen, an meiner Hausarbeit weiterzuschreiben. Übermorgen muss ich abgeben, das wird knapp!«

Das waren ja ganz neue Töne! Anscheinend nahm es Ruben mit dem Studium allmählich ernst. Zwischen Tür und Angel hatte er mir neulich verraten, dass er sich endgültig für die Germanistik entschieden hätte, mit der Wahl des Nebenfachs aber noch nicht im Reinen sei. Einerseits war sein Eifer durchaus erfreulich, andererseits war ich in diesem Augenblick zutiefst gekränkt. Stellte er sich bloß dumm, oder hatte er wirklich nicht begriffen, was ich ihm zugeraunt hatte? Leise schimpfend ging ich in mein Zimmer, zog die Gardinen zu und das Nachthemd an und überlegte, wie ich mich ablenken könnte. Ein Film? Ein Buch? Eine CD? Mit dem Laptop auf dem Schoß saß ich auf der Bettkante und suchte nach Wiegenliedern, damit unser Prinzchen in Zukunft nicht nur alle vier Strophen von *Heidschi bumbeidschi,* sondern auch noch andere Kinderlieder kennenlernen konnte.

Eigentlich war ich müde und sehnte mich danach, auch wie ein satter Säugling friedlich einzuschlummern, vom guten Mond und von schlafenden Blümelein begleitet und ohne die Phantasien und Bedürfnisse einer frustrierten Frau. Leider klappte es nicht. Das Licht war gelöscht, Quinn gurgelte gemütlich vor sich hin, und der Sänger Jonas Kaufmann versprach, mich mit Rosen zu bedenken, ins Paradies zu schauen oder gar mit Näglein zu bestecken. Durch diesen Vorschlag fand ich aber erst recht keine Ruhe und knipste die Lampe wieder an. Argwöhnisch informierte ich mich bei Wikipedia und erfuhr erleichtert, dass es sich bei den Näglein nur um Gewürznelken handelte, die angeblich durch ätherische Öle die Angriffe von Insekten und Krankheitserregern verhindern sollten. Doch selbst diese tröstliche Auskunft half mir nicht, meine sehnsüchtigen Wünsche in sanfte Träume zu verwandeln.

Irgendwann stand ich auf. Wie hatte meine Schwester neulich gesagt? Wenn der Berg nicht zum Propheten kommt, muss der Prophet eben zum Berg kommen, seufzte ich, zog mir den Bademantel über, schlüpfte in die Pantoffeln, machte die Lampe aus und verließ leise mein Zimmer. Quinn schlief noch mindestens drei Stunden, bis er wieder hungrig wurde. Dabei fiel mir ein, dass ich noch mal nachsehen sollte, ob Ruben die Haustür verriegelt hatte. Sonst tat ich es immer selbst, wenn abends kein Besuch mehr zu erwarten war. Braver Junge, sagte ich, in diesem Punkt kann ich dir wenigstens keine Vorwürfe machen! In der Küche trank ich noch einen Schluck Wasser und vergaß leider – wie sich zeigen wird – vor lauter Vorfreude, danach das Licht auszuknipsen. Ich schlich möglichst leise vom Erdgeschoss bis hinauf in die Mansarde, damit mich Ruben nicht hören konnte und die Überraschung gelang. Es war inzwischen halb zwölf, ich nahm an, dass mein Lover längst im Bett lag und ich wie in guten alten Zeiten über ihn herfallen konnte. Aber auch Propheten können sich irren.

25
Morgengrauen

Durch den Türspalt konnte ich erkennen, dass in der Mansarde noch Licht brannte. Also schien Ruben tatsächlich zu lernen, fast hatte ich ein schlechtes Gewissen, weil ich ihn tagsüber davon abgehalten hatte. Umso mehr hatte er jetzt eine Entspannung verdient.

Auf Zehenspitzen trat ich ein. Noch nie hatte ich Ruben mit Kopfhörern gesehen, er schien eifrig am Laptop zu arbeiten, sich aber gleichzeitig mit Musik berieseln zu lassen. Ich hätte mich gar nicht anschleichen müssen, denn er nahm mich überhaupt nicht wahr. Sofort kam mir das Gezeter meiner Eltern wieder in den Sinn, wenn meine Schwester Carola ihre Hausaufgaben mit Hintergrundgedudel erledigte. Es war die einzige Situation, in der ich als leuchtendes Beispiel hingestellt wurde, weil ich mich nicht gleichzeitig auf zwei verschiedene Dinge konzentrieren konnte und diese Unsitte ablehnte. Auch jetzt hatte ich nicht übel Lust, Ruben rigoros von seinen blöden Stöpseln zu befreien, aber er hätte es sicherlich für übergriffig gehalten. Eine Weile beobachtete ich ihn aus gebührendem Abstand und registrierte ein Lächeln auf seinem Gesicht. Ein wenig verträumt sah er aus, ein wenig müde, ein wenig abgehoben.

Ich stand bereits vor ihm, als er endlich hochblickte und offensichtlich erschrak.

»Ist was passiert?«, fragte er und nahm die Kopfhörer ab.

»Ich wollte nur mal schauen, ob du noch wach bist. Vielleicht solltest du dich endlich hinlegen, so spät kann man doch keine wissenschaftliche Arbeit hinkriegen …«, sagte ich freundlich und setzte mich neben ihn. Bevor er sein Notebook zuklappte, konnte ich noch einen Blick auf die erste Zeile erhaschen. Zu meiner Verwunderung las ich: *Ballade von der schönen Anna.*

Ruben wirkte ein bisschen verlegen, hatte er nicht neulich von einer Seminararbeit über *Medea* gesprochen? Gab es überhaupt Gedichte zu diesem Thema? Aber wahrscheinlich war er mit seiner Hausarbeit längst fertig und suchte jetzt nach wenig bekannten Balladen, um Frau Alsfelder damit zu beeindrucken. Schließlich hatte ich gerade selbst noch Wiegenlieder gegoogelt und konnte seine Recherche gut nachvollziehen.

»Wer ist denn die schöne Anna?«, fragte ich mit gespieltem Interesse.

»Nur eine fiktive Person«, sagte Ruben. »Aber wenn man dauernd Balladen aufsagen soll, dann juckt es einem doch in den Fingern, mal etwas Eigenes auszuprobieren …«

»Darf ich mal lesen?«

»Bitte nicht, es ist nur ein Experiment und überhaupt noch nicht fertig. Wahrscheinlich wird es sowieso nichts.«

Auf einmal tauchte das Bild vom armen Poeten in seiner Dachkammer wieder vor mir auf. Mein Schatz war ein Dichter, ein heimlicher, verschämter Lyriker! Ein Musensohn, dem nur noch eine Muse fehlte! Zum Glück war ich jetzt hier, konnte meine irdischen Hüllen abwerfen und mich in eine inspirierende griechische Göttin verwandeln.

»Du suchst bestimmt eine Muse für die Dichtkunst«, sagte ich, stand auf und schälte mich aus dem Bademantel.

»Überhaupt nicht, ich löse doch jetzt keine Kreuzworträtsel«, sagte Ruben. »Übrigens müsste ich sowieso nicht lange überlegen, diese Muse heißt nämlich *Erato*!«

Der Bademantel fiel zu Boden, jetzt zog ich mir das Nachthemd über den Kopf.

»Lass das«, sagte Ruben, »du wirst dich erkälten.«

»Mir wird bestimmt bald wieder warm«, flüsterte ich und ließ mich splitternackt auf das schmale Bett fallen, wobei ich versehentlich mit dem Hintern auf den Teddy plumpste. Ruben zögerte keine Sekunde, eine schmuddelige Wolldecke über mich zu werfen. Dann rückte er den einzigen Stuhl, den es hier gab, ein gutes Stück weg, setzte sich kopfschüttelnd darauf und knurrte: »Und sonst geht's dir gut?«

Ich war fassungslos. Einerseits gedemütigt, andererseits beleidigt, wütend und maßlos enttäuscht.

»Magst du mich nicht mehr?«, stieß ich hervor.

Ruben zögerte mit der Antwort. »Doch, natürlich. Wir sind ein gutes Team, du hast so viel für mich getan, ich werde dir auch ewig dankbar sein. Ach, ich weiß gar nicht, wie ich es dir erklären soll: Also, im Mittelalter gab es die hohe und die niedere Minne, heute würde man das zwar anders definieren, aber das eigentliche Problem könnte man irgendwie vergleichen …«

»Ich verstehe nur Bahnhof. Würdest du vielleicht die Güte haben, dich etwas deutlicher auszudrücken?«

»Lori, du darfst mir das nicht krummnehmen, ich hätte es dir vielleicht schon längst sagen sollen: Ich habe mich verliebt. So was kann halt passieren.«

Seine Worte schlugen ein wie eine Bombe. Nach einer Schrecksekunde hakte ich nach: »Du schläfst also mit einer anderen? Etwa mit der schönen Anna?«

»Nein, da hast du mich völlig falsch verstanden. Ich wollte es durch den Vergleich mit der hohen und der niederen Minne doch nur erklären. Bei uns beiden ging es immer gleich zur Sache, bei diesem Mädchen geht es um etwas ganz anderes, um zärtliche Gefühle zum Beispiel …«

»Also war ich für dich so was wie eine Prostituierte, die man wie eine Sexpuppe benutzt.«

»Um Gottes willen, nein! Du willst es einfach nicht begreifen, weil du vielleicht nichts anderes kennst. Liebe ist doch nicht bloß die Befriedigung des Geschlechtstriebes. Es können auch Blicke sein, die mehr sagen als Worte, oder vielleicht eine unabsichtliche Berührung, die das Herz schneller schlagen lässt. Hingabe, Sehnsucht, Seelenverwandtschaft …«

Jetzt fing er auch noch an zu dichten! Ich war kurz davor zu explodieren. Wütend wickelte ich mich in den Frotteemantel, sprang aus dem Bett, ließ das Nachthemd auf dem Boden liegen, schleuderte Ruben seinen kindischen Teddy an den Kopf und verließ die Mansarde. Obwohl ich mich bemühte, recht leise zu sein, war es Europa wohl nicht entgangen, dass ich von oben heruntertapste. Sie knurrte so laut hinter Frau Alsfelders Schlafzimmertür, dass ich mich noch mehr aufregte. Ropi hatte an meiner schrillen Stimme bestimmt erkannt, dass ich mich in einem Ausnahmezustand befand, und zeigte sich solidarisch mit mir. Dass sie von ganz anderen Geräuschen alarmiert wurde, konnte ich noch nicht ahnen.

Schon lange war ich nicht mehr so fürchterlich erschrocken. Als ich in meinem Zimmer das Licht anknipste, sah ich gerade noch einen Schatten auf den Balkon huschen. Wahrscheinlich war es ein Adrenalinstoß, der mich trotz meiner Panik blitzschnell handeln ließ. Ohne zu zögern setzte ich dem Einbrecher nach, der sich über die Brüstung schwang und offensichtlich auf eine Astgabel der Birke klettern wollte. Da hatte er allerdings die Rechnung ohne den Wirt gemacht! Mit aller Kraft donnerte ich den nächstbesten Gegenstand – eine Gießkanne aus Metall – auf seine Pfoten, die in weißen Handschuhen steckten und sich am Geländer festklammerten. Mit einem Aufschrei ließ er los und stürzte ab, ohne den rettenden Baum erreicht zu haben.

Natürlich zitterte ich am ganzen Leib, verrammelte aber erst einmal die Balkontür, schaute kurz nach Quinn, der trotz des Gepolters schlief, taumelte schließlich auf mein Bett und überlegte, was ich nun als Nächstes tun musste. Die Polizei anrufen – das war wohl am wichtigsten. War etwa noch ein Komplize hier im Haus? Abgesehen davon lag der Dieb vielleicht mit gebrochenen Beinen im Vorgarten und konnte nicht aufstehen! Musste ich nicht nachsehen und gegebenenfalls einen Krankenwagen rufen? Oder war der Kerl längst über alle Berge? Sollte ich Ruben zu Hilfe holen, obwohl ich keine Lust hatte, ihm heute noch einmal zu begegnen?

Es gelang mir immerhin, die 110 zu wählen und dem diensthabenden Beamten mit immer wieder versagender Stimme meine Situation zu erklären. Man schicke auf der Stelle einen Streifenwagen, ich solle auf keinen Fall auf eigene Faust nach dem Einbrecher suchen, die Heldin spielen oder mich gar auf ein Handgemenge einlassen; in fünf Minuten würden die Polizisten hier eintreffen, ich dürfe am Tatort nichts verändern. Jetzt erst registrierte ich, dass ich unter meinem offenen Frotteemantel völlig nackt war, und nutzte die Zeit, um mich korrekt anzukleiden. Dann lief ich in den Ern, schloss die Haustür auf und wartete auf die Gesetzeshüter. Auf alle Fälle wollte ich verhindern, dass sie durch stürmisches Klingeln den Hund rebellisch machten. Zwar war Frau Alsfelder dank Schlaftabletten und Ohropax nicht so schnell aufzuwecken, aber Ropi würde es in einem solchen Fall durchaus schaffen.

Tatsächlich waren zwei Polizisten schon sehr schnell an Ort und Stelle und ließen sich kurz die Sachlage schildern. Ich führte sie in mein Zimmer und musste aussagen, wo ich während des Einbruchs gewesen sei – im Bad, behauptete ich – und ob die Balkontür geschlossen oder geöffnet war.

»Wenn es nicht gerade Stein und Bein friert, schlafe ich immer bei frischer Luft«, sagte ich.

Ob es für mein Baby nicht zu kalt sei, hakte man misstrauisch nach. Quinn sei von Geburt an abgehärtet und im Übrigen nicht mein leibliches Kind, erklärte ich. Darüber hinaus konnte ich nicht sagen, ob der Einbrecher zuvor schon in anderen Zimmern gewesen war und irgendetwas Wertvolles fehlte. Dann zeigte ich die schwere Gießkanne und erzählte nicht ohne Stolz, wie ich den Dieb vertrieben hatte.

Als der Polizist mit einem Flutlichtstrahler vom Balkon aus in die Tiefe leuchtete, bemerkte er anscheinend etwas Verdächtiges im Gebüsch. Gemeinsam mit seinem Kollegen rannte er die Treppe hinunter, und ich konnte trotz der Dunkelheit erkennen, dass sie sich im Vorgarten zu schaffen machten und schließlich telefonierten. Nach einer Weile kamen sie wieder ins Haus.

»Wir haben den Eindringling gefunden«, berichtete der Ältere. »Er ist bewusstlos und hat vielleicht innere Verletzungen, deswegen haben wir ihn in die stabile Seitenlage gedreht und den Notarzt gerufen. Einen Ausweis, Fahrzeugpapiere, Waffen oder Einbruchswerkzeuge hatte er nicht dabei, nur eine kleine Taschenlampe. Ein Profi würde auch kaum mit Budapester Stiefeln auf einen Baum klettern. Allerdings trägt er Gummihandschuhe! Können Sie sich vielleicht einen Reim darauf machen, was er bei Ihnen suchte? Gibt es einen Safe im Haus? Oder ging es gar nicht um Diebstahl, Frau Miesebach? Haben Sie vielleicht einen Verehrer, der mal fensterln wollte? Einen Stalker?«

Kurz darauf hörten wir das Martinshorn. Nicht nur Europa kläffte, was das Zeug hielt, auch Frau Alsfelder wurde wach und rief um Hilfe, sogar ein leicht verstörter Ruben kam in Unterhosen die Treppe heruntergelatscht. In den Nachbarhäusern gingen die Lichter an. Bei all dem Lärm ließ Quinn sich immer noch nicht stören, sondern schlief so friedlich, wie ich es mir in vielen Nächten gewünscht hatte.

»Bitte tu mir den Gefallen und beruhige Frau Alsfelder und den Hund«, sagte ich zu Ruben, denn ich sollte noch weitere Fragen beantworten. Als zwei Sanitäter den Verletzten in einer Tragbahre zum Krankenwagen brachten und die Polizisten im Vorgarten noch nach Diebesgut suchten, konnte ich schnell vor die Haustür treten. Im Schein einer Straßenlaterne erkannte ich ihn sofort: Es war Christian. Ich vermutete, dass er den Ring aus dem Uhrenkasten holen wollte, beschloss aber, mein Wissen vorerst für mich zu behalten. Was mochte ihn nur bewogen haben, ein solches Risiko auf sich zu nehmen und nicht irgendwann bei einem Besuch die Beute unauffällig an sich zu bringen!

Eine Stunde später war der Spuk vorbei, und wir waren wieder allein. Allerdings sollte ich am nächsten Tag aufs Revier kommen und meine Aussage zu Protokoll geben. Wir saßen alle drei todmüde und völlig überdreht in der Küche, denn Frau Alsfelder hatte sich von Ruben herunterbringen lassen.

»Was der Kerl nur bei uns wollte?«, fragte sie aufgebracht. »Sieht meine Villa so aus, als ob hier Millionäre residieren? Aber es geschieht ihm nur recht, dass er abgestürzt ist! Lorina, Sie sind eine tapfere Frau, durch Ihr beherztes Eingreifen haben Sie uns gerettet! Vielleicht wären wir jetzt alle nicht mehr am Leben!«

Sie wird noch früh genug erfahren, wer der Einbrecher ist, dachte ich und beschloss, weiterhin die Klappe zu halten. Gegen halb vier brachte ich Frau Alsfelder schließlich zum zweiten Mal ins Bett, Ruben war schon vorher verschwunden.

An Quinn hatte ich gar nicht mehr gedacht. Doch als ich die Tür zum Schlafzimmer öffnete, meldete er sich mit voller Lautstärke. Bevor er nicht mit dem Brüllen aufhörte, hatte ich natürlich auch keine Chance, endlich selbst zur Ruhe zu kommen.

Zu meinem Befremden entdeckte ich, dass Quinns vorbereitete Mahlzeit nicht wie sonst im Flaschenwärmer steckte, sondern mitten auf dem Fußboden stand. Hatten die Polizisten für Unordnung gesorgt, oder war ich selbst nicht nur tollpatschig, sondern auch schusselig geworden? Hatte ich vor lauter Lust auf niedere Minne meine Pflichten als Ersatzmutter vernachlässigt? Vorsichtig träufelte ich ein paar Tropfen auf meinen linken Handrücken, um die Temperatur zu prüfen. Da die Milch inzwischen kalt geworden war, konnte ich den hungrigen Prinzen leider nicht sofort zufriedenstellen. Gedankenverloren leckte ich meine Hand ab und runzelte irritiert die Stirn: Die Babymilch schmeckte anders als sonst.

Mit Quinn auf dem Arm ging ich in die Küche. Sollte ich das Fläschchen wieder aufwärmen oder lieber ausleeren und ein neues zubereiten? Für alle Fälle goss ich den Inhalt in einen Suppenteller, um die Flüssigkeit etwas genauer unter die Lupe zu nehmen. Tatsächlich erkannte ich winzige weiße Krümel, die nicht hineingehörten. Auf keinen Fall wollte ich dem Baby die vielleicht gestockte Flüssigkeit verabreichen, sondern musste möglichst schnell für Nachschub sorgen, also Milchpulver mit abgekochtem Wasser anrühren. Den Teller stellte ich auf den Kühlschrank, um mich bei Tag näher damit zu befassen. Und bald war auch ein neuer Zaubertrank fertig, Quinn wurde satt, und ich konnte endlich alle viere von mir strecken. Ich fühlte mich wie gerädert, konnte aber nicht abschalten und nickte erst ein, als es bereits hell wurde. Der Ausdruck »Morgengrauen« bekam eine ganz neue Bedeutung für mich, und ohne die Sirene an meiner Seite hätte ich wohl bis zum Mittag geschlafen.

»Du siehst ja aus wie ein Zombie«, sagte Nadine und stellte die Kaffeemaschine an. Während ich im Bad vergeblich versucht hatte, mich durch eine heiße Dusche etwas zu regenerieren, hatte sie bereits ihren Quakquak gebadet und versorgt. Sie machte große Augen, als ich von den Ereignissen der vergangenen Nacht erzählte.

»Unerhört! Ist ja kaum zu fassen!«, rief sie. »Du bist eine Heldin! Übrigens ist Ruben noch nicht aufgetaucht. Wahrscheinlich pennt er heute bis in die Puppen und wird die Uni schwänzen, was man ja verstehen kann. Hast du schon nach der Chefin geschaut?«

»Die kommt als Nächstes dran«, sagte ich. »Auch sie wird länger schlafen als sonst. Übrigens soll ich im Laufe des Vormittags aufs Polizeirevier kommen, damit meine Aussage protokolliert wird. Es wäre gut, wenn du dann noch hier bist. Notfalls nehme ich Quicalo aber einfach mit.«

»Allmählich hat unser Prinz ziemlich viele Namen«, meinte Nadine. »Du sagst *Quicalo*, ich sage *Quakquak*!«

»Du hast recht«, stimmte ich zu. »Frau Alsfelder nennt ihn *Karlchen*, und von Ruben hörte ich neulich *Bumm-Bumm*, *Murmeltier* und *Bao Bao*. Ob das pädagogisch korrekt ist? Aber du kannst beruhigt sein, ich spreche von Quinn Miesebach, wenn ich zu den Bullen gehe!«

»Vielleicht erfährst du dort, ob der Einbrecher schon lange gesucht wird. Am Ende kriegst du sogar einen Orden, weil du ihn endlich dingfest gemacht hast! – Was ist das eigentlich für eine Brühe auf dem Kühlschrank? Soll ich sie wegkippen?«

In letzter Minute konnte ich Nadine den Suppenteller

entreißen und ihr erklären, warum mir die Milch nicht ganz koscher vorkam. Nun war ihr Interesse geweckt, sie kratzte einen der weißen Krümel, der sich am Tellerrand abgesetzt hatte, ab und steckte ihn in den Mund.

»Igitt! So was gehört nicht in die Milch«, sagte sie sofort. »Diesen Trank musst du zur Polizei mitnehmen, damit man ihn im Labor untersucht. Am besten auch noch die angebrochene Dose mit dem Milchpulver, vielleicht muss man die Firma verklagen! – Hast du den Einbrecher denn gesehen, als sie ihn abtransportiert haben?«

Eigentlich wollte ich es ja vorläufig für mich behalten, aber nun rückte ich mit der Wahrheit heraus. Nadine war entsetzt.

»Das kann ja wohl nicht wahr sein! Der Christian! Der besitzt doch einen Hausschlüssel, auch wenn er ihn oft genug vergessen hat. Warum klettert er dann nachts über den Balkon ins Haus? Aber ich habe ihm noch nie so richtig über den Weg getraut, diesem Erbschleicher! Wenn das die Chefin erfährt …«

Plötzlich fielen mir die fehlenden Schlaftabletten ein. Ein ungeheuerlicher Verdacht keimte in mir auf und wurde immer konkreter. Nur zögernd fasste ich meine Vermutung in Worte.

»Vielleicht war es so: Christian wollte überhaupt nichts klauen, sondern unser Baby vergiften! Er glaubt ja, seine Tante hätte Quinn als Erben vorgesehen. Und er musste eilig handeln, bevor ihr der Rechtsanwalt das geänderte Testament vorlegen konnte und sie zum Notar ging. Als Christian von der Straße aus sah, dass im oberen Stockwerk alles dunkel war, aber in der Küche noch Licht brannte, ging er davon aus, dass Quinn in meinem Schlafzimmer allein war. Da nachts die Haustür aber von innen abgeriegelt ist, konnte er nicht so mir nichts, dir nichts hereinschleichen. Im Grunde ist es für einen sportlichen jungen Mann keine große Kunst, auf die Birke zu klettern und von dort auf den Balkon zu steigen. Doch als ich plötzlich unerwartet hereinkam, konnte er die Flasche mit den zerstoßenen Schlaftabletten nicht mehr schnell genug in den Wärmehalter stecken, sondern hat sie einfach nur abgestellt und die Flucht ergriffen. Das war wiederum die Rettung für unseren Prinzen, denn wäre die Milch noch warm gewesen, hätte ich sie ihm ahnungslos verabreicht. Mein Gott, wenn sich meine Theorie als richtig erweist, wird Frau Alsfelder einen Nervenzusammenbruch erleiden!«

26

Nur aus Versehen

Frau Alsfelder bekam nicht nur einen Nervenzusammenbruch, sondern gleich zwei. Den ersten, als sie erfuhr, dass der Einbrecher ihr Großneffe war, den zweiten, als Christian wenige Tage später starb. Als noch weitere Straftaten ans Licht kamen, war sie bereits abgehärtet und verzichtete fortan auf theatralische Ausbrüche.

Eine Zeitlang war auch ich völlig am Boden zerstört. Letztlich hatte ich ja den Tod zweier Männer verursacht, denn sowohl Boris als auch Christian waren an einer Hirnblutung gestorben. Aber konnte man von Schuld sprechen? In beiden Fällen hatte ich impulsiv gehandelt und bestimmt nicht mit derart tragischen Folgen gerechnet. Die zahlreichen Befragungen der Kriminalpolizei waren eine zusätzliche Belastung, denn man schien mir nicht ganz über den Weg zu trauen. Außerdem dauerte es für meine Begriffe viel zu lange, bis ein Labor die Tranquilizer in der Babymilch nachgewiesen hatte. Im Grunde war Christian auf eine ganz ähnliche Idee gekommen wie seinerzeit ich selbst, als ich Schlaftabletten in böser Absicht pulverisierte. Allerdings hatte ich sie nur als Denkzettel für den unverschämten Boris in die Leberwurst eingearbeitet, weshalb unsere Motive nicht die gleichen waren. Christian dagegen plante den Tod eines unschuldigen Säuglings. Er war ein potentieller Mörder, ich dagegen nur eine tiefgekränkte Frau mit Rachegelüsten. Obwohl ich eigentlich nur aus Versehen zur Täterin geworden war, fühlte ich mich trotzdem schuldig.

Auch Rubens Auszug trug zu meiner depressiven Stimmung bei, denn kurz nach den aufregenden Ereignissen war er in einer WG untergekommen. Dort wohnte er Tür an Tür mit der schönen Anna und widmete sich wahrscheinlich mit Haut und Haaren dem Minnesang. Zum Glück war er aber anständig genug, dreimal in der Woche bei Frau Alsfelder zu erscheinen, um seinen Pflichten als Masseur und Rezitator nachzukommen, und natürlich auch um Quinn und Europa zu sehen. Ich konnte ihm seine Treulosigkeit lange nicht verzeihen, aber nach und nach wurden wir ein zwar getrenntes, aber kameradschaftlich verbundenes Team. Manchmal wäre ich allerdings am liebsten ans Ende der Welt ausgewandert, wo mich ganz neue Herausforderungen von meinen trüben Gedanken ablenken würden. Aber ich bin ja ein pflichtbewusster Mensch, auf keinen Fall wollte ich Frau Alsfelder im Stich lassen, von Quinn ganz zu schweigen.

Frau Alsfelder brauchte natürlich eine neue Vertrauensperson, die sich um ihre Finanzen kümmerte. Ungern ließ sie sich von ihrem Exmann helfen, der wiederum einen Steuerberater zur Verstärkung holte. Bei der Durchsicht ihrer Konten entdeckten sie, dass sich Christian dank einer Bankvollmacht schon lange am Vermögen seiner Tante bereichert hatte. Einen großen Teil ihres Geldes hatte er offenbar verzockt. Da er vor kurzem bei zwielichtigen Kumpanen hohe Spielschulden gemacht hatte, stand ihm das Wasser inzwischen bis zum Hals. Er wurde seinerseits erpresst und hatte wahrscheinlich vorgehabt, seine Tante möglichst schnell unter die Erde zu bringen und zu beerben.

Inzwischen sind drei Jahre vergangen, mein Patenkind nennt mich *Loma* und geht seit kurzem in die Kita. Frau Alsfelder hatte die gute Idee, Nadine ganztägig anzustellen, weil ich mit Quinn, Krankenpflege und Haushalt überfordert war. Nadine verzichtete nicht ungern auf ihre Fortbildung in der Abendschule und widmet sich mit Begeisterung ihren Aufgaben als Nanny. Es ist ja auch die reinste Freude, wie gut sich der kleine Prinz entwickelt. Meine bescheuerte Schwester lehnt es weiterhin ab, ihren Sohn zu sich zu nehmen. Abgesehen davon meint Frau Alsfelder, sie würde ihr Karlchen um kein Geld der Welt wieder herausrücken. Erstaunlicherweise ist mein Vater ein begeisterter Opa geworden. Das erste Weihnachtsfest mit einem Enkelkind erwies sich als Höhepunkt für meine Eltern, allerdings konnten sie es nicht fassen, dass Caro lieber mit neuen Freunden in Kanada feierte. Ein Jahr später hat sie übrigens einen deutschen Auswanderer geheiratet und ist für immer in Toronto geblieben.

Gerade hat mir Ruben freudestrahlend berichtet, dass er endlich den Bachelor-Abschluss in der Tasche hat und nun noch ein Master-Studium dranhängen will. Seine Führerscheinprüfung hat er längst bestanden, danach war von seiner Testophobie nie mehr die Rede, auch die anderen Ängste scheint er weitgehend überwunden zu haben. Nun hat er leider beschlossen, die Uni zu wechseln und mit

Anna nach Berlin zu ziehen. Es täte ihm zwar leid, dass Quinn auf eine männliche Bezugsperson verzichten müsse, aber das Kind habe ja immerhin einen netten Großvater im Ruhrpott. Im ersten Moment musste ich etwas schlucken, weil nun die lästige Suche nach einem Ersatz wieder losgeht. Wenn ich es aber richtig bedenke, liegt darin auch eine große Chance. Bei der Auswahl des dritten Masseurs hat nämlich nicht nur unser Pudel ein Wörtchen mitzureden, sondern auch ich. Bestimmt werde ich einen jungen Mann finden, der sich für die niedere Minne interessiert. Und natürlich für die heimliche Liebe, von der niemand nichts weiß.

Erzählungen
336 Seiten
Auch erhältlich als eBook, Hörbuch und Hörbuch-Download

Die ganze Palette der Ingrid Noll in Kurzgeschichten: ihr krimineller Witz, ihre warmherzige Lebenserfahrung, ihre Beobachtungsgabe. In diesem Buch kommt ein Weiteres hinzu: Autobiographisches. Ein Brief an ihre verstorbene Mutter, die Rolle ihres Vaters. Ihre Kindheit in China. Wie sie sich ihre letzten 24 Stunden wünschen würde und was sie am Altwerden nervt.